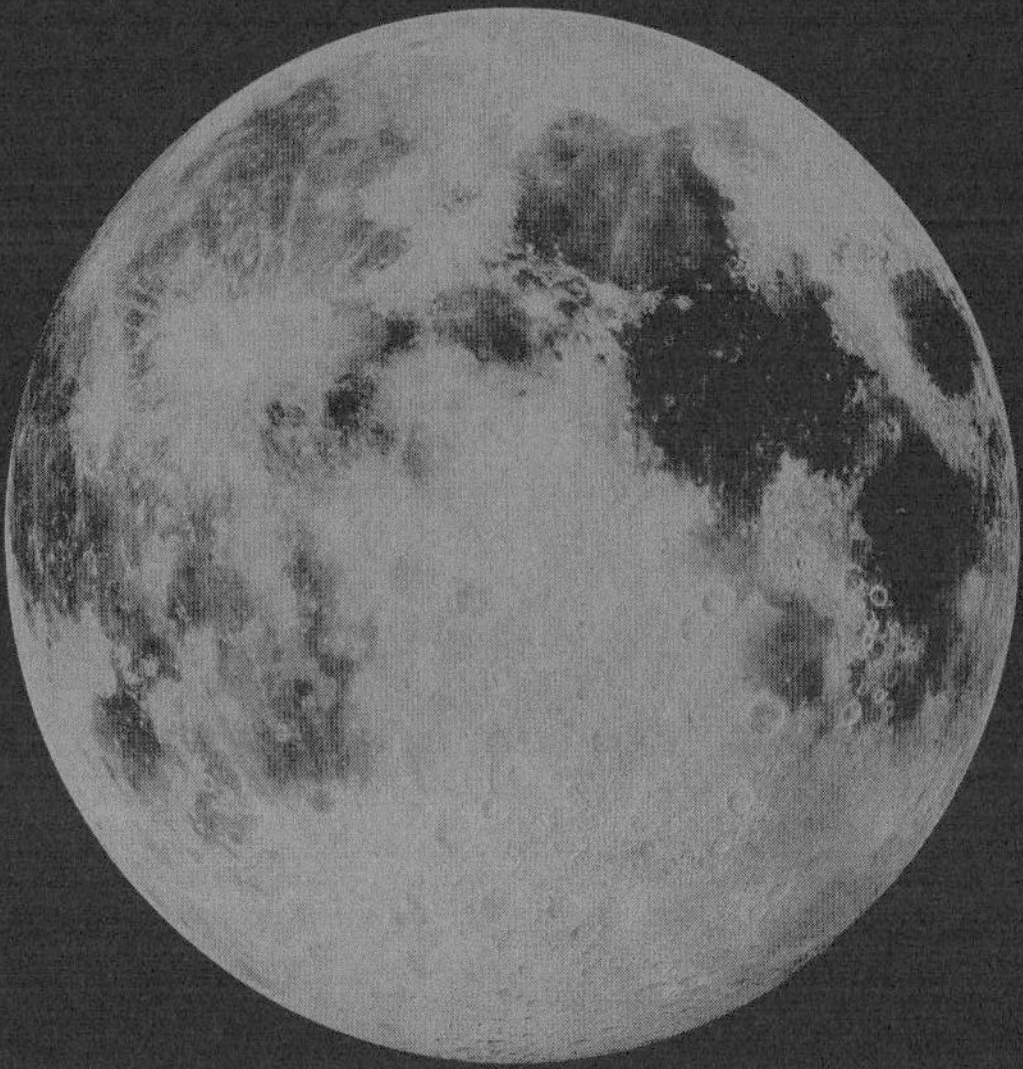

満月の下の赤い海

金石範

Kim Sok-pum

CUON

満月の下の赤い海

目次

消された孤独

「どん底」か、黒いペンキのでかい字や。ここや、これがメガネのインテリの大学出の屋台やで。どこかで聞いたことのある名前やで。ええ恰好しやがって。屋台を覆うテント越しの道路の真ん中あたりで、どん底を名指しした酔漢の声がKの耳に聞こえた。なにッ、おまえは酒いらん？　どん底のインテリ屋台のおやじの顔でも拝んで行けや。独り言か、独り言なら酔中といえども、いや酔中だからこそ、かなりのもんだ。おれも深酒の場合は独りで何かしゃべっている癖がある。いや、あかん、もう約束の時間や、おれは行く。屋台のなかの顔を覗くのに時間はかからん。ああ、分かった。おれはちょっと遅れて行くから……。どん底の名が出なかったら、てっきり呑んべえの通行人だと思っただろう。

咳払いがして、途端に屋台を囲んだ正面が両開きのテントの一方から身体を入れ、のれんを頭で押し開いて、一人の眼鏡をかけた二十代後半と見える青年がオーバーを着込んだままカウンターのまえの四脚ある丸椅子の左端に腰を下ろした。そしてカウンターに片肘を立てた掌に顎を載せて、何も言わずにKの前掛けをした客待ちの顔を、しばらく観察するように見た。

「酒、一杯くれ！」

若いのがぞんざいな口のきき方をする。彼はホルモンの串を並べた大皿を見た。

「ハツ、一本や」

Kはたれをつけて串焼きを一本、炭火が燃えているコンロの金網の上に載せる。ガラスコップを傾けて酒をぐいと半分ほど飲んだ青年は眼のまえの取り皿の上のハツ串焼きを食べると、さらに残りの酒を飲み干した。

青年は「光」をポケットから取り出して、一本を口に銜えてから、ライターをひねって火を点け一服くゆらしながら、コップ一杯の酒がきいてきたのか、おいッ、メガネの屋台の主人よ、おまえさんは全然愛想がないな。酒、もう一杯くれや。こいつは、かなり酒が入っとるな。いい加減に飲んだら顔の筋肉が緩むものだが、青白く引き攣っていて、眼が据わっている。酒癖がよくなさそうだ。もうかなり酔っているのと違うか。一杯でやめたらどうだと口に出かけたのを唾を嚥みこんで咽喉へ落した。そして一升瓶を傾けてコップに酒を注ぐ。

青年はぐいっとコップを傾けて、半分ほど一気に飲むものと思ったところが、四分の一くらいで唇からコップを離すと、カウンターにドンと音を立てて置き、その反動でコップのなかのものが溢れ散らんばかりだった。

「おいッ、おっさん（五、六歳年下か。こいつから見たおれはおっさんか。まあ、飲み屋の屋台の主だから、おっさんというところだろう）、おっさんは、ええとこの大学出らしいな。大学で、勉強か、研究か、何をしとったんや。ええとこの大学を出てから、こんな屋台しか出来へんのか。情けないなぁ、メガネかけてインテリ面して、屋台しても似合わんで。なあ、おっさん、恥かしゅうないか。大学出の朝鮮人の面汚しやで」

「お客さんは、朝鮮人か」

「そうや」

「ふうん、どこの大学出たんや」

「どこでもええやろ。ケチつけるつもりか」

「こっちのことをよう知ってるな。どこの大学出たとか研究とか。それで訊いてみたんや」

「知りとうて知ったんと違う。ウワサが向うから、こっちの耳に入ってきたんや」

「ふーん、そうか」

これ以上受け答えをすると、ケンカになる。Kはこの野郎と、むらむら腹が立ってきて、そばにあるビール瓶を振り上げて、頭をぶち割って、どんぶり鉢にしてやろうかと右腕が動きかけたが、そういうわけにはいかない。

と、この野郎がコップを手に取ると、残りの酒を地面に捨てた。

「おい、おれを見ろ！」

うん、何だ？　青白い顔が引き攣って歪み、ぎりぎり歯ぎしりをする。そしていきなり空のガラスコップを口へ持って行くと、コップの縁を大きく開いた口のなかへ入れた。顔が歪んで途端に、ガリッガリッと、固い菓子でも嚙んで食べるように人をじっと睨みつけながらコップを齧りだした。音を立てて、ガラスのかけらを砕いて食べるのを見ていたところ、それを、コップの底に残った酒で口をゆすぐようにしながら軀の向きを変えると、地面へぺっぺっと吐き捨てた。

本人には見えないが、縁の砕けたコップにも指先に流れている血がこびりついていた。彼は血の色の唇を一舐めして色付いた指の先をじっと見つめてから、オーバーのポケットからハンケチを取り出して口元の血を拭き取った。完全に拭き取れていないが、Kは黙っていた。

「おいッ、メガネのおっさん、何か言えや」

Kはコンロの火に炭を足して、ウチワで煽いだりして相手にしなかった。新しい客が入ってくれば、この男、大人しくなるだろう。

おっさん、耳が聞こえんのか……。青年は独り言を何かしゃべっていたが、それはどうでもいい。やくざでもないのに、やくざの真似をしてドスをきかせたのか。いじけた針金のように曲った声が聞こえるだけだ。

「情けない男やで。大学出てから。ええとこの大学が泣くよ。ちょっとはしっかりせえや……。ナンボや」

「二百五十円」

「えらい、きっちりしとんな」

青年は黙って、小銭入れから百円玉と五十円玉をゆっくり取り出しカウンターに将棋を指すように並べた。

チェッ、情けない男や！　酒を飲んで顔面蒼白の青年は立ち上がると、ふらりと揺れながら背中に振りかかるのれんを勢いよく払いのけて、テントの外へ出て行った。

複数の人の声と足音、テントが開いて、冷たい夜気と同時に客が、友人たちが入ってきた。

アッァ、オレッマニヤ……。久しぶりや、友人たちそれぞれがちょうど四人分の椅子に腰を下ろした。青年が出て行ったあとでよかった。この場でこじれたら、彼は袋叩きに遭うところ。いや、そんなことはあり得ないが、相手がそそくさと立ち去りもしないで、続けてコップを噛み砕く代りに、一人がはみ出た新客を尻目に居坐ってくだでも巻いたら、足蹴りの一つでもくらって、それ以上のことはやりもしないが、道路の真ん中にひっくり返ったかも。まあ、ちょうどよかった。

「いま出て行った男は何者なんだ。口から血を出しておったぞ」

「分からん。初めての客だよ。初めてで終り、もう来ないな」

コップが四人のまえに並べられて、Kもコップにビールを注ぎ、一斉にコップを互いにカチンカチン合わせて、乾杯、乾杯！


Kは九十歳の老現役小説家である。三十代半ばの一九六〇年前後に大阪・国鉄ツルハシ（鶴橋）駅界隈で年末十二月から翌三月までの四カ月ほどだが、屋台をしたことがある。

冒頭の屋台の光景は、Kの頭のなかのスクリーンにはっきり最初に浮かぶワンシーンだ。

Kはこれまで、なぜあの頃に屋台をしたのか、とくと考えたことがなかった。まあ、無職であることが無かったので、生活のために、めしを食うためにやったということだろう。

当時、Kはなぜ屋台などしているのかと知人、友人たちにも不思議がられ、顰蹙《ひんしゆく》をかったり、早くやめて他の仕事をやれといろいろ言われたものだ。

屋台の数年前にチャルメラ吹きの夜なきそばの話を小説に書いたことがあったが、それからK自身が実際にホルモン串焼き屋台をしていたことを後年、文芸誌のエッセイ欄に書いていた。それが読者の眼に留まったりして、Kが小説で作った話ではなく、実際に屋台をした経験があることを人が知るようになった。読者や知人から、なぜKが若い頃屋台をしていたのか、まさか道楽であるまいしと、不思議がられた。そして、何か複雑な事情があったに違いないと深読みしたものだ。

Kはただカネがないし、する仕事がなかったのでやってみただけのことだが、それで首をかしげた人が納得するには、その上に何かそれらしきKの一言が必要だった。なかには、何年ほど屋台を？いや、四ヵ月……の答えに、エッ、ただの四ヵ月……。意外の声をあげての大笑いもあった。

夜なきそばの小説は、主人公も背景（舞台）も実際の作者Kの屋台とは全然異なるもので、屋台が出てくるだけだが、関心のある人は、Kのかつての屋台の体験が小説の基になっているのだと、小説の転倒した読みをして、それで納得していたものだった。

そのうちに、この小説と現実の屋台との転倒した関係にKは自分でも不思議になってきた。

Kはなぜ屋台を？　生活のためだったにしても、なぜ屋台か？

その夜なきそばの屋台の小説「夜の声」はKの体験とは無関係の、Kが屋台をやっていた一九六〇年初めから七、八年以前のある同人誌に載ったものを、Kが一九七〇年代に創作に専念するようになってから改作、というより主人公の名前も舞台も同じもので、内容も同じようなストーリーを、ディテール、エピソードなどを書き加えて脹らませたものだった。

ところで、この「夜の声」はKがなぜ屋台をやったかの契機を示すものではなく、読者が考えるように、屋台をした後の体験を基にして小説風に書いたものではない。話は逆になるのであって、

「夜の声」の原型は屋台をする七、八年前、一九五〇年代前半、さらにその数年後の小説にあったということだ。それが十年後に、夜なきそばでない、別の形のホルモン串焼き屋台として現実にKと一緒に出てきたということになる。何か妙な眼に見えぬ地下の水脈があって、それがあるきっかけで表に出てきたのか。よき鉱脈でも掘り当てたような素晴らしいものとは無縁のものだが、何か不思議な気がする。

従って、後年の現実の屋台の根をK自身の小説に求めるなら、二十年前の十八枚の掌篇に行き着く。これがKの屋台をする内的動機の根、地下の水脈の源泉になるのだろう。

Kが思いつくのは、屋台をする直接のきっかけがあったことだ。事実として、屋台現実化の動機となる。そのきっかけが無かったら、全くの素人がゼロから屋台を開けなかっただろう。

後にKがすることになる屋台はKの屋台の近くの場所にもともとその屋台があって、そこがKのアパートから国鉄ツルハシ駅への通り道際だった。Kはときたま立ち寄ってヤキトリを食べたり、酒を飲んでいた。ときには友人たちと一緒の場合もあって、いわば顔見知りの屋台である。たまたま、その長身、馬面の四十男の同胞のマ氏が屋台をやめることになった。

そこでKが、それなら私がやりたいから、クルマを譲ってくれないかとなったのだが、それが冗談ならぬ本心だと分かった馬面氏はびっくり仰天、センセイ、とんでもない、冗談でも通る話をして下さいよ。Kが見てもなかなか抜け目がない馬面氏はKをセンセイと呼んでいた。連れの友人たちには学校の先生もいたし、研究者もいて、ルンペンはK一人だったが、〝センセイ〟と呼ばれていた。

ところが、話がどうも具体的に本当らしくなってきて、いやあ、おれは腰抜けしますよ、Kは屋台がそんなにセンセイがやるとなるとおかしいものなのかと思ったのだが、馬面氏はともかく分かりましたと納得、内心好機来りと喜んだろう、Kの申し入れに応じた。準備のためにしばらく手伝い、調理などを教えてくれる〝センセイ〟の役になってくれた。

このクルマは二万以上するんだが、半分の一万円で譲りますわ。ちょっと古くなってるんやけれど……となって、話が気楽に進んだ。Kの気持ちだけではなく、実際の屋台の仕事の準備、酒店、肉店の紹介などで、その手間がかなり省けた。こうして互いの偶然の一致だろう、馬面氏が突然の思い付きのようなKの話を受け入れて屋台の実現に至ったのだった。

これが屋台の現実化の動機となる。そのきっかけがなかったら、全くの素人がゼロから屋台を開けなかっただろう。屋台をするための目的意識を持って、その勉強をしたり、屋台のクルマを探したりのもろもろの何かの準備などは到底できるものではない。

そのときはすでに十二月に近く、これまでに無かったテントを左右背面三方に、背面は両開きの垂れ幕式に張ることにしたが、その作業が大変だった。分厚い、重たいテント地や、黒と赤の混色にするためのペンキ、刷毛を買ってきて、左右のテントに「どん底」と太い大きな文字を書き込んだ。乾くのに時間がかかる。何日間か、ペンキのにおいが臭いと周辺の家々からかなりの苦情、抗議が入ってきて、その対応にも頭を痛めた。

Kは後年、文芸誌にこんなエッセイを書いている（一九八四年）。

「……なぜ屋台などをはじめたのか、他にすることがなかったからだろうが、はっきりした動機は分からない。まあ、屋台ののれんに〝屋号〟を染め、両側に張ったテント地の幕にも『どん底』と赤ペンキで書いたくらいだから、切羽詰まった気持ちがあったのは確かだろう。もともと私はカネとは縁がないほうの人間で相変らずの貧乏暮しで、当時のわが家庭が〝どん底〟であるのは事実である。しかし私はほとんど毎晩のように飲んでいて、それもやけ酒ではないのだから、とてもどん底といえたものではない。大体、いま考えると、〝どん底〟という名前がよくない。恥ずかしいが、それは一種の衒いといったものだろう。キリストは弟子たちに向って、断食をするときに悲しい顔をするなと言っているが、〝どん底〟という名前は、その悲しい顔にあたるものではないか。その頃、おれはこれ以上落ちるところがないから、世の中にこわいものはない感じだなどと話したものだが、これは〝どん底〟の名前同様、一種の衒いだったかも知れない。私はかなり楽天的にやったつもりだったが、内心どこかで構えていていささか悲壮になっていたのだろう……」

ところでこのエッセイに、Kが読み返したときに気付いたのだが、誤まりがある。一つは「どん底」のペンキ文字が赤ではなく黒に近かったこと、もう一つはイエスのことばの引用だが、断食をするときに「悲しい顔」をするなというのは自分なりに前後の意味を圧縮した結果であって、本来は「断食をするときに偽善者がするように陰気な顔付きをするな、彼らは断食をしていることを人に見せようとして自分の顔を見苦しくする……」とある（マタイ伝第六章）。ちょっと長いが、このほうが「どん底」らしい歪んだ衒いではないか。

国鉄ガード沿いの通りに面した家並みの裏側、駅へ至る道路際に店が並んでいて、いちばん端の角が喫茶店のキャットだった。その角の横のへこんだ道路際の空地が、ガードに面した家並みの裏側に当る。空地の角でもあるキャットはクラシックレコードのアルバムが揃っている半音楽喫茶でもあった。通りがかりにときたま立ち寄るKは、電蓄の大きなサウンドボックスの傍の席でレコードを聞いたりしていた。その店の横がちょうど空地の隅になっていて、Kは驚くママに話してそこに屋台のクルマを移した。店の外には水道もあって、応分の料金を払って使うことが出来たし、屋台の屋根の下に吊るした電球もキャットのコンセントが電源だった。

こうしてKは、そのやる気の根、内的根拠の、見えない虚空の細道を辿りながら、屋台以前の二十代の習作的な小説に至るのだが、その頃、なぜそんな小説を書いたのか。その小説に後年Kが屋台をやるような内的根拠があるのかと、いつの間にか、K自身の追求すべきテーマのような感じになっていた。

なぜ、二十代に「夜なきそば」を書いたのか、それを書かしめる何かの動機、それを書いた頃、何をし、どこに、なぜそこにいたのか、改めて考えることになった。

そこで、家のどこかに資料のようなものが残してあるのか、古い本棚や昔の書類などが埋まっている棚や押入れなどを探してみたが徒労、見当らない。

「夜の声」は掲載誌は残っていないが、単行本に、そして、エッセイ「どん底」も別の単行本に収録されていて、そこに「夜の声」のことなども書かれていたので、ようやく大体の見当をつけて、編集者や在日朝鮮文学史などの研究者に資料探しをたのんだ。そして何とか、それはかなり読みにくい、紙面が黒くなったコピーだったが入手して読むことが出来た。

最初の「夜なきそば」は、Kが東京にある在日朝鮮人文学会という小さな文学団体でしばらく仕事をしていた頃に発行の『文学報』という数号で終ったタブロイド四ページの機関紙に載った十八枚ほどの短かいものだった。その数年後のKがある非同人の同人誌に書いた小説が「これから」、十八枚の短篇。

内容は登場人物が増えたり、ディテールが書き加えられて全体が徐々に脹らんで、それが三作目の八十数枚の「夜の声」につながるのだが、筋書は大体同じようなものだった。

故郷の島で農夫だった主人公の四十男朴永八《パクヨンパル》は、動乱を逃れて日本へ密航、ようやく何万円かのカネを使って外国人登録証を作り、日本在住に安心。夜毎、チャルメラを吹き鳴らしながら夜なきそばの屋台を引いて夜の町を行く。ある日、日本人妻とケンカをして昼間から家出をかねて屋台を引きながら昼の町へ出た。妻は永八が日雇いの道路清掃夫をやっていた頃に清掃トラックに同乗していた、勝気だが、面倒見のよい同僚。彼女に向って、眼が羊みたいでお尻が丘のようにでかいと賛美したのが縁で親しくなって、やがて結婚。

家出をしたものの、もっとも恐れている警官の尋問を受けても堂々と、でも内心びくびくしながら外国人登録証を差し出したり、よくない客に出会って、ラーメンの売上げ代を踏み倒されたりのそぼ降る霧雨の夜となった。そして故郷の妻の従弟がゲリラでその協力者として逮捕された妻が多分死亡、その累が及ぶのを避けて故郷を脱出、日本へ密航していた永八は故郷に一人残した娘のことを思って悲しんだりの、家出と重なった不如意の一日となった。夜が更けて、ケンカをした妻と張り合う気持ちも無くなって、その分だけ女房に崩れかかる自分を感じながら帰路につくという話の筋書は共通している。

Kはようやく揃えることが出来る三作の終りの何行かを順番に比べてみた。

「……同時に、永八の熱した心の底にひんやり風のおこる穴がぽっかり口をもたげ、永八の眼にははっきり見てとれぬ冷たい孤独の感情を彼は感じていた。」(「夜なきそば」)。

「……同時に、永八の熱した心の底にひんやり風のおこる穴がぽっかり口をもたげ、永八の眼にははっきり見てとれぬ孤独の感情を彼は感じていた。」(「これから」)。

「……同時に永八の熱した心の底に奈落からひんやりと風を送ってくる穴がぽっかり、口をあけ、彼を待っていた。それを永八は感じていた。その穴はだれも埋めることができないとも感じていた。鼻先で雨に打たれて光るチャルメラを見つめながら、永八は一吹きを鳴らした。客を呼ぶのではなく、ただ自分のために懸命に吹きつづけた。」(「夜の声」)。

「夜の声」では、末尾が二つの前作にあった「孤独」が消え、「奈落、チャルメラの一吹き……」に変っている。ただ、自分のために懸命に吹きつづけた、心の底にぽっかり空いただれも埋められない穴。それは前作にあった孤独ということだろう。Kはちょっと不気味な感じがした。

この消された「孤独」とは何なのか。絶望だとKは思う。永八の人物像には作者が形而上的な意味を持たせたい「孤独」や「絶望」という表現が合わないのだろう。

六十年前の二十代後半の東京でのKの生活、それは絶望を擁えての、絶望のどん底に落ちもせずに耐えつづけた過渡期だった。エッセイに「どん底」の屋号は、恥ずかしいが一種の衒いだろうと書いているが、仙台から東京へ、そこでの生活は、生活とは何だろう、生きること、少なくともいま生きていることは。底のないどん底、どうして落ちずに途中で浮いていたのか分からない、衒いの表現の入り得ないどん底の空間だった。

ひんやり風を送ってくる口をあけた奈落。だれも埋めることが出来ぬ穴。客を呼ぶためではない、ただ自分のために吹きつづける夜の雨に光るチャルメラ。

これは当時の仙台から行き先のないまま東京へやって来た二十代後半に入ったばかりの若いKだった。

東京へやって来て、Kは見慣れぬ道を歩く。

一九九二年に書いた「炸裂する闇」には、こうある。

「……歩いて行く一歩、一歩まえに暗く透明な底の見えない穴があって、坂の上全体があちこちにできた穴で、いまにも陥没しそうな感じに襲われた。私は地面にしゃがみ込むと、眼を閉じてしばらく動かなかった。眼を開けると、坂道自体があちこちの穴の縁から柔らかく溶けるように崩れて、その自らの穴に落ち込んで行く。おぅッ、落ちる。私が落ちる。透明な暗い穴へまっしぐらに地底へ、地球の中心部へ向って、地軸を貫いて。私は坂道からすぐそばの緑の樹々のある寺の境内へ、何とかして逃げこんだ。突然、境内の真ん中あたりの地中の穴から黒い鳥の影が飛び出して、舞い上った。私は樹の根元に両手で顔を蔽って坐り込んだ。カアーッ、カァーッ……」

これは後年、仙台から東京へ出てきた直後を書いた小説のワンシーンである。

Ｋは九十年の生涯で、もっとも精神的、存在の重心が溶け落ちて崩壊した時期は仙台時代だったと感じている。それは生活の敗北、自分自身とのたたかいの敗北の時代だったと、いまも考える。どのようにしてその危機を耐えてそこから脱し得たのか。九十歳に至るまでのＫの人生の途上の屋台「どん底」は一種の衒いだとエッセイに書いたように、それは真のどん底ではなかった。縁が自ら溶けて崩れ落ちる穴のない、平坦な地上に生きる途上の生活の凹面だったと思う。屋台「どん底」はＫの人生での存在の精神的危機、仙台での底のないどん底に達していない「どん底」。敢えて言えば、衒いの仮面をかぶった癒しの「どん底」だったかも知れない。

一九五一年初頭、二十代半ばのＫは、大阪で、日本政府とＧＨＱによって強制解散された在日朝鮮人連盟（朝連）の後身「民戦」組織関係の仕事をしながら友人たちと文化協会を設立、機関誌を創刊、その編集に携わっていた。そして第三号の編集を終えてその割付け原稿を、一時寄宿していた神戸の友人宅から間接的に大阪の協会編集部へ送り、一方で日本共産党脱党届を関係者に出して、だれにも告げずに大阪から姿を消した。

仙台に当時、北朝鮮の関係の小さい地下組織があって、数人単位の三、四グループのようだったが、互いに一切知りようがなかったし、知る必要もなかった。朝鮮戦争中であり、日本からの出兵や空爆の米軍基地関係情報収集、経済活動を通して得た資金を北朝鮮へ送る仕事だった。

Ｋは大阪の朝鮮人学生同盟当時の友人だったコウ・ハン（彼は二、三年間行方不明だったが、その間に仙台で一グループのキャップをしていた）の間接的な誘いでひそかに仙台へ向った。地方新聞の編集部が就職先だったが、その予定が一年後ということになって外れ、広告部で広告取りの外廻りの仕事をすることになった。地下組織といってもKのグループには四、五名いたらしいが、Kが直接会ったのはカネコだけで、他のメンバーと接することがなかったので、Kは組織の全体像がつかめない。いくつかのグループの全体の責任者、ボスがいて、二、三度会ったが、挨拶を交した程度だった。コウ・ハンの話では、このボスはかつて中国東北部で活動、抗日戦にも参加、元中国共産党幹部、現在は北朝鮮の党に属しているらしい。

この広告部がKにとって鬼門だった。最初から広告取りの外廻りの仕事だと分っていたら、神の国、革命への道の入口だとしてもKの仙台行きはなかったかもしれない。

もともと対人恐怖症、赤面症の症状があるKは外交的なことはできなかった。そして実際に行った先が住み慣れぬ土地での協賛の広告取り、創刊五周年記念のキャンペーンをやっていて、その読者拡張を兼ねた広告活動だった。ともかく勇気を鼓して購読者でもある一軒の店でようやく広告を取って出てきたKは一休憩してから次の店か事務所へ向かう。しかし目標の店に近づいた何歩か手前のところで、途端に胸の鼓動が激しくなって呼吸困難、足が動かなくなってしまう。

茶屋のガラス戸越しに見える板間に火鉢を挟んで年寄夫婦が話しているらしい姿をちらと一瞥しただけで、Kはガラス戸を開けて入って行くことが出来ずに道路越し電柱の蔭で半時間も立ち尽したまま、決局店の前を素通りする。そして店の周辺を人の視線を気にしてうろうろしながら、さてと再び意を決して店に立ち向かった途端、ガラス戸越しにこちらを見た視線にぶつかって一瞬立ちすくみ、その場を去る。

一軒の店、事務所を訪ねるたびにKは同じことを繰り返し、時間を浪費し、神経を磨り減らし、心身ともに疲れ果てる。一軒の店へ入って行って、地元新聞の広告勧誘をするのに、どうしてこれほどまでに時間と緊張が必要なのか。雪や雨の降る厳冬の街で、勧誘先にも入れず行く当てのないKは書類袋を手にしたまま、どこかの軒下でたたずんで道を行く通行人の姿をながめたり、樹木に雪が積もった人気のない公園を歩く……。何とか人並みの広告取りはするものの、これしきのことで他人の何倍もの労力と苦痛を必要とする自分が情けない極み。他の広告部員は平気な顔で何軒もの店を廻ることが出来るのがKには驚異だった。

こうしてKの不眠症の夜が深くなり、広告勧誘に出ることを考えると、朝になっても起き上がることが出来ず、身体が動こうとしなかった。やがて神経症となり、仕事に耐えられずに仙台を去ることになる。

「死者をして死者を葬らしめ、汝は行きて神の国を伝えひろめよ」(マタイ伝第八章。ルカ伝第九章)。

伝道中のイエスが自分の死を予知しながら弟子たちとエルサレムへ向う途上、従者の一人が父の葬式に行かせて下さいと願い出たとき、イエス曰く、死者をして死者を葬らしめ、汝は行きて神の国を伝えひろめよ。

Kは聖書のこのことばに出会ったときの衝撃が、その後のモットーになった。例えば、孝は忠に勝る東方礼儀之国朝鮮で、父が死んだとき、こんなことが出来るのか。植民地時代、朝鮮では親の葬式には地下活動をしている革命家も浮上してひそかに姿を見せる。それを探知した日本の警察は喪家を取りまいて張り込み、息子の出現を待って逮捕する。そして喪家の葬儀は破壊され、大声痛《デソントン》哭《コク》は怨みと復讐の声と化する。

四面空洞のニヒリズムに陥っていたKは、そこから脱却の道を求めて共産党に入党、死者をして死者を葬らしめ、死者のことは死者に委せて、おまえは神の国、革命の道を行けと自分のなかで神の国を革命の道になぞらえて生きようとしたのが、それが仙台への道につながった。それは聖書のことばを、虚無をも自ら葬らせる死者になぞらえて自らに托することだった。

戦中一九四三年に解散したコミンテルンの一国一党主義の原則がまだ解消されていなかった戦後日本共産党の党是は、日本革命であって、朝鮮革命、南北統一はそれに準ずるものでもあり、日共の朝鮮人党員は朝鮮革命ではなく、日本革命を優先すべきだとする活動方針のもとで動いていた頃だった。仙台にある「北」系の地下組織に参加すれば、朝鮮人として当然、祖国朝鮮革命事業に従事出来るという抱負を持って仙台入りをする。

しかし神経症を患い、広告取りの仕事について行けず、Kは三ヵ月で仙台を去る覚悟をする。覚悟に値する覚悟か。脱落。キャップのコウ・ハンは深く考え、悩んだあげくにボスと相談、彼の東京行きを認めた。

東京に一定の行き先があるわけではないが、まずは仙台を去る。後は東京に着いてからのことだ。ともかく高円寺の知人宅を訪ねることにしていた。いまさら突然姿を消した大阪へ逆戻りするわけにはいかなかった。一月に仙台に来てからの三月下旬、東北の酷寒の地で三ヵ月。惨め、情けない……は、軀に感じるだけで、ことばではない、軀を包んだ皮膚がようやく心身の溶解を防いでいるのかも。これが革命の道か。戦後社会の当時は、革命党は神の国に等しい思想的、政治的権威を持っていた。党から外れる者は反革命、脱落分子、政治的生命の喪失者。Kは日本の党から離れても、やがて祖国の党に直結出来るという抱負、一種のヒロイズムを抱いて行った神の国への入口の仙台。

二つの党からの（「北」の党にはまだ正式に入っていなかった）脱落。踏んで立つ地上の、足場がなかった。コウ・ハンは組織のことは離れて、友人としてK個人のことに心を痛めた。これからどうするんだ。何とかなる。おれはダメ人間、革命組織から切れてしまった敗北者だよ……。Kよ、きみは組織を裏切って敵に廻るんではない。ここまで呼んでおいて、いまきみを送り出すのは辛い……。コウ・ハンの信頼と友情がなかったら、秘密組織からの離脱は裏切りとなった、内ゲバで済まされることもあり得ただろう。Kが組織の内部事情について何も知らなかったにしても。

「石頭のKよ、どうしてそんなに頭が固いのか。行け、何とか元気でやってくれ……」

みぞれ降る仙台駅頭、コウ・ハンの別れのことば。

「なあ、最後のたのみだ。ジョン・ウがすぐそこの喫茶店で待っているんだ。行こう。おれの下宿に酒一升瓶があるから、杯を交して、それで明日、東京へ行けよ。なあ、Kよ、そうしてくれ。ジョン・ウがそこで、近くの喫茶店で待っている」

ジョン・ウは四、五日まえに神戸からやって来たという、昨日コウ・ハンから聞いたKの知人でもあった。

昨日の夕暮れ、明日出発すべく荷物の整理などの準備をしているところへ、コウ・ハンがやって来た。そしてジョン・ウが四、五日まえに仙台に来たんだが、Kが仙台にいると知って、びっくり、さらに明日仙台を出る、東京へ発つことになったと聞いて、ただ会いたい、会いたい、そしていろいろ話をしたい、是非とも会うようにしてくれとたのまれたと言う。

しかし仙台へ来たという話にKは驚くあまり、最初は意味が分からなかった。ジョン・ウは京都の大学の同期入学だったが、互いに大学へは余り出なかったし、親しい間柄ではなかった。それまでに顔を合わせたのは二、三度という程度だろう。知人ではあっても、友人ではなかった。彼は一九四八年四月の阪神教育事件、GHQと日本政府共同の在日朝鮮人民族学校強制閉鎖の弾圧事件当時、神戸にいた。GHQと米軍による戦後最初の非常事態宣布、日本の警官も動員しての千余名の朝鮮人ら一斉検挙の際に、ジョン・ウは神戸で米軍通訳をしたことがある。

後日、それを悔いた彼は、友人でもあるコウ・ハンのいる仙台へやって来たのだった。文学青年でデカダン、ニヒリスト、何度かの自殺未遂、度重なる失恋。死に損ないの人間の人生の残りを、もしこの革命グループの仕事に役立つならば、捧げたい。彼がKとの行き違いの、革命と非革命への交差点にやって来て、会いたいと言う。

Kは仙台出発の前日にそのことを知らされて驚きとショックもあったが、頑なに会わないと断わった。地下組織でこれからともに仕事をする立場ならともかく、そこを去る人間とこれから仕事に入る人間が対面するのは組織原則に沿うことではなかったが、コウ・ハンの友情が介在していた。革命のためにやって来たおれは、いま革命からの脱落分子として仙台を去る。いま革命の門を叩いてやって来た人間に、ここから去って行く人間が会ってどうするのか。コウ・ハンは懇願し、しまいには激高してKを説得、それでも、Kを待っているんだと訴えるのを拒んでKは仙台を去った。

Kは東京池袋界隈の上り坂の大きな道を歩いていた。心身が重たく、坂道のせいもあったが、足が動かない。石畳様の舗装された坂道の向うはビルが立ち並んでいて、行く手を塞いでいるようだ。昨日仙台を離れてから時間にして一日の距離。しかしもはや断絶の深い淵のような距離。……Kよ、きみはこれからどうするんだ？　分からんよ。心も軀も空っぽで空洞の剝製のような人間が動いていた。重力に見離された宙吊りの軀と心が、坂道を上っていた。おやッ、Kはひやっとして足元に深い透明な穴があるのに気付いて、身をかわす。何だろう。Kは不思議な感じに捉われて立ち止まると、足元の地面が石畳様の凹凸をくっきり浮き出しながら陽炎のように揺れて、透明になって、その深淵のような穴が見えてくる。引力もないはずなのに、そこへすうっと吸い込まれそうになる行く手の石畳一つ一つの深い穴……。

Kよ、きみはこれからどうするんだ。そうだ、分からん。おれはこれからどこへ行く。分からん。行くところが行き先、行きつくところへ行く。歩くのが道であり、行きつくところが宿。……行き果つるところに行けば、黄色き陽、白き月、こまけき雨、ぼた雪、つむじ風吹くとき、たが声ありか、一杯飲まんかなと、ましてや墓の上に猿《ましら》坐りて、口笛鳴らすとき、悔ゆるとも術なし。いや、いや……。夜の雨に濡れて光るチャルメラの一吹き、一吹き。聞く人もいない、おのれ一人のために鳴らすチャルメラの音……。

仙台を去ってから三年後、Kはジョン・ウが自殺したことを友人から知らされた。当時、組織のボスが山師を連れて歩きながら、鉱山脈を探していたが、県境の栗駒山、原生林に蔽われた標高千六百メートルの山腹に鉄鉱脈を発見、その発掘現場監督として、コウ・ハンが仙台から栗駒山へ向った。ジョン・ウはそのコウ・ハンの代りに、組織で経営しているパチンコ店の責任を委されて店番をしていたが、日本の美しい女性と恋愛、深いところに落ちて求婚に至るが、拒まれて失恋。革命精神どころか、再び焼酎に浸ってヤケになっていた。彼の三度目の自殺を心配したコウ・ハンは、転地療法を兼ねて、彼に鉱山現場の事務所番を委せて下山した。

大自然のなかとはいえ、発掘現場の荒くれ土方たちに囲まれての生活。賄い婦は朝にやって来て夕には帰る。革命者だったはずの文学青年、自称死に損ないのジョン・ウは、鉱山現場の休日、賄い婦が買い物に下山した隙を狙って、火薬小屋から取り出した発破、ダイナマイトを手にして、真夏の太陽の光の直下、赤茶けた鉄鉱山の錆びて灼熱を発散している天辺に立った。そしてダイナマイトに点火、シュル、シュルッ……。眼のまえの火花を散らしながら爆発点へと走ってくる炎の音をはっきり耳にしていた彼は眼を閉じたままダイナマイトを握った左手を背中へ廻していた。ダイナマイトの爆発。

三度目の失恋、三度目の自殺成功。脊椎粉砕、腸閉塞、癒着、左腕切断。十日間入院の末の死。病床で、友人や弟のまえで、死にたくない、私は生きたい……。自殺志願のくせして、あのめちゃくちゃになった軀で何とか生きたがっていたんだよ……。Kの友人のことば。

ジョン・ウの死後、かなり経ってから、半年か一年か、友人からその死を知らされた。

ジョン・ウの死を知ったKは、みぞれ降る重たい空の下、仙台駅のコウ・ハンを思い浮かべながら、なぜ、あのときおれはジョン・ウに会うのを頑なに拒んだのだろうと、自分に問い返した。Kに会ったからと、それで彼の自殺への道をそらすことにはなるまいが、あの偶然の互いに崖っぷちに立つ者同士の出会いが、人生の敗者の、革命の敗北者のKへのシンパシーと同時に訴えと告白があっただろう。そのジョン・ウの口を封じるような自分の拒否は何だろう。裏返しの教条主義だったと思う。三人で会って酒を酌み交わして、生への絶望の果てに新しい生へ、革命へと東北までやって来た彼との最後の別れをすべきだった……。

そのときは出来なかったが、ジョン・ウの死後、Kは仙台駅での自分のそれ以外になかった出会いの拒否と、そして三人が一緒に酒を飲みながら、多分笑いも、同時に涙も噴き出しただろう出会いを同時に混交しながら考える。会うべきだったと。

ダイナマイトを握って太陽が燃える鉄鉱山の禿山に一人立ったジョン・ウは、虚空の底に何を見たか。鳥の影がよぎる。そしてダイナマイトが火を噴く。

東京で、日本の平和団体機関紙の仕事をしたりの数年を経て、何年かぶりにKは大阪へ戻ってきた。ある日、突然姿を消したKが東京にいるらしいとの消息は知れていたが、仙台にいたことはだれも知らなかった。二十数年後（一九七〇年代）に、当時のことを小説に書くまでは、Kは一切口外しなかった。二十数年経てば、国家秘密文書の封印も解除される。

大阪に戻ってからさらに数年後、兄が工場主の七、八人の職工が働いている町工場で熟練工に交って仕事を手伝ったり、在日文化関係組織の仕事の要請を断わり、不安定な生活を続けたりしたが、偶然の作用もあって、屋台「どん底」の仕事に行きつくのである。

このあいだにKは、仙台の生活がもたらした絶望からの脱出の糸口に、その後の彼の小説世界、生き方に決定的な影響を与えることになる、一定の評価は十数年後の小説「鴉の死」を「これから」と同じ同人誌に発表している。

かつて組織、地下組織ならぬ地上の組織、日本共産党を脱党して仙台へ向った革命者……。大阪に舞い戻ると再三の組織からの勧誘要請、再び組織へ。軀に冷気がめぐって心に重たい氷柱が立ち、相手にその冷気が触れるのを意識しながら断った。

池袋界隈を一歩一歩、歩いていく眼のまえの道路のあちこちに穴の縁が自ら溶けて崩れ落ちる底知れぬ穴の深淵のひろがり。穴から落ちた地中の深淵のさざ波の一揺れに溺れず、よくも岸へ這い上って屋台「どん底」へと辿り着いた人間。

闇、無限の時間の闇の一点。手触りの感触に充ちた闇のなかの、漆黒の夜の物置小屋の三畳板間。静寂、悲喜の凝固した沈黙。ダイヤモンドのような底の透明な闇の空間。そこは闇のなかの光の広場。地獄をくぐり抜けてすっきり洗い落されたような闇に響く明るい声。小屋が建っている石垣の下の道路越しの小高い崖下の対馬の海辺に打ち寄せる波の音が、密閉した小窓越しに届いてくる。

大阪のKの住居の近くに住んでいた九寸《チヨン》（九親等）の叔父にたのまれて、虐殺の島の済州島《チエジユトウ》から対馬へ密航してきた叔父の妻ともう一人の女性を、大阪まで連れて帰るために、Kは対馬に渡った。その叔父も一年まえに密航で日本へ逆戻り、拷問の後遺症でほとんど寝たきりの状態だった。

故郷の地、済州島における虐殺の様相を死線をくぐり抜けてきた体験者から一部ながらかなり詳細に聞いたのは、この遠縁の叔父を通じてである。密航者たちは虐殺が進行する故郷の話をしなかったし、心の奥で凍てついた失われた記憶となり、外へ出ることはなかった。それでも一滴ずつの小さな水滴がひそかに小さな水の流れを作るように、「全島が焦土化」、「全人口の三分の一の八万とか、十万人が虐殺され」「全島がほとんど壊滅、海の底に沈んだ」とかのひそかな噂を水面下で人は耳にしていたが、それっきりで、四・三の数字は互いに顔を逸らす恐ろしい遮閉幕、タブーとなった。

世界から閉ざされた密島での虐殺情報は一切入らない。密航者はすでに聾唖者となって、生きた化石となっていた。そこへ遠縁の叔父によるその秘められた体験の拷問の実相などの全体ではないが、一端を聞き取ることが出来たのであり、その済州島の具体像がもたらす衝撃を受けたまま、済州島からの密航者を大阪へ連れてくるために、Kは初めての土地、対馬へ向ったのである。

四・三武装蜂起――暴動として日本の新聞にも小さな見出しの記事が載っていたり、在日組織の機関誌にも記事が載ったりしたが、それは噂程度を超えるものではなかった。密島の虐殺は噂としてしかひろがらない。それでも米軍指揮下の李承晩《イスンマン》軍による虐殺の衝撃はニヒリズムに陥っていたK自身の後頭部を叩きつけて、ニヒリズムをセンチメンタリズムとして踏みのける力を持っていた。

大阪へ速達で送られてきた、小学生まがいの隠れ小屋の地図を携え、大阪駅から十数時間かかる夜行急行列車で翌朝博多、さらに客船で六時間の厳原《いづはら》へ向う。小雨の降る曇天の海に大きく揺れなから午後三時頃に着く。バスで半時間足らずの海岸べりのバス停で降りて、通行人に封筒の住所への道を訊きながらさらに北へ海沿いの道をかなり歩いてそれらしきところまで来る。左手の山地への傾斜の灌木に挟まれた山道の入口に立つ。

雑草を掻き分けてごつごつした石だらけの道を上りつめたところに、一軒の民家が現われた。眼のまえに開けた広い空の下、無人の小さな中庭だった。中庭へ足を踏み入れたKは、左側の母屋らしい平家の障子戸に向けて声をかけた。母屋の横の路地から、背の低い険しい顔付きの男が出てきて、恐ろしく警戒する眼で人を見つめる。Kは大阪で受け取った封書を見せて、大阪から来たんだと話すと、自分が書いた手紙だと確認出来た相手は、目くばせをして向い側の物置小屋らしい建物を示した。

Kは小さな入口の板戸を軽くノック、済州ことばで声をかけると、多分、気配に耳を傾けていたのだろう。板の引戸を開いて明るい光のなかに出てきた旧知の叔父の妻と顔を合わせたのである。早速、Kの脱いだ靴が部屋のなかへ取り入れられて戸が閉められる。海の側を向いた小さなスリガラス窓から差し込むかすかな光で、ようやく人の顔が判別出来るくらいの薄暗い部屋だった。板間に上敷を敷いた三畳間。波の音。ポンポン船で怒濤を乗り越えてきた大海の果ての渚の生を慰めるささやき。

しかし、これで終るのではない。明朝ここを発ち、バスで厳原の港へ到着。港から博多駅へ。そこから急行列車に乗って深夜の大阪駅。もし、ではなく、必ず大阪駅のホームを踏んで、行き慣れた駅の改札口を通過、タクシー乗場まで辿りつかねばならない。タクシーに乗りこめば、東大阪の猪飼野《いかいの》の叔父のところへ着く。明朝から深夜までの移動の地図が描ける不安定な時間の長大なトンネルと遠大な空間を神経を棘にしてくぐり抜けねばならない。それでも、これは一応安全地帯の上での緊張であって、一般の眼にはみな同じ旅行者である。少なくとも、かつての特高警察の社会ではない。

想像の出来ない死の世界からポンポン船で大海の荒波を何日も翻弄されながら、生の土地、対馬へ辿り着いて物置小屋に密閉されて三日目のいまだった。ローソクの火も点けてはならぬ闇の密室になるまえの、粗末な焼き魚の夕食を早い目にすませた。死刑囚の最後の一食ではない生きることが出来る喜びの証しだった。

「アイゴ、手紙を受け取ってくれたんだね。よく来てくれた……」

叔父の妻は両手でKの手を握りしめて、済州ことばで同じことを繰り返す。いままで横になっていたらしい若い女性が起き直って、遠いところまで迎えに来ていただいて恐縮ですと、跪いて深い礼をする。遠いところまで……どちらが遠いのだろう。Kも返すことばがないまま叔父さんの使いで来ただけだと跪いて礼を返す。

明朝は近くのバス停から港まで行って連絡船に乗るのだが、密航船ではないからとKは笑って言いながらも、びくびくするのはよくない、きょろきょろは絶対にせぬこと、各自が普通の旅行者のつもりで私のあとについて来たらいいんだと、強く念を押して安心させる。

Kは密航者を大阪まで、海を渡ってさらに遠い陸路を連れて帰る。勿論、覚悟の上だったが、しかし実際に二人を見たとき、直感的に大丈夫だと思った。母屋から借りてきたらしいハンガーにかけたツーピースが壁に吊るしてあった。三十近い叔父の妻、Kより三、四歳年下の二十七、八歳のY女、そして二人とも人並み以上の器量の持主でとても動乱の済州島の田舎からの密航者とは思えなかった。翌日の朝の光のなかで二人をまともに見たときは薄く化粧をした美貌の二人の清潔な服装に、はっと驚いたほどだった。

　三人はそれぞれに敷いたせんべいぶとんに入った。Kは壁際の入口のほうに足を向け、真ん中に叔父の妻、奥の壁際にY女が、三人並んで風と波の打ち寄せる音を耳にしながら、ローソクも点けてはならぬ闇のなかで、ただ互いの息遣いを確かめ合いながら夜を明かす。

　Kは、虐殺の地の地獄をくぐり抜け、海を渡ってここまでやって来た彼女たちに、済州島のことを聞くべきでないと固く思いながら、実態の知れぬ四・三の衝撃に打ち勝てず、遠慮気味に、もし出来るのでしたら済州島の話をしてもらえないかと右隣の叔父の妻に、闇のなかで声をかけた。

　しばらく息遣いが止まったような沈黙が続いてから、彼女が口を開いて、村の小学校を改造した強制収容所の運動場での公開処刑に、村人たちと強制見物に狩り出されたことや、死体処理の模様などを、低い声で淡々と話した。息子がゲリラとして入山したためにパルゲンイ（アカ）として強制収容された女が、死刑当日、運動場で引き廻されて泣きわめきながら、おまえが生んだ息子が悪いんだとか、ジジィが産ませた息子のために私は殺されるのだとか叫び声をあげる場面を眼に見えるように、小さい笑い声を洩らしながら静かに話した。ここはどこだろう。何も見えない闇のなか。

　彼女の顔に耳を近寄せて聞いていたKの胸が苦しく鼓動を止めてから激しく脈を打って動き出すのもかまわず、急に、あのね、と話を替えた。この人は乳房がないんだよと、さりげなく突き放すように軽い声で話した。なんです？　Kは肌の触れんばかりのそばの見えない相手の顔に向って言った。この人はカスㇺ、胸がないんだよ。乳房が二つとも。拷問で切り取られてしまったの……。

「――」

何のことだろう。なに？　だれに向っての問い返しか。Kは意味が分からない。何も見えない。そばにいるはずの声の相手も見えない。拷問で切り取られてしまった……。拷問、コムン。拷問で……コムヌロ。何だろう。意味は分からぬが、ただ軀がそのことばを聞いたのだろう。寒さが内から打ち寄せてきて軀が慄えるのをおぼえた。どこか、ここではない、対馬の外にいる人のことだろうか。Kは慄える軀が反動して、あのう、Yさん、それは本当ですか？

この問いは意味がない。ただ反射的に生理的に出てきたことばだった。

Y女はそうだと答え、叔父の妻は「そんなことを冗談で言えるものでない」と、豊満な胸をした彼女がY女を無視したように軽く笑いながら呟く（ああ、何ともやさしい、残酷な笑いだろう）。そしてY女も同じように低い笑い声で応じたのである。二人の淡々とした態度、当の本人のまるで他人事のように微笑する美しい顔と声が闇に透けて見えるように間近に感じられた。一体、どうしたことだろう。何ということを訊いたのだろう。恥知らずの無邪気な子供と同じような、その子供ではないKがよくもことばにならぬ問いの声を、夜の対馬の闇のなかで、二人の女性に向けたのだろう。何ともやさしく力強い、世俗を超えた無辺の闇のなかの美しい響きの声。Kに悔恨と喜びをもたらした声だけの遣り取り。

彼女はKのたのみでもないのに、自分が留置されていた済州警察監房での、生きて日本へ逃げてきた彼女にとって自ら背負い続けねばならぬような話を、淡々と感情移入のないような調子で話した。彼女と同じ留置場で死刑に処せられた少女に対する愛に満ちたレクイエム。

警察の七留置場中唯一の〝女囚〟留置場では、三坪ほどの狭いところに便桶とともに十数人が入れられていた。男の留置場は坐るのがようやくの数十人が詰めこまれていて、一旦立ち上がると、その自分が坐っていた場所は埋まってしまう。汗や垢、生理などで汚れきっている雑巾まがいのタオルや布きれを使っている〝女囚〟たちのなかで、一人の数え十八、九歳の少女だけが白い新しいタオルをチマ（裳）のなかに隠し持っていた。清潔なタオルが必要な、せめて一目見るだけでも、触れるだけでもいい、老婆や病人たちに、貸し与えたりしなかった少女は、留置場で〝村八分〟になっていた。済州警察では留置者を名前ではなく××番と番号で呼ぶ。

ある早朝、看守がやって来て、××番、ソクパン（釈放）！と叫んだ。ソクパンとは死刑の別名である。その少女に死刑の朝がやって来たのだった。彼女は初めてチマのなかのバジ（ズボン様の下着）から隠し持っていた白いタオルを取り出した。鮮烈な白。そして看守にたのんで筆と墨汁を持ってきてもらうと、白いタオルをひろげて、そこに自分の名前と年齢、出身村をはっきり書いて、チマとバジをまくり上げた太腿にしっかりと縛りつけた。彼女は留置場の先輩たちに、自分のこれまでの頑なで非礼な態度を深く詫びながら、いつか死刑の日がやって来て多くの人と一緒に穴に埋められてしまえば、やがて自分の軀は腐って形が無くなってしまう、いつかの将来親たちが捜しにやって来てもだれか分からない、そのためにタオルを隠していたと話して――。彼女はみなに別れを告げ、従容として看守に連行された。そして城内《ソンネ》（市内）から西方三キロ、旧日本軍基地、現米軍基地内のチョントゥル死刑場へ向った……。対馬の夜の闇のなかの物置小屋で、死者ではなく「乳房のない女」として生き残った彼女は淡々と混り気のない洗われたような透き通った声で話した。

Kのそばの叔父の妻もかすかな息遣いをするだけで、初めてでないその話を初めて耳にするように咳一つしないで聞いていた。何だろう。闇のなかから聞こえてくる美しい恐ろしい声。済州島の海からの声か。

後日、Kはここで聞いた済州島現場での話の断片を織り込んで小説のテーマにしたり、エピソードとして多くを取り入れた。

二人の女性はKと同行、無事に大阪へ着いてから、以後一切、四・三について語ることがなかった。話さぬのではない、対馬での闇のなかの一夜が最後で、その後、四・三について口が永遠に貝のように閉ざされて開かなかった。沈黙より、頭のなかの何重もの箱のなかで記憶が、ことばが対馬の夜を最後にして凍てついたのだった。

対馬の夜から十年後、日本と北朝鮮との間に、〝帰国船〟が往来することになり、在日朝鮮人の多くが在日の屈辱、貧困から脱すべく〝理想〟の新生祖国への〝帰国〟の道が開かれた。「乳房のない女」の彼女も北朝鮮へ行ったという。対馬以来会ったことがないKは、そうか、その道しかなかっただろうとうなずいた。

コウ・ハンは任務を全うした十年後に(彼もKと同じ南の済州島出身だが)、〝帰国船〟で「北」へ〝帰国〟。一時は要職に就いていたが、やがて消息とともに存在が消えた。

Ｋは仙台を出てから大阪での数年を経て一九六〇年代、東京の組織の新聞社で記者をしていたが、たまたまコウが東京へやって来たときはＫを呼び出して酒を酌み交わして旧交を温めながら、Ｋが組織へ戻ったことを大いに喜んでいた。おい、きみはキャバレーに行く機会などないだろうと、新宿あたりの繁華街へ連れて行ったこともあった。

コウは結婚をしていて、韓国貿易の会社を経営、ソウルに支店を置いて、大胆にも彼自身がソウルへ出入りしたようだ。彼は革命の道を、地下組織の活動を通じてそれなりの眼に見えない形で進めていた。やがて一定の役割を終えた地下組織を解消して「北」の共和国へ帰国。コウはその直前になって、韓国籍の妻に自分を韓国籍に変えて「北」の組織の仕事をしていたことを明かして一人息子と一緒に「北」への〝帰国〟を願った。

直近の結婚生活ではじめて明かされた夫の正体に妻は衝撃を受けて寝込んでしまった。妻は背信者の願いを拒み、一人息子を彼に渡さずに引き取って日本に残った。コウは単身、新潟から帰国船に乗る。コウはその後、中央党学校長をしていると友人からＫは聞いていたが、やがて消息不明、そして行方不明。どこへ行方不明になったか。刑務所か。死んだか。党の幹部が、党によって殺されたか。分からん。いや、消息不明、行方不明は明白な不在の事実だ。

虐殺の土地が、故郷として再び足を踏み入れることが出来る土地だろうか。あれが故郷であり、祖国の一部だろうか。北朝鮮は理想の、希望の星になる〝祖国〟だった。〝地上の楽園〟。

Ｋは彼女の消息を知らない。Ｋの友人も知人も〝祖国〟に帰った。そして仙台のグループのキャップだったコウ・ハンも。Ｋにとっての「革命は神の国への入口……」はコウ・ハンのなかでも消えた。革命が革命を殺す。すべての死者は生者のためにあり、死者は生者のなかに生きる。

対馬の海を蔽う闇の彼方、虐殺の島、絶え間なき銃声。虚空の彼方で銃声が時空を超えて、交わる。単発か、連発か。海の向うの南朝鮮ソウル、北岳山麓《ブガクサン》、米軍政庁、旧朝鮮総督府の裏山の軍事訓練所の広場か。

Kは対馬の夜の闇を貫いて聞こえた銃声の、さらなる波紋のなかに、友人であるチャン・ヨンの声を聞く。音声ではない。手紙の声を、多分銃殺される何ヵ月かまえになるだろう一九四九年五月四日付けの最後の手紙の声を。いつまで日本にいるつもりなんだ。いつ、祖国へ帰ってくるんだ。もう祖国へは帰らぬのか……。

チャン・ヨンは解放直前の一九四五年三月、日本から京城（ソウル）へ渡ったKが、寄宿先の禅寺、禅学院で初めて会った友人だった。ピョンヤン出身でKと同年の十九歳の彼はKと夜明けまで、祖国朝鮮独立について語り合った、Kにとっては初めて出会った〝同志〟だった。Kが日本から中国への脱出を志して京城で留まったのは、禅学院のイ先生に中国行はならぬとたしなめられてのことだった。Kの中国への脱出、それは他愛ない十九歳の夢。聞こえは悪くないが、それは空想的な願望、計画性のない非現実的な、全く一人よがりの子供っぽい行動だった。後日に分かることだが、イ先生は当時朝鮮独立運動の地下組織・建国同盟六人の幹部の一人、中国での亡命生活十年の反日独立闘士であって、Kの志をよしとしながら、Kの思いを厳しく斥けたのである。

京城で発疹チフスに罹病、伝染病院に一ヵ月の隔離入院。退院後は京城郊外の田舎で養生生活を送った後も心身衰弱、イ先生たちの反対を押し切って、七月に何とも情けないことながら日本へ逆戻りをする。まさかその一ヵ月後の八月十五日に日本が降伏するとは考えていなかった。そして戦後、Kは新しい希望を新生祖国に託して、すべての荷物をまとめて祖国への〝引揚げ〟の気概で再びソウルへ向うのである。

解放後、建国同盟の後身でもある朝鮮人民党幹部のイ・ソック先生、そしてチャン・ヨンと再会。禅学院の僧のイ先生は変装した姿であって、禅学院は建国同盟のアジトだった。

Kはチャン・ヨンたちと同居生活、解放祖国の現実のなかに身を曝すが、民族解放の喜びと自由は束の間の、一過性の社会的現象にすぎぬものとなっていた。米軍支配下で、たちまち社会は混乱。産業、経済は破綻、貧困が広がり暗殺、暴力が横行。日本からの帰国者たちが再び日本へ戻る異様な状態となる。同じ米軍支配下の日本社会とは、天と地の開きの暗黒の解放朝鮮となった。

一九四七年三月から一九四九年五月まで、ほぼ毎月一通、計二十二通の手紙が日本に届いた。片道約一ヵ月、Kの返信を合わせて一回の手紙の遣り取りに二ヵ月かかる。封書はどれも尻から開封、検閲されており、OPENED BY MIL. CEN.—CIVIL MAILSの黒文字印刷の透明なセロハンテープで封がされていた。玄米パンの皮そっくりのこわごわのいまにも破れそうな粗末な原稿用紙に、ハングルがぎっしりの読みにくい手紙。

それらの手紙は最近までKの手許にあった。現在はある大学の韓国学研究所に寄贈、資料室に保管されている。七十年前の、当時の荒れ狂う南朝鮮社会の様相、青年たちのやるせない絶望とたたかいの心情が、間接的表現で綿々と綴られている。

「国父李承晩博士が議長になられた。万歳、万歳……」、「ぼくは偉大な領導者李承晩博士の路線を実践するために……」などというのがあり、「反動共産分子」、「われら反共戦士」などと、折々の手紙に書き込まれているが、地下活動に入っていた南労党員のチャン・ヨンの、反米、反李承晩の逆説的表現である。

「ソ連ノㇺ（奴）」は「米国ノㇺ」に置き換えればよい。

「……満二年、ぼくは非常に祖国を愛した。失われた祖国を……。しかし……。同時になぜか、貴兄が非常に憎かった。トンム（きみ）の幸福と発展を憎んでのことではないのは、貴兄も理解してくれるものと思う。しかし、絶え間のない嫉妬心！　われわれはみな退歩した。前進のための退歩ではなく、もはや立ち上がることができないほどに退歩してしまった。解放後満二年余！　われわれは何をしてきたのだったか。考えると、全く恥ずかしい限りだ……。われわれはいま、退歩しているのみ、貴兄よ、ぼくをどうするつもりなのだ……。痴人になれと……」

おれは幸福で、発展したのだろうか。そう、何とか大学に入って、一応戦後民主主義の平和日本でいま暮らしている。そう、幸福なんだ。日本での夏が終れば秋の新学期までにソウルに帰って友と再会することを期したK。ソウルは勉強どころではない。もはや生活が出来なかった。単身祖国に帰ったKのように在日朝鮮人の生活基盤も身寄りもない者は、持ち金が切れると飢え死にしかなかった。失業者と浮浪者、乞食の氾濫、餓死者、凍死者の続出、物資の不足、物価暴騰、病めるソウル。当時のKは栄養失調、手指の全体に水疱の群れが出来る症状で、皮膚科の病院でこれ以上に栄養不足になると危険だと警告されていた。ソウルの街に溢れる乞食と飢餓者たち、飢えたる者よ、栄養を摂れ、さもなければ死ぬだけだろう。生きていても、チャン・ヨンのようにすべてに追い詰められて絶望の淵に立たされるばかり……。ことばが無い。

一九四九年五月の、チャン・ヨンからの最後になった手紙。

「……渡日の件については、非常に感謝している。何ともいいようのないくらいに感謝している。しかし、友よ、夢から醒めるんだ。祖国はぼくのような者でも一人残らずに呼んでいる。いま、ぼくがどうして行けるだろうか。これ以上は書くまい。察してほしい。昨年！　一年前とは大いに違うのだ。きみの心情とぼくのために尽くしてくれたすべての配慮はほんとうにありがたい。しかし、祖国を考えろ。犬と猫の手でも借りて建設すべきときだ。ぼくがいま数多くの同志たちを置いて、ぼく一人がどうして行けるだろうか？　これは全民族に対する罪悪だ。昨年とは違うのだ。大韓民国！

わが国を建設する者は、わが大韓の青年の他にない。ともかく行きたい心を抑えて、きみにこの手紙を書く。いや、書かざるを得ないぼくの心情と、祖国を考えてほしい。長く書いて何になろう。ぼくの代わりに大いに学んで帰ってきてくれ。ともかく、ぼく自身がいますごく忙しくて、これこそ〝眼鼻莫開《アンビマッケ》〟も開く間がないくらいなのだ……」

手紙は段落を変えて続く。

「そして、ぼくの恋人の件（というのは、すでにこのまえの手紙で彼女の存在について触れていたのだった）。ぼくはほんとうに彼女を愛している。しかし彼女は出身と階級からしてあまりに大事に育てられ、苦労を知らなさすぎる女。じっさい困るときが多いのだ。それでもぼくと志をともにするというその心情が美しい。ところで、ぼくの代りに彼女がきみのところへ行くというのだが、どうすればいいだろうか？　もちろん経済的にきみの力をかなり借りねばならないが、多少は持参できるだろう。ある高女を五年修了、成績は国民学校から首席で通し、現在、某音楽学校声楽科に通っているのだが、どうすればいいのだろうか！　しかし、この問題はまたの折に知らせよう。余り気を遣わないでくれ。ぼくのことだけでも全くいいようのないくらいすまないのに、また次の折に知らせよう。いまはかなり深く踏み入り、切るに切ることのできない立場。これはぼくたち二人のあいだでそうなったのではなく、彼女の父母の立会いのもと、話し合いで成立したことなのだ。しかし結婚をしたわけでもなく〈時代が時代だけに〉、ただぼくと彼女とのあいだに愛の曙光が往き来しているだけだ。

トンオは二十年、ヨンソンは元気だ（トンオは二十年の刑――それはつまり死刑を意味する。ヨンソンは元気……釈放されたということだろう）。

それでは、ちょいちょい飛行機便で消息を伝えてほしい。たのむ。達者でいろよ。トンオのことを考えろ。すべての友のことを。では、さようなら。きょうはこれまで。また、きみの返事が届くのを待って、また書くことにする。返事が遅れたことを許してほしい……」

渡日の件というのは、チャンが日本へ渡りたいと書いてきて、Kがその受け入れの準備をしたことを指していた。

彼が勉学のために日本へやって来て、当分の間であっても、兄の家に居候をしているKが彼の生活を支える力はなかったが、ともかく渡日が先決問題であり、後のことは考えずKは動いた。Kが四六年八月の夏休みに渡日する際に世話をしてくれた釜山《プサン》の兄の知人を連絡先にして、先方に手紙で依頼、密航を斡旋して日本へ渡るように手筈を整えたのだった。

チャンはしかし一年前の絶望的な手紙を書いた自分を打ち捨て、そのままソウルに留まった。トンオ、その他の同志たちと南北統一、李承晩打倒の革命のたたかいを続ける覚悟の手紙を送ってきたのである。彼の代りに日本へ渡りたいとした彼と志を同じくする恋人と、他の同志たちとともに彼はたたかった。そしておそらくは……ソウル北岳山麓の軍事訓練所の死刑台か、西大門《ソデムン》刑務所の刑場で幻の銃声をソウルから対馬の夜の闇のひろがりの果てのKの頭上に轟かせながら殺されたのであろう。

トンオ、Kのソウルでの数人の共同生活の一人、チャンと同じ専門学校の学友だった。チャンの最後となった手紙以前に逮捕、即決裁判になっていたのだ。トンオはあの頃、余り上手でないヴァイオリンをぎいーこ、ぎいーこ……とやっていたが、月の沙漠をはるばると……だけはうまく弾けるのだった。月の沙漠をはるばると、旅のらくだがゆきました……。Kはいまでも「月の沙漠」の曲と歌をどこかで耳にすると、胸の疼きをおぼえながら当時を思い出す。ノッポでスローモーションのあるレストランのマネジャーをしていた父を守銭奴と憎悪し対立していた青年。トンオは二十年……。そしてチャン本人も、「では、さようなら、きょうはこれまで。きみの返事が届くのを待ってまた書くことにする」と書き、Kの返信には返事を書けぬままチャンは逮捕されたのだろう。

チャンの恋人の渡日の件を含めて返信の手紙に何を書いたか全く憶えていないが、ソウルまで一カ月、往復二カ月が過ぎても、そして三カ月が経ってもチャンからの返事が届かなかった。ずっと。永遠に。

Kはチャンの逮捕の、銃殺の現場を見ていない。でも、それが見えるのだ。幻の銃声の轟きとともに、永遠に生きる記憶として。

パルゲンイ（アカ）は非人間、神聖大韓民国に存在すべからざる非人間。

「人心を変えさせて〝狼〟と〝毒蛇〟に作りかえる故、共産主義者たちは人類だと見なすことも、同族だと呼ぶこともできない」（李承晩大統領）

反共統一のスローガンを掲げた李承晩政権の政治的経済的基盤は、旧親日派から百八十度転廻の現親米派だ。彼らによる支配体制の確立、反対勢力の完全掃蕩の時代に入っていた。

その韓国へ、帰国の約束を果たせないままKは日本に居坐り続けたのだった。間もなく一九五〇年六月、朝鮮戦争の勃発。三年戦争で南北朝鮮の荒廃、とくに「北」の狭い国土には太平洋戦争中の何倍にもなるという日本本土を基地にした米空軍のナパーム弾投下による全土焦土化。南北、その他合わせて四百万の死者。

第二次大戦後世界最初のジェノサイドが行われた済州島。二十数万の人口中の三分の一の虐殺、全島焦土化。済州島四・三武装闘争は一九五四年に完全掃蕩、ハルラ山開放。歴史非在。歴史から抹殺された四・三人民抗争の記憶は、永久凍土のなかに閉ざされる。聞くべからず、語るべからず、見るべからず、触れるべからず、限りなく死に近い忘却、限りなく死に近い記憶。記憶なきところに人間の存在はなし。強大な権力による外からの四・三記憶の抹殺。自らの恐怖による内なる記憶の抹殺、自殺の半世紀。二十一世紀初にようやく記憶の地上への復活の兆し。限りなく死に近い永久凍土の沈黙が、ようやく陽の光を浴び始める。

死の島からの多くの密航者のうちの二人、対馬に至った女二人のKとともに物置小屋の漆黒の闇のなかで明かした一夜。彼女たちが背負った沈黙の死の記憶は、Kのなかに残された。死者は生者のなかに生きる。

Kは一九四九年五月が最後になった、破れほころびたチャンの手紙を取り出して読み返すときがある。読み終ったあと、座机を使っていた頃は、Kはそこからすぐに腰を上げることが出来なかった。腰が立たない。尻が石のように座ぶとんもろとも畳に沈んで固まってしまうのである。そのまま机に両肘を突き立てて両手で顔を蔽って慟哭する。嗚咽の声が部屋の空気を震わし、涙が顔を、光を塞いだ両の掌を濡らす。首を振る。横に振り続ける。

ときには窓の外の空遠くを眺める。頭のなかが空《くう》になり虚空に消える。虚空の彼方、凝視し続けるその彼方の一点に黒い穴があく。穴の底は闇の純度が高まり凝固したダイヤモンドのような透明な空間、そこは闇のなかの光の広場。

見える。対馬の夜の漆黒の闇の底が見える。乳房のない女。みぞれ降る仙台駅頭の別れのコウ・ハン。日本での任務を果して十年後に「北」へ〝帰還〟、党要職について間もなく粛清、銃殺。赤茶けた鉄鉱山の天辺でダイナマイト自殺したジョン・ウ。革命、神の国が爆薬の破片となって虚空に飛散する。ソウル北郊、北岳山麓の銃声のこだまのひろがりの下のチャン・ヨン。見える。虚空の彼方の闇の底の光の広場に二十歳の彼の顔が見える。

屋台「どん底」の〝開店〟は午後五時。〝閉店〟は十時。

閉店後、時間に合わせて酒屋が酒の空瓶を取りに来る。テントやのれんを取り外し、食器や空のバット類などの荷物をブリキのバケツに片付けて、クルマは十メートルほど離れた空地の隅に移してから、荷物が一杯のバケツや風呂敷包みを両手に、歩いて七、八分のアパートへ帰る。売上げは千円～二千円台。

これが休日の日曜を除いた日程だったが、それも当分の間だけでほとんど守られなかった。閉店時間が過ぎて、一般客はお断わり。久しぶりにやって来た友人たちと屋台を囲んで酒宴を繰りひろげて、十一時を過ぎることもある。屋台の背後が板塀の壁になっていて、そこの住人から夜遅くまでうるさいと怒鳴られたこともあった。

午後五時の店開きに間に合わせるために夕食を抜かして屋台の置き場に向うこともあって、ある時は二歳の娘を背負った身重の妻がKのために弁当を作って持って行った。ところが、閉店にはまだ早い八時だというのに、「どん底」の文字が電灯の光で盛り上がって遠くからでも見える屋台の姿が、見えない。行ってみると、テントを外した空っぽの屋台が、元の置き場に移されていて店じまい。屋台から、どこかへ飲み場を移すことが多々ある。

屋台へ立ち寄った友人たちと一緒になって飲んでいるうちに酔いが昂じてきて、ええいッ、儲けにもならん商売、今晩はこれで閉店、飲みに行こうということで、まずは懇意の隣りのキャットへ立ち寄って、ウイスキーにビール。それから近くの居酒屋へ、そしてまた次へと梯子を重ねて、ポケットを空にしてご帰還。それにアパートにはまた来客が多い。日曜日には友人たちが一升瓶をぶら下げてやって来ると、狭い部屋で妻は子供を背負って、それなりの接待をする。ともかく、忙がしい。何が忙がしい？　酒を飲むのに忙がしい屋台の日々だった。

Kはまだ若いのでアル中ではない。またヤケ酒などでも決してない。ともかく飲み出すと、酒瓶の底がつくまで飲んでしまう。

こういう次第で翌日の食材などの仕入れ金が無くて困り果てることがしばしば起こって、二、三百円の仕入れで自転車操業といったところだったが、Kは儲けがいいから屋台をやっているんだと逆立ちした噂が立った。噂を聞いたのか、借金を申し込む人間までやってくる始末。こいつ、どんな根性をしてやがるんだろう。おれは家賃を何カ月も滞納、アパートから追放を迫られているというのにだ。

三月末に屋台をやめる。二万円の半額だという一万円で買ったクルマを、その半額の五千円で旧屋台の主の馬面氏の友人に売り渡して、「どん底」は終り。店じまいということで、よくぞ止めたと祝福を兼ねて来てくれた友人たちと飲んで、屋台にある日本酒とビールを全部空ける。それで終るはずがない。後は隣りのキャットでコーヒーを飲みながら待機していたクルマの買主を呼んで、屋台の備品、相手には無用の重たいテント地の垂れ幕の処理など、一切を委せて、隣りのキャットへ最後の別れの挨拶を兼ねて顔を出す。夜だけ開くカウンターに数人が陣取ってビール、ウイスキーの杯を傾ける。フロアの客がいなくなると、ソファに移って、友人同士互いに顔を合わせて杯を傾ける。

キャットを出てから、冷たい風が熱した頬を刺す夜気のなかを、Kはどこへ行ったのか。当然近くの居酒屋へ顔を出して、さらに鶴橋界隈でハシゴ、そして最後数人がタクシーに乗った記憶があるのだから、道頓堀あたりの友人の知合いのバーへでも行ったのだろう。キャバレーへは行っていない。カウンターで隣りの若い女が、女性恐怖症の気のあるKの左手を握ってさすっていたのを、Kは憶えている。店の裏窓の外は明るい光の群れが映った川だった。きらびやかな極彩色のネオンサインが風に揺れる波の上で踊っていた……。その残影が分厚い一日酔いの膜のなかに残っていた。それから、どこへ、どこまで行ったのか。そのバーらしきところから直行して帰ってきたのか。泥酔いの眠りから覚めた翌日の夕暮れになっても記憶がない。

屋台の重たい荷物はKから離れたが、いつの間にか屋台が消えて、それを売ったというネダンもカネの行方も自分は分からない、と妻が言うように、K自身がその何千円かの大金がどこへ飛んで行ったのか分からない。翌日のジャンパーの内ポケットのなかは千円札一枚残っていなかった。まことに悲惨、滑稽な屋台の終末だった。

これだけでも、人の見るところ、かなり屋台で儲けたのだとなったのだろう。

例えば、薄給の組織活動家からKを見ると、実情は彼らのほうがKよりずっと生活が安定しているのだが、屋台で一応〝商売〟をしているし、屋台主がほとんど客と一緒になって飲んでは、閉店時間前に姿を消すものだから、まあ、赤字の仕事などとは考えられなかったのだろう。二、三千円の貯金があったらしい妻が毎日百円ずつ引き出して生活費に当てていたと言うから、一体、何のために屋台を？　生活のために屋台を始めたのだが、全く生活のためにはならなかった。たしかに家では極貧の生活で日々の食事にもとくに二歳の娘のそれにも事欠く状態だったのだから、何のための屋台だったのだろうと、Kは考える。そして屋台の名は「どん底」。その体たらくで何が「どん底」なのか。

冒頭に、カウンターに肘を突き立てた酔っぱらいの客が、酒の入っているグラスの縁を口に持って行って、剝き出した上下の歯でグラスを齧る場面が出てくるが、Kにとって屋台「どん底」と言えば、最初に頭に浮かんでくるシーンである。

かなり心情の曲りくねった、在日のコンプレックスの表現、「どん底」の屋台のカウンターがはけ口だったかも知れぬが、Kには半世紀以前のその同胞の青年、小さな屋台の全景のなかの唇に血を流しながら凄味を見せる青年の姿が、絵になってはっきり見えてくる。そしてフィルムのように動く。

四カ月の屋台業は実利的に言えば、生活のためには何の足しにもならなかった。人生の日々の重なる過程の、一コマの体験と言うことだろう。そんな四カ月の中での唯一の貴重な体験が、常連客として親しくなったチョントンムとの出会いだった。

彼との出会いは、後に小説「糞と自由と」の発想から成熟、それが形を与えられて作品化への出発点になった。「どん底」でのチョンとの出会いがなかったら、この朝鮮人強制連行をテーマにした百数十枚の小説は生まれなかったのである。実録、記録ではない、苛酷、残虐な歴史的事実を基にしたフィクション、K自身が貴重な作品としている「糞と自由と」は「どん底」の産物である。

チョントンムはKと同年輩の、朝鮮総連東大阪本部宣伝部の活動家だった。トンムは親しい友とか、活動家同士の呼称だったが、Kは自然に彼にトンムをつけてチョントンムと呼んでいた。本部の仕事が終ってから駅への道にある「どん底」へ顔を出して、酒を二、三杯つつましく飲んで帰る。最初は同じ総連本部のKの知人と一緒に立ち寄ったのが、やがて常連になった。それは、チョントンムが二十歳前の戦前、朝鮮半島から強制徴用され、戦後も本国への帰還を果たさずに在日になった過去をKが知ってからだった。

彼が戦前に南朝鮮慶尚道《キョンサンド》から北海道のクローム鉱山に強制連行されたことを知ったKが、強い関心をもってその体験談を聞き出したのである。それにチョントンムが応じて両者の呼吸が合致、チョンがカウンターのまえの丸椅子の端の場所に腰を下ろして、客人が他にいないときは、Kのいわば〝取材〟に応じた。そしてKは、〝取材費〟の代りに、酒代を取らなかった。

チョンが怒りと悲しみの涙を流してカウンターに顔を伏せるときがあった。Kは胸を突き刺される思いでメモを取り、頭に留めおきながら、屋台のコンロ越しに身を乗り出して、タコ部屋での過去に涙するチョンの肩を叩き、かつて十九歳の彼がクローム鉱山でツルハシとスコップを握ったその骨張った手を握って慰めたりした。

チョントンムは敗戦前の一九四四年秋に九十二名の労務徴用者の一人として、全員が釜山で合流、関釜連絡船で海を渡り、延々何十時間もかけて北海道へ、函館から旭川まで、さらに名寄を経て北上、幌加内のクローム鉱山へ行ったと言う。そのとき、人夫たちの最初の歓迎のことばが、おめえ、とうとう地獄へ来たぞ、だった。おめえら、ここでゼニもろうて、それでめし食えると思っとるんか。自分の手足を食うて、おめえのはらわたを食うて、死んでしまう。蛸がそれさ。それがタコ部屋だ。おめえもタコなんだ。人間さまではねえぞ。

三、四百メートル四方の、楢や杉の茂る山に囲まれた盆地のようなところに鉱山の建物があった。周囲に鉄条網が張りめぐらされ、四カ所の要所に熊鉄砲を持った見張りのための櫓が建っているが、盆地を囲んだ山そのものが壁になって逃亡は至難。

人夫たちの宿舎は鉄扉に閂が渡されて、頑丈な鍵がかかる。建物の中央に七、八十メートルの廊下があって、右側は二つに区切られた人夫部屋、反対側は奥から病人部屋、朝鮮人幹部部屋、大食堂だった。人夫は三百名。夜は逃亡防止のためにパンツ一枚の着用も許されぬ真っ裸でフトンに入る。数十のフトンが四列に敷かれて、頭と頭を鉢合わせにして二人ずつ寝る。

鉱山は山麓の雑木林を伐って、その地下を掘るのだが、道具は人夫たちの手にするツルハシとスコップのみ。掘り起こされた土壌のかたまりのチカチカ光るクローム鉱をレールの上のトロッコで洗鉱場へ運ばされる。白樺の棒を握った朝鮮人幹部の追廻し役が労働の監督と見張りをする。近くの雑木林の蔭に掘られた溜め池へ洗鉱場から送られる鉱毒が溶けた汚水が流されるが、人夫の死者や病弱者、半死の労働力にならない者も夜ひそかに沈められる。

毎朝、宿舎の建物の横の訓練場で人夫たちが五十名、六列に整列。天照大神に、宮城遥拝、「皇国臣民ノ誓詞」の斉唱。「一ッ　我等ハ皇国臣民ナリ　忠誠以テ君国ニ報ゼン。二ッ　我等皇国臣民ハ互ニ信愛協力シ　以テ団結ヲ固クセン。……」

チョンは屋台でも頭に叩きこまれたそれを、憤りをこめて暗誦してみせた。Kは笑いながら、自分も戦前に経験したんだと、途中で止めさせた。

教育勅語というのがあって、これはクローム鉱山で読み上げることはなかったが、朝鮮の田舎の小学校で日本人校長が運動場に整列した全生徒のまえで両手で巻き物みたいなものを捧げ持ち、生徒たちは直立不動、頭を垂れて、「朕《チン》オモウニ、我ガ皇祖皇宗、国ヲハジムルコト……」とやったものだった。チョンは朝鮮の田舎の小学校で教育勅語、長じて、北海道のクローム鉱山で「皇国臣民ノ誓詞」……そう言って、笑った。

溜めこまれた、チョンの強制徴用の克明な記憶。話が同僚の処刑の場面に及んだとき。Kは何のことか分からずに狼狽したほどだったが、チョンは話をするまえに泣きだした。そしてグラスの水を一口飲んでから、深呼吸。唇を噛みながら話した。

深夜脱走に成功して山を越えた一人の青年が、ひたすら汽笛の音をたよりに道に迷いながら駅へ向う途中で、どこからかかすかに人の声、それも何か歌っているような声が聞こえてきた。それが懐かしい朝鮮の民謡「トラジ（桔梗）」だったので、青年は驚き、こんなところにも同胞が住んでいるんだと救いの神に出会った思いの偶然の出会いの同胞と一緒に駅へ向ったのだが、駅で待っていたのは鉱山の朝鮮人幹部、追廻し役が乗ってきた馬車だった。チョンと親しかったその青年は、汽車ではなく馬車に放り込まれて鉱山へ連れ戻されたのである。罠にかかったのだった。

深夜、非常召集をかけられた二百人の人夫仲間と百人の朝鮮人幹部が、日本人監督や世話役たちが居並ぶ、食卓などが片付けられて処刑場に変った食堂に集合した。

まず全員が「皇国臣民ノ誓詞」を斉唱。「忠君愛国精神高揚」の儀式が始められた。

「――皇国臣民ノ誓詞　一ツ　我等ハ皇国臣民ナリ　忠誠以テ君国ニ報ゼン。二ツ　我等皇国臣民ハ信愛協力シ　以テ団結ヲ固クセン。三ツ　我等皇国臣民ハ　忍苦鍛錬力ヲ養イ　以テ皇道ヲ宣揚セン」

それから日本人世話役が朝鮮人幹部の列に向って非国民を捕えた二人の功労を讃え、それぞれ金一封、一日の有給休暇を言い渡す。続いて、忠誠の誓いの儀式、人夫全員が白樺の棒で二回、満身の力をこめて逃亡者を打つ処刑が始まるのである。

人夫が握っている白樺の棒は樹脂に富み強靱で絶対に折れない。それを両手に握ってロープで吊るされた上半身裸の逃亡者の背中を打ち下ろす。白樺の棒を握った人夫の背後には頭を殴るための棍棒を握った追廻し役が立っており、さらにその朝鮮人幹部を監督する日本人が立ち塞がっていて、息の洩れる隙間もない。逃亡者を非国民と見なす敵愾心、天皇と皇国に対する忠誠心が強ければ、敵に対する一撃がさらに強くなる……。

何番目かで、すでに血で赤黒く染った白樺の棒を握ったチョンが逃亡者の前に立った。脱走者は死んでいた。梁から吊るされた死体のつまさきが床に伸びて届いていて、一撃、さらに一撃のあとは一秒か二秒、揺れ動く。彼の死体を強く殴ることが出来なかったら、自分はここでこれから生き抜いて行く力を持てない。自分は彼を殴りつけてその死体をいまここで踏み越えねばならない。チョンは両手を振り上げ血まみれの棒をさらに血まみれにすべく死者の背中に打ち下ろした。そして白樺の棒を後ろに立っている仲間に手渡すことを忘れ、床に放り投げて列を離れた。彼の頭の上に後ろから棍棒の一撃はなかった。

処刑の翌日、朝鮮人、忠誠なる日本帝国臣民の功労者康川が手柄話をして、人夫たちのあいだに深夜の逃亡者逮捕に至るまでの話がひろがった。逃亡を企てるな。

チョントンムはそれ以上、話を続けなかった。話が出来なかった。両手で顔を蔽って肩を波打たせて泣いた。屋台の三方がテントだったので、人目につかぬのがよかった。

「おい、チョントンム、一杯飲めよ」

Kは手を伸ばしてチョンの肩をやさしく叩きながら、声をかけた。チョントンム……。十数年前のことだ。彼が生きていたら三十代半ばか。その死体はどこへ埋められたのだろう。洗鉱場の溜め池か。

「いやな話ばかりして、すみません」

チョントンムは思い出し笑いのように、遠いところを見るような顔に笑みを浮かべて言った。

「何が?」

「いま話した北海道の話」

「何もいやな話とは違う。大事な話ですよ。チョントンムは私がたのんだ話をしているんです。トンムに私が取材させてもらっているんですよ」

「カムサハムニダ、ありがとうございます。Kさん、それでね、他の、ちょっと楽しい話をします。同じ北海道の話ですけれど、北海道へ連行されて行く途中の……」

チョンは先刻と同じ笑い顔に戻って言った。

「うーん？　それは何ですか？」

Kはつられて笑った。

「鉱山《やま》ではなく、途中での脱走の話です……」

下関で乗った汽車の向き合った席で、読書ばかりして何か始終にやにやしている若い男がいた。京城の某商業学校出身の彼は学校では器械体操の選手だったらしい。彼はチョンを信頼したのか、自分はここからこっそり逃げるからと告げた。出入口に見張りが立っている車輛から逃げる？　席は車輛の真ん中あたりだったが、自分が窓から跳び出したら、すぐにカバンを窓から落してくれと若い男はたのんだ。チョンは冗談かと思ったが、そうではなかった。彼は暑い、暑いとつぶやきながら窓をいっぱいに開いた。それで便所へ行ったんですよ。……便所から出てきたときの彼の表情が一変して眼の焦点が一点にしぼられて光り輝き、上衣の裾をズボンのベルトのなかへ押しこんで、ゆっくり深呼吸をしていた。そして通路をゆっくり歩いてきながら、自分の席の横の通路といっぱいに開かれた窓を交互に見つめて、跳躍の反動をつけているようだった。チョンは彼のきびしい顔を見ながら冷たい汗を額に感じていた。

彼は腰を引いて、小走りにたたたっと席のほうへ駆けだした。ええいッと大きな気合がかかって、頭上の網棚の縁を鉄棒のように握ってひらりと、風のように窓の外へ跳び出した。ああッ、何ということだ！　彼は空中でくるりと燕のように一廻転すると、四、五十メートル離れた向うの沿道にもうしゃんと直立して、ひらひら手を振っていた。チョンはカバンを窓から落した。チョンは見事な跳躍に呆気に取られ、カバンを落すのを忘れるところだった。チョンは心臓がひとりで飛び跳ねていた。青年はゆっくりカバンを拾い上げて、遠ざかる汽車に向って手を振りながら田んぼのなかに消えて行った。間もなく神戸だった。

あのにやにやしていたのは何だろう。脱走の計画への興奮と、何かのカムフラージュだったのか。チョントンムは笑いながら、大きな溜息をすると、また泣きだした。

Kはしばしぼんやりした。軀の内部で静かに感動の波が打っていた。何と素晴らしい、気持ちが何か洗い流されるような話だった。

何となく気持ちを取り戻したチョンとKは、汽車の窓から跳び出したその青年のために乾杯をした。北海道のタコ部屋の処刑の話。クローム鉱山の溜め池の話。苦しいチョントンム本人の死線をくぐり抜けた体験の話の後だっただけに、荒野の一輪の花のように、青年の話は胸がすくような爽やかな話だった。二人は乾杯をしながら、再び笑った。

チョントンムとは屋台だけではなく、隣りのキャットで、本部事務所の昼休みの時間に落ち合って、トーストにコーヒーを飲みながら話の続きをしたり、〝取材〟をしたが、チョントンムがそれを喜んでいたのがKにはありがたかった。

なぜKさんは屋台をしたんですか。なぜ、おれは屋台をしたのか。これが後年自他からの問いになった。

仙台での〝革命〟からの脱落に始まるもろもろの負い目を背負った絶望からの脱出。Kよ、きみはこれからどうするんだ。分からんよ。

屋台。自虐的な衒いが人生の何かの通過儀礼のように、あの当時必要であった、それはほほえましい虚勢だったかも知れない、それが自慰的な癒しになったような気が改めてしてくる。何のための屋台だったのか。酒の海に浮いた屋台。そしてその名が「どん底」。恥ずかしい。

心も軀も空っぽの剝製の人間が動いていた。重力に見離された宙吊りの軀と心が東京・池袋の舗装された広い坂道を上っていた。

眼のまえの足元に深い透明な穴があるのに気付いたKはひやっとして身をかわす。Kは不思議な感じで立ち止まると、足元の地面が石畳様の模様をくっきり浮き出しながら透明になって、その下に深淵のような穴が見えてきて、その穴へ吸い込まれそうになる。坂の上全体があちこちに出来た穴でいまにも陥没しそうで、Kは地面にしゃがみこんだ。穴自らがその縁から溶け崩れて行く深い穴。

その東京で二、三年経って、Kは掌篇「夜なきそば」を書く。

「……同時に、永八の熱した心の底にひんやり風のおこる穴がぽっかり口をもたげ、永八の眼にははっきり見てとれぬ冷たい孤独の感情を彼は感じていた。」

この穴は、石畳模様の坂道の自ら縁から崩れ落ちる底なしの穴と同じではないか。深い穴の淵の底の渦巻く波動の水面の揺れ。さざ波のつぶやきが「夜なきそば」の穴、ひんやり風のおこる、だれも埋めることが出来ない穴。これまでの挫折、東京へ出てからの絶望――どん底の暗喩、本人も無意識に遠廻りして出てきた表現ではないか。

それが後年、現実の屋台「どん底」へ。多くから顰蹙を買い、笑う人は笑った。「どん底」。何のどん底だろう。K自身そのように思う。なぜKは現実の屋台「どん底」をやったのか。「夜なきそば」を書いていなかったら、現実の屋台もしていなかっただろう。そして仙台での挫折、どん底に根ざしながら、その生活とは切り離された異次元の世界の小説「鴉の死」に至る……。それをKは発見した。老年になって半世紀以上昔の、過去の地平の一点に辿り着いたような気がする。

「鴉の死」と「夜なきそば」、全く異質の二つの小説が半世紀前の、ほとんど同時期に書かれた同じ水脈につながっているのに気がついてKは驚く。「鴉の死」と「夜なきそば」は「熱した心の底にひんやり風のおこる穴がぽっかり口をもたげ」て風を送ってくる穴……と、地下でつながっているようなのだ。「鴉の死」はその穴からの脱出へ向う。

Kは「私は『鴉の死』を書けなかったら、自殺したかも知れない」とどこかのエッセイに書いているが、彼は何とかそれを書くことで、ニヒリズムから抜け出し現実世界に一歩足を踏み入れることが出来る、それはペシミズム、センチメンタリズムを排する道でもあった。Kは美的意匠をしたセンチメンタリズムを嫌悪する。

Kは「鴉の死」を書くことで、小説人生の荒野を一人で行くような無の出発点に立つ。その荒涼の上に立たしめた背後の力は、仙台での挫折であり、対馬での虐殺の島からの密航者との一夜であり、解放後の四年間にわたる友からの手紙とその死であり、それはKが背負うべき十字架だった。その十字架の重さに耐え得るか。それらはKに負い目の苦しみを与え、力を与える。

　虐殺の島の歴史。四・三は半世紀のあいだ地上から抹殺されてきた。四・三？　そんなものはなかった。あれはパㇽゲンイ（アカ）のでっち上げの嘘だ、と。外と内からの、記憶の他殺、権力への恐怖による島民らの記憶の自殺。記憶のないところに歴史はない。歴史のないところに人間は存在しない。

　二〇〇〇年代に入って、限りなく死に近い記憶、限りなく死に近い忘却が凍てついた沈黙が、虐殺された死者とともに地中から地上に掘り起こされ、太陽の光のもとに曝されるに至った。死に瀕した記憶の復活の始まりであり、地上から抹殺された歴史の復活が果たされようとしている。

　対馬の夜の無辺の闇の虚空に乗って届いてくる、ソウルの処刑場の銃声の轟き。

　いつまで日本にいるつもりなんだ。いつ祖国へ帰ってくるんだ。もう、祖国へは帰らぬつもりか……。Kと同年の二十三歳の死。

（了）

満月の下の赤い海

一

雪山の麓の森のなかの、はるか南に海が望める陽の当る草地で白い蝶が群れをなしながらリズミカルに飛んでいるようにみえるのは、白いチマ・チョゴリの赤い薔薇の唇をした巫女の舞い。大きく頭上になびく天と地をつなぐ長い帯のような白布が波打って鋭く宙を切る風の音に軀《からだ》を乗せて、巫女が空を仰いで踊る。

白いボソン（朝鮮式の足袋）の爪先が地面を蹴って跳び上がるたびに、足元一面に滾々と泉が湧きひろがり、何となくねっとりとした青みがかった液体が下半身を沈めていって、それに溺れそうで溺れそうでなく、巫女の翻える長い白布の帯は透明な泉の泡立った光を掬って宙に舞う。

泉の上に真紅の薔薇が咲いて薔薇の開いた巫女の唇からことばが出る。この世に出ないことばが出てくる。胸につかえたことばを解きほどくところ。

裂けた大地の割れ目の底深く、闇の門が広大な空間に開かれて、そこは樹々の枝が絡む森であり、神が宿る榎木の風を引き寄せる巨大な翼になった樹々の蔭の死者たちの憩いの場であり、樹皮の剝げた朱色の香木のにおいが漂い、地底の太陽の光を背に赤い口紅をした巫女が白衣の長い二つの袖を、背丈の何倍もの幽明をつなげる白布の帯を翻えし、トゥタン、トゥタン、タン、トゥタン、タンタン。岩の角が突き出た坂道の下の岩だらけの水辺で巫女が踊り、死者の声を孕んで踊る。深い深い地下の水面に巫女のことばがころんで進み、この世でことばに出てこないことが夢に出ます。夢にだけ出ます……。やがて広い水面に波がうねって起こり、波がうねりを重ねて続く向うは地底の湖水、やがて霧の形をした潮香が流れて、地底の海。地底の太陽の光のなかから突然、黒い影が走り、一羽の鴉が巫女の肩に止まった。巫女の翻える長い白布のうねる大きな波の天辺に鴉が三度舞い、赤い口紅をさした巫女の手から一茎の椿をくわえ取って、高く飛び立った。鴉が飛ぶ海の上は空だった。鴉は大海を東へ飛んだ……。

黄昏れのような薄明は地下の幽界のひろがりではない、濃い塩分を含んだ海草のにおう水の気配がして、あたりを満たしたのはやっぱり海だった。ここが幽界とどうつながっているのか分からないが、はるか海面の落雷の火の玉に叩かれて金色に輝く裂け目に吸い寄せられているようで、ゆっくり水流が揺れていた。海上の落雷で沸騰して砕ける波の影が、鉄のかけらになって海中に降っていた。雷光だけで全然音は聞こえないが、海の外は遠い嵐のようだ。

海底は静かで、でこぼこの砂床に大きな魚のようなはだかの影が動いている。薄明のひろがりの奥の一点に森の影があり、近づくにつれてそこは廃墟の村落のようで、その手前に沈んだ伽藍らしい影が見えてきた。海女が海底に届いた影といっしょに泳いで行くと、迫る大きな建物は沈没船の海底の泥に蔽われた船室の形に変っていた。さっきの落雷で沈没したのか。いや、いや、何だか巨大な生き物のようでいまにも動きだしそうであり、あたりの海水は羊水のようにぬめりがあって、まといつくようだった。幻の伽藍のように見えたのは沈没船のようで、以前からそこにあるのだろう。じっと動かない。

沈没船に近づいた海女とはだかの影が、どこもここも体液のようにぬるぬるの海面に頭を向けて傾いたデッキに這い上った。ああ、ここはいつか来たことがあるんだな。海草などの泥に蔽われてぬるぬるしているのは、ずっと昔からここにある証拠だった。船首に近い船室のガラス窓が海のなかの風に叩かれて、がたがた揺れながら海女を呼んでいた。そばのドアのぬるっとして突起している肉塊のようなノブを握って引っ張ったとき、滝のような勢いの海水もろとも無数の得体の知れぬ人間の影。ぬるぬるした真空状態の船室から腐っていない死者の群れが飛び出してきて、まるで鳥の群れのように海面へ向って舞い上って行った。一瞬、恐ろしい雷鳴と光が海中に突き刺さって飛び散り、死体の群れに混って吹き飛ばされた海女がたちまち魚になって、荒れる海の外へ空高く放り出された。ああ、逆巻く怒濤のなかへ落ちてきたのは、魚になったわたしだった。

魚になった海女。この地底につながる海はどこだろう。どこでもない、ただ、海。この沈没船のある海底、そして荒れる海の底に海女の影が泳ぐのは済州島《チェジュド》の海かも……。海女は済州島の海女。荒れる冬の海を潜る海女の、わたしは娘。母は済州島四・三事件当時、その虐殺の島で、政府討伐軍に陸路を断たれたゲリラ間のレポの役を夜の海を泳いでやりとげた、という話を人から聞いたことがある。母は四・三事件について一切話さなかった。

　ここには原初のエロスがある。そして閉ざされた生命の解放。あら、どうしましょう。「魚になったわたし」って、作者、いや作中の主人公のことなんだけれど、いま魚になったのはこのわたし……。わたしが書いたような錯覚に半分落ちた。ここでは魚になったのはこのわたしなんだ。わたしが作者で、魚はわたし。海はエロス。海を焦す落雷で身ごもる。わたしは海の羊水からイルカのように生まれました。ヴィーナス誕生は海だった。白い泡から生まれたのでアフロディーテ……。巨大な貝の上に乗った等身大のヴィーナスの誕生の肉体の真珠の輝きは、頭上の高いホールの天井から耳にこだましてくる音楽のように画面が波打って息吹いているの……。春の風に泡立ちのぼる波の音のざわめき。フィレンツェの美術館でヴィーナスの誕生を見たときの驚きを、音楽的な息吹きの体験だったと、知人の若い「在日」の画学生が話していた。そう、濃い塩分を含んだ海草のにおう静かな海底の魚は、わたしだった。わたしは魚になった海女だった。わたしは地底の海をつなぐ海女。わたしは死体の群れに混って海の外に放り出された魚。

　わたしは海を知らない海女。海のなかの母が海女だった。わたしの知らない海、海の底。済州島の海。イオドウ……はるか彼方に聳える雪山はハルラ山であって、ハルラ山ではない。陽の当る草地で白い蝶が群れをなして飛んでいるように見える、赤い唇の巫女が白布を翻えして踊るはるか海の彼方に望めるのは水平線の揺れる透明な小さな島の影。見えて見えないイオドウ、イオドウ、サナ、イオドウ、サナ……。

外光の世界、いまわたしは何日も自分の穴に閉じこもって、閉塞状態の袋をすっぽりかぶっていて、そこは小さな洞穴。小さな洞穴のような袋のなかの臆病なリスのように外界を覗き見る子供は、薄暗い部屋から外の気配に恐る恐る耳を立てていた。薄暗い部屋は押入れ。押入れは自分の洞穴。近くに大きなプラスチック工場があって、地響きのような、遠い海鳴りのような音をいつも聞いていた。わたしは父がきらい。何かと父は母を、おまえに何が分かるか、この夫に楯つく済州島の女めがと、自分も済州島のくせに母をぶち、母は泣き叫び、ときには腕を振って打ち返す。激しい気性の母は心を病んでいた。それで、大阪と奈良県境に聳える生駒山の朝鮮寺で、何日も続いた巫女のお祓いのクッ（巫祭）をした。滝にも打たれた。手でちぎって香炉にくべた血のような色の香木。長じてお目にかかることが無くなった香木が煙もろとも薄荷のような甘酸っぱいにおいを吹き上げて、大きな部屋にひろがり香る。何本もの大きなローソクの炎が揺れる影。あの不思議な、子供の頭の闇のなかにひろがる長鼓《チャンゴ》や鉦の音は、夜の山の森に雷のようにこだまする。後年、大人になってヨンイが伝統舞踊を習い始めてたから、動く肉体のリズムに巫女の踊りのサルプリが原初の記憶のように蘇ったようだ。

踊りとことば、韓国語は学習の対象ではない、ウリ・マル（母語）は、ウリ・ナラ（母国）の内化すべきことばだった。日本語はこのわたしのことばだろうか。日本語はわたしの軀の水脈のように血となって肉となって呼吸のように自然に出てくる。息詰まることはない。いまそのことで、下手な韓国語とのもつれでことばが途切れて行きづまる。すると、わたしのなかの韓国語、ウリ・マルが日本語に圧倒されて軀から剝がれ落ちる。所詮、母語ではない。学習対象、それがウリ・マル。学習対象がウリ・マル……。母語が当為性を失い、強制的に内化すべきことば。それが底辺でひび割れを起こす。

何日も自分の穴に閉じこもって、自分を包むことばの袋の口を結んで、そんな状態になる。すると、何かふうーっと海のなかから浮き上ったようになって、自分を包む袋の紐がほどけてわたしが出てくる。そこは足もとが滾々と泉が湧いてくる何となくねっとりした青みがかった液体のひろがり。泉の上に真紅の薔薇の花が咲いていて、胸につかえたことばを解きほどくところ。フォル、フォル、蝶のように開いた両腕をリズミカルに波立たせて踊りになって、ことばが出てくる。ひび割れたウリ・マルが踊りになって出てくる。フォル、フォル、ウリ・マルを乗せた蝶が落ちないように。

「在日」が民族意識を持ち始めてアイデンティティを自分のものとして確かめていくとき、韓国伝統舞踊や「在日」の歴史、朝鮮の歴史、そして韓国留学で韓国文学を学ぶ場合もある。ヨンイもそうだった。そうしてまずは三年間の韓国留学で韓国語を習い、韓国での生活を身につけようとしても、韓国での生活に浸るほどに、浸るべく努めるほどに、日本と韓国に割れた存在の自分のなかに落ちる。ヨンイは日本人でない自分を意識すればするほど日本人でもない、さらに韓国人であってそうでない、韓国人の枠から外れる自分を意識する。日本人韓国留学生はそれなりに韓国語を（ヨンイよりはうまくないし、とくに日本人には苦手の子音発音が出来ないのだが）話すのに、ヨンイは日本人留学生と韓国語で会話する場合に突然ことばが途切れて、記憶から落ちてしまう失語症状になるときがある。大体、母国へ母国語を習いに行くこと自体が歴史のアイロニーなんだ。アメリカで英語を学習するのに〝母語〟との矛盾は感じないだろうし、失語症になったりすることはないだろう。

　韓国の大学附属の語学講習所で一年、大学院前期課程国語国文学部に入学、韓国近現代史、主に植民地時代、その末期の親日文学に踏みこんだが、植民地時代の親日派問題が未清算のため、未だに表面的で充分なものでないのも分かった。不思議に韓国では、親日派の問題もそうだが、植民地支配末期の朝鮮文学史を暗黒期として、研究を避けているのが分かった。対象が朝鮮人の日本語作家が多く、言語上では研究が楽だったが、とくに朝鮮語で書かれた皇国日本天皇賛歌の詩、忠誠を捧げる文章、帝国臣民である朝鮮人、内鮮一体、朝鮮人学徒志願兵賛歌等々を眼にすると、非常に気分がすぐれず、在日の自分の存在がとても疎ましかった。ウリ・ナラ、わが国にいながら異国にいるようなソウルでの生活に身の置き場がなかった。それは日本へ帰ってからも同じだった。韓国人であって韓国人でないソウルの街を歩くチョウセン、半チョッパリ（半日本人）、韓国人であって、そうでない異邦人。戦前の日本帝国時代の植民地朝鮮人。

　不条理って、何だろう。一時は文学用語で流行していたけれど、日本と隣国とに二つに割れた存在とは何だろう。これはもとに戻らない。いや、その〝もと〟というのがあるのだろうか。しかも割れた一方のウリ・ナラ、わが国韓国、朝鮮も二つに割れている。割れたそれ、割れた存在の自分、現実。現実に馴染まねば生きていけない。

　帰化。父は家族の帰化を進めている。母、オモニに、済州島の海女の娘、二十歳くらいまで海女だったオモニに帰化せよと強要している。日本人になれば一つに、二つに割れない一つになるのか。父には、別宅に〝お通い〟の妾さんの日本人女がいる。

韓国舞踊を習ったのは民族的なもの、自分の存在を作った生命の根源の何かに触れるような、その生命の（この自分の生命だが）眼のまえにある現物、形の動くリズムに触れる、ことばでは表現出来ないそこには、いつも自分を締めつけることばからの自由がある。ことばの空間は牢獄。口を動かすことばではない肉体のリズムのことば。

肩から静かに静《ジョン》、動《ドン》と波打って、つと伸ばした手首から指先の静動の一体の動きは軀のことば。足を踏み、手を挙げれば弧を描き、動きのリズムの転換の繰り返しの前進。サルプリ——恨《ハン》の解きほどき——を踊り、視線の先の向う、その向うに蝶の舞うあとを追い、そして遠く、さらに遠く、森のなかの陽の当る草地の上を舞う白い蝶のように巫女が踊るのを、自分が巫女になったように宙を踊る。白い手巾《スゴン》、帯を翻えしてサルプリを踊ることばの自由。天と地をつなぐ長い帯のような白布は魂の自由。音楽や絵画の芸術があるのが、在る、それが意味なら、存在の意味が分かってきた……梢をわたる微風の音に、軀がひとりでに動き、音はメロディーを奏し、奏すれば歌い、歌えば踊る……。

窓の外の大通りの向うは街灯に照らされた樹木の茂みに囲まれた公園のなかの大きな蓮池であって、さらに並木の続く遊歩道を境にボート乗場のある広い池がある。

ヨンイは大通りに面した窓際の席にK先生と向き合っていた。ここはカフェを兼ねた韓式軽食レストラン。近くに姉妹店の食堂があるが、そこが午後五時からなのでK先生とはそのまえの四時にカフェで待合わせたのだった。カフェの場所の指定はK先生。どちらもK先生のタンゴル、行きつけの店。

ヨンイは黙って、カバンの外に出ていた『海の底から、地の底から』を両手に取って、最初のページを開いた。そして開いたままのページを指でなぞるようにしたが、そのままページを閉じた。

……地下の幽界のひろがりではない、揺れているのは森の空気ではない。濃い塩分を含んだ海草のにおう水の気配がして、あたりを満たしたのはやっぱり海だった。……はるか海面の落雷の火の玉に叩かれて……。

ヨンイは声に出して読みたいのを抑える。K先生は朗読みたいなことは嫌い。そういうことは大嫌い。

ヨンイは席を立った。横長の店の奥にトイレがある。途中に段差のあるフロアがあって、右側のカウンターのなかは厨房、対する向いの左側は明るい商店通りに面したガラス壁際のテーブル席。男女客の顔が、声が二、三卓の席でざわざわうごめいている。

ヨンイは洗面所の鏡の前に立った。両手で顔と左右に分けた長い髪を整え、ネイビーのワンピースの膨らんだ胸元と腰の周りをしぼった下半身を揃えて、パンプス履きの脚の線を見る。そしてしばらく両眼を大きく開いて、海の底の幽界から出てきたのではない、鏡のなかの相手の顔を見た。何だか知らないが、鏡のなかの相手の見つめている眼に涙がこぼれた。ヨンイはひとり笑って不意の涙を拭い、ハンカチを目頭に当てた。

わたしは『海の底から、地の底から』の書き出しの部分を繰り返し何度読んだことだろう。暗誦できるほどに。わたしの友人のキョンジャは東京の朝鮮大学出身で、パートナーは日本人。帰化とは無関係。話題にもならないが、それが問題になれば離婚すると言う。頼もしい限り。パートナーは私立大の先生で評論家、エッセイスト。キョンジャの夫のその先生は愛妻家なのか、自作の原稿を妻のまえで朗読、出張の場合はデータで送稿。自宅でも台所まで追いかけて来て、なかば陶酔状態で読んで聞かせるし、在宅のときはスーパーの買物に必ず子供のようについて来ると言う。キョンジャ、そのヤマトンチュウ、気持ち悪くないか。サラン（愛）は素晴らしい……。替ってやろうか。替るものがない。詩人や作家たちは朗読会をよく開いているが、K先生は縁がない人だ。多くの人が参加する集まりに顔を出すのが好きでない人。人間嫌い？

テーブルの席へ戻ったヨンイは、しばらくK先生と向き合ってビールで乾杯。「先生《ソンセン》ニムはたばこを吸わないんでしょう。灰皿がない」

「吸わない。ヨンイは吸ってもいいよ。吸うんだろう」

「イェー、でも吸いません。かりに吸っても、ソンセンニムのまえでたばこの煙を吐き出せますか」

ヨンイは深呼吸のあとに小さな咳をして、口を開いた。『海の底から――』の済州島の海の話をしたくて、K先生と会っているんだ。済州島を知らないくせに。

「ああ、エー、逆巻く怒濤の轟きのなかへ落ちてきたのは、魚になったわたしだった……サカナになったのは、このわたしなんだ。海はエロス、海を焦す落雷で海は身ごもる。落雷の衝撃は海の陣痛……。わたしは海の羊水から生まれました……」

「うーん、続けて……」

「ここまで……。オワリ」

「終り？　まず終りか。ヨンイの即興なのか……？」

Ｋは眼のまえのヨンイを、改めて見直すように瞬きをして見つめた。

「ソンセンニムの真似をしたんです」ヨンイはトイレの鏡のなかでこぼれた同じ来意のない涙を眼底に溜めながら、笑って言った。「わたしはおかしいんでしょうか。この文章を読んでいると、読んだあと、一人でいると、狭い部屋のソファに坐っていながら、塩分の濃い海の底にいるような、そこがわたしの棲み家のような感じがするんです。原初の羊水のなかに浸っているような、そしてわたしは羊水の海から飛び出すんです。『海の底から――』の死者の群れと一緒に海の外へ飛び出した海女のように。そこは泉なんです。森のなかの草地で何となく青みがかった泉が滾々と湧いてきて、わたしを浸しました」

「そこはヨンイの創作だな。とてもいいよ。なんで青みがかっているんだ」

「何となくねっとりとして……」

「ねっとりとして？　それは何だろう」

「何なのでしょう。羊水の海……」

「何となくねっとりとした青みがかった泉……でないのか。泉と海……。想像力が過剰なのかな。欲張り」

Ｋは笑って言った。

「ソンセンニムは詩的でないことばを使うんですか？　想像力ではない。わたしは軀に感じるんです。小説は書けないけれど、軀の空虚を埋める……。羊水の海と泉、やっぱりおかしいかな。済州島の海」

Kはうなずいてビールのグラスを口に当てた。

「う、うん、おかしくないよ。済州島の海か。イメージじゃない。軀に感じるイメージの被膜と、軀を蔽った皮膚が一つに、外と内が一つになっているのか。話したことは軀に感じている。羊水という頭のなかの想像ではない。もっと何か具体的な感覚的なものということか。ヨンイは覚めていながら夢を見ているんじゃないか」

「……」ヨンイは眼を閉じて、あのう……と口ごもるようにつぶやいてから、眼を開いた。「覚めていながら夢を見る。いまソンセンニㇺはそうおっしゃったでしょう。白昼夢を見る夢遊病者はそうだけれど、比喩でしょう。わたしは深夜、一人で踊りながら、夢を見ます」

「なに？　夢を、踊りながら夢を見る？　深夜、一人でどこで踊る？」

「自宅のアパートの部屋です。おかしいですか？」

「おかしくないよ。レッスンをしているんだろう。フダン着で？」

「韓国伝統舞踊研究所、ソウルの支部のようなところですが、そこがレッスン場です。日暮里にあるんです」

「日暮里……」

「イェー」

「韓国伝統舞踊だな。向うの韓国の先生がいるのか？」

「月に一週間くらい滞在します。ソンセンニムもよく行かれるんでしょう」

「うん、伝統舞踊や伽倻琴《カヤグム》演奏などの招待があるんだけれど、毎度は行けない……」

「いろんな人と会うのがいやなんでしょう」

「ウン？　人のことをよく知っているな」

「聞いて知っています」

「……」

「だから、ソンセンニムがヨンイとこうして会って下さるのが嬉しい」

一人で、深夜、踊る。朝鮮の、韓国の踊り。トゥ、タンタン、タン、トゥトゥ、タンタン……。長鼓の響きか。深夜に長鼓の響きではあるまいが、踊りながら夢を見る？

Kはビールのグラスを傾ける。ヨンイは空になったKのグラスに両手でビール瓶を傾けた。彼女の顔はじっとりと汗がにじんでいた。

「ソンセンニム」ヨンイは途切れたことばを繋いだ。「踊りながら出てくる夢は現実でもなければ、夢でもありません。夢と現実、現実と夢が入り組んで一つになった世界なんです。ことばなんです。軀のなかの心に詰ったことばが外に出て、軀の、腕や脚の動くリズムに乗ってプリ（解きほどき）をします。踊りはわたしの日本語とウリ・マルの二つに割れた〝わたし〟を一つにすることばです。踊る形は同じです。踊るときはことばは考えません。そして、トゥ、タンタン……と長鼓が、軀に響きます。地底の太陽の光を背に赤い口紅をさした巫女が白衣の二つの袖と、背丈の何倍もの幽明をつなげる白布の帯を翻えし、トゥ、タン、タンタン、トゥタン、トゥ、タンタン……」

彼女の眼は宙に動き、両肩が揺れたが、頭のなかではすでに踊りだし、他のテーブルの客たちの姿がなかったら、この場でも、つと立ち上って、踊りだしているのでは。

「ふーん、いつも、そうなのか?」

「いつもそうなら、わたし、巫女になってしまいます」

「話を聞いていると、ヨンイのなかには、その巫女みたいなところ、巫女気があるな」

「ソンセンニㇺ」彼女は赤い唇をほころばせて言った。「わたしは海女の娘なんです。母は済州島で二十歳くらいまで二、三年間海女を。ソンセンニㇺもご存知のように巫女はだれでもなれるものではないでしょう。パㇽチャ(定め)だと言います。それも悲しいパㇽチャ。海女は海に祈る土地の巫女に育てられ大きくなりました。村には巫女が祈る神木が茂る堂《ダン》があります。そこで祈るということです。海辺の巫女は海の安泰と豊穣を祈ります。生死を分かつ海の底の、あの世との境を行く海女たちの無事を祈って……」

「おう、凄い。よく知っているな。えらい」

「いやだ、ソンセンニㇺに教えられたんだ。『海の底から――』から、この本から……」ヨンイは膝に置いたままの『海の底から、地の底から』を手に取る。「ソンセンニㇺ、ヨンイのこんな話はいやですか?　わたしはそのために、ここに、こうしてソンセンニㇺと向き合って坐っているんですから」

「イェー、イェー。アㇽゴ、イッスㇺ、ニダ(存ジテ、イマス)」

ヨンイは顔をしかめてそむける振りをする。

「ソンセンニㇺに教えられたんだ。ソンセンニㇺ、わたしは『海の底から――』、海の底から出てきたんです。においませんか。海の底のにおい……」

「におう？　うん、におう、海女のにおい。ねっとりした羊水の海の、潮のにおい……。海の羊水から生まれたわたしがにおう。他の人はにおわない」

「『海の底から――』のなかに入っていないから」

「うまく入らないと、海の底だから息が出来ないな……。何か塩っぽい話だ。カウンターの奥の厨房で何か塩っぽい醬油の焼けるにおいがする……。うーん、海の底、海の底、海のにおいは命のにおい、万物は海から生まれる。海は死者、すべての生物の墓地、そしてそこから生まれる命の産物、産室。海のにおいとは命のにおい……」

「済州バダ（海）の海の底？」

「そう、ヨンイの海の底から。済州島の海、磯のにおいは潮風に膨らんで息が詰まるばかりだが、済州国際空港に近い龍潭《ヨンダム》の海岸に龍頭岩《ヨンドゥアム》というでかい人間の背丈の何倍もの高さの岩がある。その形がたてがみをなびかせる龍の頭のようなので、ヨンドゥアㇺになったごつごつした本当に怪奇な形の巨岩なんだ。ヨンイも話は聞いているだろう」

「イェー、写真でも見ています」

「そばまでは行けないけれど、岩の頭を向けた海側の半分は白ペンキを一面に塗ったように白黒の斑に汚れていて、何かと思ったんだよ。連れの知人に聞いてみたら、鷗の糞のかたまりだと。龍頭岩の上に群集して糞を垂れる。勿論鷗はもともと海に糞を垂れるんだが、それはすべて海に溶けて、龍頭岩の白い糞も繰り返し打ちつける大波に洗われて溶けて、それから海のにおいに養分に、羊水になる。鷗が海で死んで、海に溶ける。死んだ鷗は魚たちが食べるだろう。生きた鷗は魚を海の上から獲って食べていた……」

ヨンイは自分では見えないだろうが、不思議そうな顔をして、Kを見つめていた。

「ソンセンニム、どうしたんですか？」

「私がどうした？　話がおかしいのか？　海の話が？」

「アーニ（いいえ）、鷗の白い龍頭岩の糞から、鷗が死んで海で溶けたり……。おかしくはないんだけれど……。ソンセンニムの話しぶりかな」

「わたしと言うヨンイは海の羊水から生まれたんだろう。生まれる、死ぬ、羊水の話からこうなった。海は万物の生まれるところ。そして死んで溶けて海の羊水になるところ。ヨンイの、何となくねっとりとした青みのかかった……泉から始まった……。泉から海へ……。ヨンイがさっき自分は小説を書けないけれどと言ったときに、私が欲張りと他のことばにくっつけて言ったのは、それは褒めているんだよ。ことばの空虚、軀の空虚、軀の空虚を軀の動きで埋める……。大変なことなんだ。ことば、小説、ことばは私も日本語で小説を書いている人間だけれど、その日本語でヨンイが、小説を書けないということはないんだよ。勿論、これからの宿題だが、このことばのそれ……ことばのその何かの問題も軀を通してのことば、軀で感じることばというのは凄いことなんだよな。日本語と小説、いまはこの問題は別にして文学の小説、文学そのものとして……」

「文学、そんなのはむつかしい。ことばで頭が二つに割れているのに……。そんな話、むつかしいんだ……」

ヨンイは目を閉じて首を横に二、三度振った。そしてビールを飲み、雑菜《ジャッチェ》、肉と野菜、はるさめを油で炒めた雑菜を金属製の箸で食べた。ビールと雑菜は合う。

「ヨンイは、お腹空いたか？」

「いま、食べています」

ウン。Kはビールをたのんだ。

「ソンセンニム、三本目ですよ。食堂のほうへ行くんでしょう？」

「うん、もう一、二本飲んでから行こう。八時頃にここを出発、まだ、半時間以上ある」

「ここを、出発、チュルバル、どこか遠くへ行くみたい。イオドウ、行ったら、行ったきりのイオドウ……」

二

ビル地下一階の舞踊研究所——レッスン場は、隔週日曜のA・B組に分かれて月二回のレッスンとなる。研究生十人内外。ヨンイは当番で残るなどの日は、みなが帰ったあと地下レッスン場の鍵をかけて裸になることがある。フロアの一方の壁は全鏡面で、そこにそれぞれの自分の形を見る。

レッスンの課程で裸の踊りがあるのではない。『海の底から、地の底から』を読んでから、鏡のなかの奥行きは一層深まり、海の底になり、塩分の濃い海の底、そこがわたしの棲み家、原初の羊水のなかに浸っているような、その海の底を行く海女……。済州島の娘はビバリ。ビバリとは済州ことばの娘。ビバリは海できたえられる。

母に聞いた話だが上軍《サングン》（ベテラン）海女《ヘニョ》は海底二十メートル以上も潜ってアワビ、サザエを掘り起こすのだが、それこそ水圧と窒息の瞬間のあの世へ行ったり来たりの命綱のない素潜りの海の底……。

光る鏡面の真ん中あたりにいくつかの点々と汚れて曇っているのが目立つ。何だろう。首を伸ばして眼を凝らして見ると何のことはない。わたしの薔薇の花の唇の半開きにした跡、唇の上部のぼやけた跡は鼻の頭の部分、おもしろいのは唇ばかり考えて気がつかなかったけれど、その下のほう、胸のあたりの左右に大きく歪んだそれは乳首の押しつけられて淡い乳白色にくすんだ乳首の皮脂の跡、ふん、シュールなんだ。あれは鼻、上下の唇、二つの乳房、下のヘアの部分のアクセントがあったら、立派な女の軀が浮かび上がる。海の底の水が静かに揺れる。濃い塩分を含んだ海草のにおう水の気配がして、あたりを満たしたのはやっぱり海だった……。

わたしは宙を泳ぎ、軽い羽になって両手をなびかせて踊りながら、夢を見る。波打つ腕の先の指の先からフォル、フォル、蝶が飛ぶ。ことばの羽をつけて。ことばの息遣い。

ヨンイは鏡のなかの海の底によく沈んで、そこに点描された自分の裸体を押しつけた跡を丁寧に拭き取る。この地下レッスン場は海の底ではないか。鏡のなかのその底は、海草の茂みの揺れ。海の底。

トゥタン、タンタン、トゥタンタン……。山の森のなかのトゥ、タンタン……。

トゥタン、タンタンタン、ダダン、ダダン、ダン、トゥン、トゥン　トゥトゥンドゥン、トゥトゥンドゥン……。

十数畳ある広間に廃仏近い仏像を安置した仏壇を、クッのために緑の幕を張って蔽い、その前に供物がいっぱいの祭壇、祭壇のそばに椿の花が活けられた大きな花瓶があった。ここは生駒山の山腹、山麓の駅までトンネルを通っての私鉄。それからクルマで森の谷川沿いの道を十分ほど上って下車。寺までしばらく歩く。

この朝鮮寺で、当時大阪在住のヨンイの母は親戚知己を呼んで三日間のクッ、巫祭を行なった。参加者が見物を兼ねて人づてに多く集まる。それぞれお供えを持って。

三日間のクッに女神房《シンバン》（巫女）、楽巫たちは太鼓、長鼓、銅鑼などを背負って大阪からやって来た。クッが嫌いな父は同行しなかった。

広間いっぱいの参加者に囲まれた祭壇のまえで、正坐した年若い白衣の巫女が唱える祈りの語りからクッが始まる。やがて長い祈りの語りから、何回もの跪拝をすませた巫女が立ち上り、青竹の枝に結んだ白い切り紙の大きな束のカンサング、神霊を呼ぶ憑代《よりしろ》を両手で振りかざして、燃える香木が煙もろとも強いにおいを発して溢れひろがり、ローソクの火の影がゆらめく広間をチマ風を起こして大股に歩きながら、呪文を唱える……。テテン、テンテン、デデテン、デンデン　ドゥンダン、ドゥンダン　ドゥドゥンダン……割れんばかりの銅鑼の鳴り響くなかでチマを大きく翻えし、ぐるぐる廻転しながら、ぴたりと立ち止まると、先のとがった舟型の白いボソンの両足で宙を蹴って高々と飛び上る動作を三度繰り返し、ダダン、ダンダン……太鼓が鳴り響き、次第に激しい楽器の合奏のリズムに乗ってぐるぐる、左にぐるぐる、右にぐるぐるチマを大きく落下傘のように旋廻させて踊り続ける。トゥ、タンタン、トゥタン、トゥタン、タン……。長鼓に合わせて動作が静まり、語りの長い呪文。悲しい、悲しい泣き声の語りの涙をだらだら流しながらの動作の踊り、訴えの神を喜ばすために激しい動作の踊り……。

最後の古典伝統舞踊のサルプリ、祓いの舞いは沈黙の無音の祈りの舞い。背中の倍はある白布の帯を翻えしながら……。そして白布を投げ打って、真っ白にひろがったチマで床を蔽い、全身で大地を抱くが如き五体投地を思わせる地に伏しての嘆き、悶えの祈り。徐々に上半身の両腕の律動がかすかな眼に見えぬ動きの律動とともに徐々に徐々に起き上る……。

はるか南に海が望める陽の当る草地で白い蝶が群れをなしながらリズミカルに飛んでいるようにみえるのは、白いチマ・チョゴリの赤い薔薇の唇をした巫女の舞い。大きく頭上になびく天と地をつなぐ長い帯のような白布が波打って鋭く宙を切る風の音に軀を乗せて、巫女が空を仰いで踊る。

三

「ヨンイがきょう私と会う目的、話があるというのは、このこと、『海の底から――』のことか？済州の海《バダ》の話も出てきたんだけれど」

Kは問いにならぬ漠然としたことを言った。夢ではない、踊りがことばになる……ことばが踊りになる。

「いいえ、それもあります。それが基本です。ソンセンニㇺの朗読……。アイゴ、あ、アイゴッって出た。これが、ことば。これは本当にウリ・マㇽ、アイゴ……。その朗読、そんなこと、ソンセンニㇺのそんなこと、あり得ないのを知りながら、聞きたかったけれど、だから、わたしが代読しようと思ったけれど……。わたしは『満月』から『海の底から、地の底から』に導かれて、いつの間にか海の底の住人になってしまいました。そして、海の上に出てきて……。ソンセンニㇺ、いま一つの話を聞いて下さいね。わたしはいま現実に、ソンセンニㇺと一緒にビールを飲み、食事をしているんですから」

Kは黙って聞いていた。

「わたしは迷える羊。ソンセンニㇺは羊飼い。海の外は、そこは滾々と湧き出る泉。はるかではない、山の麓の森のなかの草地の泉で、その泉の上に真紅の薔薇の花が咲いて、薔薇の唇が開いてこもったことばがわたしの口から出てくる水路が出来ます……」

Kは大きくうなずく。これは巫女のことばか。Kは改めてヨンイのほんのり赤らんだ頬の顔を見た。

「うむ、薔薇の唇……。そう言えば、ヨンイの唇は薔薇色だな」

Kはヨンイの結んだ唇を改めて見た。

「わたしの唇が、薔薇色？」

「薔薇の唇があるなら、ヨンイの唇はそうだ」

「ソンセンニム、本当？　初めて聞く。薔薇の唇……」

「なぜ、薔薇の花が咲いて、薔薇の唇なんだ。だれのことなんだ？」

「巫女だから、『満月』の地下の水辺で赤い口紅をさした巫女が踊るでしょう……」

「巫女、そうだったか、巫女がいたんだ。泉の上に薔薇の唇を持った花が咲く。これ幻想的な詩だな。薔薇の唇が開いて、ことばの水路が出来る。それは『満月』には出てこないよ。ヨンイの創作だな……。うーん」

「水路は何となくねっとり青みがかった泉の上の薔薇の唇の水路です」

「ねっとりと青みがかった？　さっきも同じようなことを話していたな。ことばの通る水路か」

「そう。踊りのリズムがその水路、海の羊水なの。落雷で海が身ごもって、わたしは羊水のなかの子供のように抱かれていました。わたしは『海の底から――』をわたしの懐ろで温めていたんです。

わたしのことばが分かりますか？」

　彼女の内に焦点が向いた二つの眼が深い潤みを帯びて光った。Ｋはぎくりとしてその眼の光の奥に吸いこまれた。酔いの火照りかじんわり頬が染まる。

「薔薇の唇からことばが出てくる水路は、それはヨンイの軀を通っているんだ。それはヨンイのことばの香ばしい水路かも知れん。うむ、そのことば、そのこもったことばは何だろう」

「日本語とウリ・マル、韓国語、香ばしくありません。そしてそれは、ことばの母体のわたし、ヨンイ」

　彼女はダーク色の服の襟から伸びた白い首を横に振った。Ｋは頭がふらっとしながら、ヨンイと同じように首を横に振った。どうしたのか、酔ってもない軀がふわりとして揺れる。Ｋはしばらく視界がぼんやりしてきて、ヨンイと一緒に海の底の幻想をともにしているような、酔いのせいもあるのか、下半身が沈む、不思議な感覚。不意にあたりは闇を透かした窓の外も内も消え無境界、無音の鼓膜のひびき、静かな海の底の揺れにヨンイと一緒にいる感じで水中が揺れていた。眼を開いてあたりを見た。眼をいっぱい開いてぐるりと見廻しても、ここは海の底。酔いで居眠りをしていたのではないか。起きているが、眠っている。眠っているが、起きている。ああ、揺れている海の底、海の底の水が海草の森と一緒にゆっくり流れているなあ、水圧のなかを底へ吸いこまれて沈んで行く。息が消える。ここは意識が消える無意識の境の世界、死と生が一緒の世界……。イオドウ、海女。ソンセンニム、ソンセンニム、だれかが呼んだ。Ｋは水圧から放たれながら頭を擡げた。海の底の洞窟の外で、魚の尾びれがＫの前頭部を強く叩いて、Ｋは水面に頭を上げて大きく息を吸いこんだ。

「ソンセンニム、夢を見ていたんですか？」

「ああ、いいや……。夢……？」

ヨンイは妙なことを言う。あ、おれはいま眼を開いた……。眼を開いたのだ。眼を閉じていたのか。その間、眠っていたのか。覚めながら夢を見ているのか。なぜ、ヨンイにそれが分かる。どうしましたではない、いきなり夢を見たんですか。周りは静かな水の底、塩分をたっぷり含んだ青みがかった水、海の底だった。一瞬の夢だったのか。一過性虚血症状の頭の空洞、記憶喪失、血液循環の遅延。Ｋは以前に、約二十分ほど、その間夢を見ていたのではないが、記憶を喪失したことがある。マンションの部屋のテーブルのそばに立った無重力の状態で月面を歩く宇宙飛行士のように、ゆっくりゆっくりと部屋を歩いて行く。ここはどこなんだろう。ふわり、ふわり……。記憶喪失だと軀が浮く。病院へ行ったところ、一過性虚血症と診断。いまその記憶喪失の空洞を、海の底から、地の底からの夢が埋めていたのではないか。

「ソンセンニム、大丈夫ですか？」

突然、耳の栓が外れたように、わっと周りの人声が、鼓膜を叩いて耳いっぱい攻めこんで来て、もう一度眼を覚ました。

大丈夫ですか。Ｋは眼を大きく開いて眼のまえのヨンイのいま世に現れたばかりのようなみずみずしい姿を見た。彼は初めて会ったようにしばらくぼんやり相手を見つめ、そしてビール瓶や食べ物、静物画のモデルのようなあるがままのくっきりした輪郭の食べ物などが載ったテーブルを、あ、

こういうものがあったと確かめるようにしてから、

「アイゴ、分かった、ヨンイ。どこかへ行っていたのか？」

「ソンセンニム」ヨンイは上半身を反射的に後ろへ引くようにして姿勢を正した。「Kソンセンニム、夢を見ていたんですか。わたしはさっきからずっとここにいました。ソンセンニムはしばらく眠っていたようです」

「ああ、そうかな。さっきも夢を見ていたんですかと言っていたね。そう、イオドウ、イオドウ、ヨンイが案内してくれた海の底へ行ってきたのだったか」

「アイゴ、ソンセンニムはちょっとの間に夢を見ていたんだ。イオド、そこにヨンイがいました……？」

「イオドウが、ここまで来たのか。そうだ、さっき何を話していたのか」

Kはコップの水を飲んで正気づいたようだった。「そうだ。ことばだ。ことばのにおい。香ばしい水路、ことばが、こもったことばが出てくる……。うん、その内にこもったことばと言うのは何なんだ？」

「日本語とウリ・マル、韓国語、そしてそれはことばの母体のわたし、ヨンイ」

「ヨンイがそれの母体、ヨンイ自身がこもっているわけ……」

「わたしは日本語とウリ・マルが絡まってうまく出てこないときがあります。ことばから自由でない。いや、わたしのなかのことばが自由でない……」

「うーん、ヨンイはウリ・マルが、とくに韓国で何年間か生活しているときが、一般的なことを言ったら、ことばの疎通が自由でないと言うことだな。それは在日の留学した若い人はスムーズにいかない。だれもがそうだし、日本語がウリ・マル、母語のようになっているのだから仕方ない。そこのギャップをそれなりに埋めて行くとか。簡単にそのギャップについても、一言で話せないことなんだ……」Kは間を置いて、話題を替えた。「なんで、わざわざその本を持って来たんだ？」

「ソンセンニムに会うから、何となく書き出しのところを繰り返し読んでいると……。本を見なくても暗誦出来るんですよ……。さっき話したでしょう。ソンセンニムの自作朗読を聞きたかったけれど、ソンセンニムに会うと、これはとんでもないことに気がついて。なんでこんなことを、ここに来るまでに気がつかないで……」ヨンイは手にした本を両手に持ち直して言った。「行ったことはないけれど、その済州島の海を思い浮かべて……。イオドウ」

「イオドウ？」

「ソンセンニムは、イオドウへ行ったことがありますか？」

「なに……。イオドウ……。それは、何の、どこの話なんだ……？　夢のなかのイオドウか」

「ソンセンニム、夢のなかのイオドウではなく、その、イオドウです」

「そのイオドウ……」

「ソンセンニム、イオド、だれも行ったことのない、いいや、行ったけれど帰ってきたことがない島……」

ヨンイは唇を歪めて笑った。

「ヨンイはおかしいことを言うね。一旦行けば、それっきりで帰ってきたことのない島へ、行ってこられるはずがないだろう。そこへ行ってこられるか。行ったかどうかも分からないそこへ、そのイオドウへ行けるはずがない。行ったとしたら、いまここにいないだろ」

「そうですよね。ソンセンニㇺ……」

「イヤァ（おい）、どっちが先生か分からんな」

二人は顔を見合わせて笑った。

「ある韓国の雑誌を読んでいたら、イオドのことが出ていて、一大学生が書いていたんだけれど、幼い頃から、イオド、サナ……。ハㇽモニ（婆さん）たちが口癖のように仕事をしながら唄っていて、ひとたび行けば帰らざるの島、イオド……と聞かされてきたが、いまこの荒れた田畑のようにひび割れた手で、今日も草刈りをする同胞たちがいるところがイオド、イオド、涙をのんで生きるところ、それが済州島、その済州島がイオドだと書いてありました……」

「ふうーん、イオド……それが海の彼方の帰らざる島が、いまいる、眼のまえの済州島だと。うん、いい文章だな。その学生はえらいねえ。ひび割れた手で草刈りをする同胞たちがいるところ、苦しみと悲しみの島、海女の島。済州島は本土から差別され、虐げられたところなんだ。流刑の、政治犯の島流しの島、チェジュド。その遠い向うにイオド。江南《カンナム》の海へ、昔の中国とのあいだにある海なんだな。その遠い海にイオドがあって、そこへ寄った船は再び帰ってこない。夫を海に送り出してから、何カ月経っても帰ってこない。妻は浜辺に日夜立ち尽してひたすら海の彼方を望みながら、待ちに待って立ち尽してそのまま石になってしまったらしい。その夫を思慕する女の像をした石が立っていて、それを望夫石《マンブソク》と言うらしい。

イオド　サナ　イオドウ　サナ
むら雲湧く海　船が行く　イオド　サナ
イオド　サナ
わたしの愛しい人　イオドへ行ったか
イオドウサナ
帆を張った　あの船は　イオドへ行くのか
イオドウ　サナ　イオド　サナ……

이어도《イオド》 사나《サナ》 이어도《イオド》 사나《サナ》
떼구름《テクルム》 피어오르는《ピオオルヌン》 바다로《バダロ》 배가《ベガ》 간다《カンダ》
이어도《イオド》 사나《サナ》 이어도《イオド》 사나《サナ》
내《ネ》 사랑하는《サランハヌン》 님은《ニムン》 이어도에《イオドエ》 갔나《カンナ》
이어도《イオド》 사나《サナ》 이어도《イオド》 사나《サナ》
돛을《トッツル》 편《ピョン》 저《ジョ》 배는《ベヌン》 이어도에《イオドエ》 가는가《カヌンガ》
이어도《イオド》 사나《サナ》 이어도《イオド》 사나《サナ》……

「あらッ」ヨンイは口を開け、眼を丸くして、「ソンセンニム、ちょっと待って」

ヨンイはカバンからメモ帳を取り出して、メモをする。

「その島の女が、海辺に立ち尽した女が海辺の岩場の望夫石になったんでしょうね……。ソンセンニム、イオド、イオドって、ドは島だから、漢字の表記があるんですか？」

「うん、離れる、離別するの離《イ》、だろうか……」Kはヨンイのメモ帳にヨンイの差し出したボールペンで離於島《イオド》と書く。「昔のことだから、漢字の当て字かも分からんな。離於島、遠い離れたところに孤絶した島という感じだな。僻島だな。昔は済州島が僻島なんだ。その済州島からなお遠く離れた島、イオド……。それだけに、非現実的だが、遠い星のように実際に存在していると島の人たちは考えてきた」

「イオドへ行ってみたい」

「わたしの愛しい人、イオドへ行ったか……。帆を張ったあの船、愛しい人の船……。イオドへ行ったら帰ってこられないな。イオドウ　サナ　帆の張ったあの船、イオドウ　サナ……」

赤い唇の巫女が白布を翻えして踊る。森の外れの草地のはるか向う、海の彼方に望めるのは、水平線の果ての一点の島の影。イオド。

イオ　サナ　イオ　サナ
広い海の　深さをはかり
あの世の道へ　行ったり来たり

イオド　サナ　イオドウ　サナ……

済州島の女は七、八歳の頃から泳ぎ始めて、数え年十四歳になれば形式上の海女（潜女《ジャムニョ》。潜嫂《ジャムス》）、十六歳で海女組合に入り、夏冬、四季を問わず茫々とした海に入る。立ち泳ぎの姿勢からとんぼ返りで海の底へ十メートルから二十メートルまで潜る。石花菜、昆布、馬尾草などの海草、アワビ、サザエを掘り起こすときは窒息、もはやあの世行きの境地、海底を蹴って一直線に浮上。スムビ・ソリ。口笛のような深い息を吐き出す声が海の上に響く。つねに命をかけた苦しく悲しい海のなかの仕事、パルチャ、定め、島ではムルジル――海の仕事ができない女子《ヨジャ》は嫁に行けぬと言われるほどに、女子として必ず身につけねばならないことの一つ。

済州島の女は眼が覚めたら働く。朝の飯炊きから家事一切。それから畑の草苅り、昼からは海へ出て行く。

普通、三～四尋《ひろ》、五・四メートル～七・二メートルから二十メートルの深さまで潜る。それでも済州島の女は言う。千尋の水の底は知り得るが、人の心の深さは知ることが出来ない。

ヨンイの母は四・三当時、山部隊《サンブデ》（ゲリラ）、政府側の言う暴徒が立てこもるハルラ山と海岸部落との連絡員――レポ、海岸部落から山への食糧を運んだりの役とか、軍警の警戒が厳しいときは、海岸部落の組織間の連絡、指示レポの手紙を油紙に包んで海中に潜り、隣村、あるいはより遠くまで伝達したらしい。娘のヨンイが成人、大人になってから、四・三事件について訊ねたところ、母はそんなことは知らない。そんなことは絶対口にするなと激しく叱られたと言う。

大阪にいる知人のAが高校生の頃、Kの『鴉の死』を韓国文学の翻訳だと思って購入。そこで初めて四・三事件についての知識を得るのだが、ある日、父親に済州島で起こった四・三事件というのは何かと訊いたところ、父親は烈火の如く怒り、キサマ、おまえどこでそんなことを耳にしてきたんだと、いきなり顔を拳で何回も殴られたと言う。父の弟、叔父が四・三事件に関係、暴徒、パルゲンイ（アカ）として政府軍に殺された。A一家は絶対口には出せぬ四・三事件犠牲者、遺族だった。

ヨンイの母は済州島の海は生死を分つ、あの世とこの世が境目で一つになって恐ろしい海だが、その海の底がどれほど美しくすばらしいかなどを話してくれたのだった。

海底の地下からの湧水と海水とが混ざり合ってゆらめくその海底に育つ青ワカメは長いひげのように細く柔らかい良質のもので、まるでゆらゆら揺れる軟体動物のよう……。深い崖に挟まれた河口のそこは子供たちの海のなかの遊び場。岩場から海のなかの裸の子供たちの泳ぐ姿が見える。海のなかの幼ない人魚たち。

「イオド、いろんな替え歌があるんだ。替え歌というより、島の女たちのそれぞれの仕事、立ち場の違いから歌の内容、イオドそのものが違ってくる。ただ、ただ働きながら、草鞋をないながらイオドを唄ったり、海辺で潜水後の海女たちが焚き火で暖を取りながら唄ったり、労働の歌なんだな。それも、女の……。苦しく辛い苛酷な労働をイオドが慰めてくれる。イオド、ユートピア、遁世の極楽、死の世界のイオドは極楽、あの世、辛いこの世から逃れて、もう帰ってこなくてもよい世界、イオド。イオドが楽しいか、苦しいか分からん世界だな……。江南へ船出したのだから、途中で嵐に遭って難破することもあればイオドに上陸したところで、そこに天国の光が射していたのかどうか分からない。イオドは幻想の島……。それにしても、一度くらい、一人くらい帰ってきてもよいのではないか。島の海辺の望夫石のように夫の帰りを待ち通して石になった女の姿。江南の海のどの辺にあるのか。人魚に変身した美しい魔女が住んでいるのか。なぜ、夫は帰ってこない。夫をもとの島へ帰さない。行ったら帰ってこない夫の掠奪者が住むところ。魔の島、怨みのイオド。それが長い年月のあいだにイオドの姿が、悲しい諦めから変ってきたのか。行ったら帰らぬ、帰らなくともよい常世の島。極楽、ユートピア……。風多、石多、女多の三多島《サムタド》。風波激しい済州バダの海女。実際の済州島はそんなものではない。血まみれの海なんだよ。チェジュド」

「血まみれ？」

「虐殺の島の海なんだ。血に染った海……」

『火山島』で、山から組織のアジトのある海辺の村のY里へ南承之《ナムスンジ》が下山、城内《ソンネ》からやって来た李《イ》有媛《ユウォン》と会った海辺の岩場で潮風に当りながら、有媛が唄うイオド　サナを聞く場面があるが、ヨンイは読んでいないだろう。

「ヨンイは私にイオドへ行ったことがあるのか、なぜ訊いたんだ？」

「ソンセンニㇺもさっき、イオドを夢見ていたんだ、と。海の底……。イオドって済州島のことでしょう。韓国の雑誌に書いた大学生のように。ソンセンニㇺはなかなか済州島へ行くことが出来ないじゃないですか。入国許可。それもなかなか出ない韓国入国許可。自分の故郷へ行くのに、入国許可なんて」

「ヨンイは問題なしに行けるんだろう」

「イェー。韓国籍だから。要注意人物でもないんだし、ソウルへ留学したけれど、韓国のあの地が、ソンセンニムの小説のテーマでもある四・三虐殺の地が、観光の島だというのがいやなんです。向うではソンセンニムのことを忌避《キビ》人物と言うんでしょう。新聞にもそう書いてある。ソンセンニムの文章に出てくるけれど、済州国際空港の滑走路の下には、四・三当時、空港の一部が死刑場でたくさんの死者が葬られたままなんでしょう。その上を観光の客たちを乗せたジャンボ機が轟音を立てて離着陸するんだから。ソンセンニムは最初済州島の空港へ飛行機が着陸したとき、地の底の埋もれたままの死者の骨のポキポキ砕けるような音が軀に伝わってきて耐えられなかったと書かれていたけれど、わたしはその文章を読みながら気分が悪く、恐ろしく、耐えられなかったんです。その夜、遅くまで……。そして苦しくて、泣いていました」

「うーん……」Kはぐっと胸が詰まって、黙って二、三度深くうなずいた。「はっはあ、それでは私の文章が旅行者たちの済州行の邪魔をしているようなもんだな。それは、昔のこと、そんなこともあったということだ。出来たら、済州島へ行ってきたらいいな。ソウルで何年も留学しながら、故郷の、生まれていなくても故郷なんだよ、済州島へ行かなかったのは淋しいことだな。いま、血まみれの海と言ったのは昔のこと……」

「イェー、それは知っています。幻想としてのイオド、済州島のことを、ソンセンニムの作品世界に曳き込まれて……。三多島のことも一般には女多、石多、風多として、風景として印象づけられて、それが島の人々の生活にどれほどの苦しみを悲しみを与えているかということが除外されて、幻想的に想像されて……。ソンセンニㇺが『看守朴書房』で書かれたように、夢の島に憧れて本土の陸地《ユッチ》の浮かれ者で一人者のくせに女を求めて、女護ガ島の済州島へ渡って行くというのもいるくらいだから。ソンセンニㇺ、わたし、ソウルにいたとき、十年ほど前になるけれど、一九九〇年頃、H週刊誌のソンセンニㇺの大きな写真入りのインタビュー記事を読んだのです。それは、だれも言及しないタブーの済州国際空港の、四・三当時死刑場だったチョントゥル滑走路の地下に埋められた何百か何千か知れぬ島民の虐殺死体を発掘せよ。ソウルの金浦《キムポ》空港の地下に五百でも六百でも虐殺死体が埋められたままだったら、ソウルの人間、韓国人が黙っているだろうか……という内容で、わたしは、自分は済州島人なんだと何度も思い直し、恐ろしくて軀が打ち慄えてなりませんでした……」

「うん、うーん」

Kはうなずく。

「ソンセンニㇺ、それから、何だか、もう済州島なんか行くまい……と、そして行きたくなくなった……」

「ふ、ふーん、何かヨンイは、前向きになりながら、行動は反対向きだな」

「考えに、行動が伴わないということですか？　ソンセンニㇺ。わたしは韓国へ行って、ウリ・マㇽの氾濫のなかで心が縮んで、心の部屋に閉じこもったようになるのが、いやで耐えられない。ウリ・マㇽ、母語のように充分に出来ないけれど、それ相応にソウルでの生活に大した支障がなく過ごしているんですけれど、何だか日本語とウリ・マㇽの間の隙間のクレバスのようなものが、ソウルの街を歩くたびに感じられて、びくびくして、そのクレバスがひび割れそうになるときがある。それがいやで、耐えられない。分裂した二つの自分を見るんです。両方に引き裂かれる。突然、街頭に坐りこんだまま、涙が出るほど悲しくなって、人目を避けてすぐ立ち上るけれど、また立ち止るんですよ。〝母語〟の日本語と学習の対象としてのウリ・マル。アメリカへ行って、向うにもカナダにもコリアタウンはあるけれど、英語社会に入って不十分な英語を学習して自分のものにするのとは全然違うでしょう。ウリ・マルが学習の対象、それがウリ（われらの）マル（ことば）でしょうか、ウリ・マル、ウリ・マル、韓国人、韓国人、と意識するほど亀裂が深くなる。その摩擦がいやなんだ……」

「分かる。分かるよ。私はそこまでは理解が届いていなかった……」

Kはヨンイのグラスにビール瓶を傾けた。Kの手から奪い取るように自分の手に瓶を持ち換えたヨンイが両手でKのグラスにビールを注いで、互いに軽く乾杯をする。

「踊りが、それをプリ、解きほぐしてくれるのか」

「イェー、軀の動くリズムに乗った、それは長鼓の響きでもあるけれど、内なることばがナビ、蝶のように出てきます」

「内なることば……。ことばの変質と解放、プリ、ヨンイ自身のプリ……」

Kは感心、何度もうなずいて、テーブル越しに伸ばした手を、彼女が持ち上げた手と合わせて、握手をして離した。

「うん、分かったよ。まあ、私なりだがよく分かった」

「……ソンセンニムはむつかしいことを言った。ことばの変質と解放、プリ……。プリは軀の動きと声を通した心の、魂の解放、プリでしょう？」

「そうだ、ヨンイの言うとおりではないか。ことばの変質と解放というのは、私の小説のことでもあるんだよ……。ともかく、ヨンイの言うことがようく分かった」

「……」

「ヨンイは、いま年はいくつなんだ」

「三十五歳になってしまいました」

「何だ、しまいましたって……」

「世紀末ですか？　二十世紀末」

「いや、関係ない。ことばが、ふうっと風に乗ってやって来ただけだ」

「ことばが風に乗って……」

「ミレニアム、ミレニアム、千年紀。何かうるさかったな。ちょっと変な感じだった。世界が潰れないまでも、異変が起こるみたいにうるさかった。新聞も雑誌も……。それも風とともに去りぬだな。なってしまいましたと言うのはよくない。この老人のまえで失礼になる。私の場合はなってしまいました、なってしまったがな。私の年になると、ナイ・モッタ、年を食うと言うんだよ。年の樹があるなら、だんだん食う年の樹の数が無くなっていく。そして無くなってしまいました。終り……」

「いやだ、ソンセンニム」

「ヨンイは年を食うまで前途遼遠、地平線も水平線上の影の点も見えない。私の年の半分にも遠い。私は八十に近い……」

「まあ、ハラボジ（お爺さん）。でも、ヨンイ、ソンセンニㇺの年は知っている。一歳くらい間違ってるかも」

「七十六歳、うん、爺々臭いから逃げるか」

「ソンセンニㇺは海の底のにおいがする。七十六というのは、絶対に嘘、生年月日の届けが間違ったか、嘘の年齢、もっともっと下に見える」

「うーん、食った年を吐き出すか」

「いやだな、ソンセンニㇺ、どうしたんですか。嘘の年を食った、ナイ・モグン・ソンセンニㇺ。吐き出して、若くなるなら、どのようにして吐き出すのか、苦しいでしょうけれど、その魔法の若返り法。ソンセンニㇺ、わたし、これでも人を見るんですよ。ソンセンニㇺはね、いつもたたかっているでしょう。四面楚歌、南も北も、韓国行も大変だし、在日の組織、その他、凄いんだもの。だからソンセンニㇺは、ヨンイ、生意気な言い方だけれど、ソンセンニㇺは書き続けられるんだ。だからヨンイは尊敬出来る、いや尊敬致します。出版社にいると、そういうことがもっと分かるんです」

「そういうことというのは、何のことなんだ」

「ソンセンニㇺみたいに、ソンセンニㇺはバロ、まさに権力に立ち向っている人だから」

「会社は何人くらいいるの?」

「十人余りいます」

「ヨンイは、正社員ではない、時給制で、それで正社員と出勤も退勤も同じくやっているんだろ」

「イェー。自分の用があるときは、堂々と欠勤出来ます」

「正社員で入社出来るのに、自分から時給制で入ったそうだから、えらいよ」

「他にもう一人、時給制で日本人女性がいます。素敵な人で劇団の仕事をしています」

「うん、変った人がいるんだな。ヨンイは舞踊」

ヨンイの勤務先は社会科学系の、東アジア、朝鮮関係の本も出している中小出版社だが、ヨンイは自分の自由時間を持つため、敢えて時給制を取ったらしい。

「ソンセンニム、ほんの瞬間的だったけれど、ソンセンニムの肉声の朗読、イオドの朗読、眼のまえで聞くことが出来て……。『海の底から――』の代りにイオド。これは盗聴ではないでしょう。録音をしたわけでもないし」

「うん、そうか。イオド。大変な表現だな、盗聴でもかまわないし、ヨンイの耳のなかへ入るんだからな。あれは読んだだけだよ。頭のなかのを……」

「同じでしょう。わたしは同じだった。ソンセンニムの声を、『海の底から――』の声をこの耳で聞き留めたかったし、それで本を持参したんだけれど、でもイオドの声のメモをしたし、目的の何パーセントかは達成、カムサハムニダ（感謝します）。ただイオドではなく、『海の底から――』済州バダの話のなかでのイオド、ソンセンニムのいま頭のなかにあるイオドの朗読がすばらしい。ソンセンニム、乾杯をしてもいいですか？」

「乾杯？　おうッ、席を立つということか。さあ、乾杯」

「そうではなくて……」

ヨンイが持ち上げた中瓶のビールは半分足らず、ちょうど二人分になるだろう。ヨンイは自分のグラスに自酌をしてから、ソンセンニム、両手でKの手のグラスにゆっくり瓶を傾けて恭しくといわんばかり、コケティッシュに反り気味の唇をとがらせて、Kと杯を合わせてからグラスの縁に当てる。静かにごくり、ごくり咽喉仏を動かしてグラスを完全に傾け、Kもゆっくりと飲み干した。

窓の外の通りを往来するクルマのライトの照射がまぶしい。この公園の脇の通りはクルマの往来が多くないようだ。渋滞がない。走行が途切れたりする。広い道路の向う、向い側の公園の樹木に囲まれた街灯の光が夜を深くしていた。辺りの街のネオンの点滅するきらめきとは対照的すぎる。時刻はまだ八時。

「ソンセンニム、次へ行くんでしょう」

Kは黙ってうなずく。二人は席を立った。

「ここは、わたしが払う」

「イ・バボヤ（このバカが）」

Kは片方の拳でヨンイの頭を軽く打つ。

「ヨンイは月給取りです」

「知っています。時給制の月給取り」

カフェを出た二人は十月の夜気のなかへ入る。ヨンイはKの腕を取って組んだ。涼しい水のにおいがする風が暗い公園のほうから大通りを渡って、明るい通りを歩く二人の背中を大きく包むように吹いてきて、二人は風の方向に押されながら歩く。すぐにネオンサインが乱舞する十字路の雑踏。若い男女の客引きが通行人を強引に店へ誘い込んだり、道路際に立ち並んだ女たちが、二人を上目遣いに見やる。

十字路を渡り、二、三の横丁を過ぎてしばらく行くと突き当りのT字路の大通りが左右に走る。ここは公園の外周道路とは違ってクルマの往来が激しい。繁華街を右折してしばらく歩く。道路に面した狭い木造階段の入口を確かめて、二、三階を占める韓式食堂へ上って行く。左側の壁のコーナーに、五、六卓並べられた手前の隅の四人掛けのテーブルに向き合って坐る。K一人のときは独占して飲むKの定席である。左側は座卓が並んだ座敷。土曜日だが、空席が多い。

カフェと違って、奥の厨房から重い湯気を吸った調理のにおいが流れてくる。肉の煮汁のにおいか。ビール二本、エビなど海産物を粉で練ったチヂミの鉄板焼き。そしていくつもの小皿に盛られたナムル、もやしなど野菜の和えもの、キムチなどのミッバンチャン、前菜、注文外の突き出しだけで卓上の三分の一は占められる。ヨンイの同意を得て、ホルモン鍋。

これで満卓。ビールが入ったグラスがテーブルの端に押しやられる。ガス・コンロの炎の熱、肉の煮えるにおいを混ぜた湯気。乾杯のあとの頬が火照る。ホルモン鍋の肉、豚の小腸、トンチャンとスープを腹に入れると、アルコールの酔いが加わって全身が熱してくる。しかも唐辛子の刺激で額から小鼻にかけて汗が噴き出してきた。

「ソンセンニム、辛い……」

「うん、水を飲め」

ヨンイは水の代りか、ビールグラスを傾けた。

「ソンセンニム、いま小説を書いているんですか？」

「うん、いや、別に書いていないな」

Kはぎくりとして答えた。

「……」Kの返事が曖昧だったのか、ヨンイは続ける。「何か、考えているんですか？」

「そうだな。いつも何かは考えているもんだよ」

「ウウン、小説の具体的なテーマのことです。こんなことを訊いたら、ソンセンニム、怒っていらっしゃるんですか？」

「そんなことで怒ったら、どうする。それ、怒ることとか。ただ、いまのところ具体的なことはないということなんだ」

「イェー……。また『海の底から――』のような小説を読みたい」

「うーん……」

この返事は嘘だった。何か執筆の準備などをしているときは、人と酒を飲んでいるときでも、家で食事をしているときでも頭のなかでは、そのことがぐるぐる廻っているのだ。そうしたときに、遠い夜空の流星のピカッと光って消えて行くかのようなものがある。それが、アッ、これだのヒントになって頭のなかの空間のひろがりの一点に飛びながら停止、執筆のきっかけになることがあって、いまはちょうどそんなときだった。また『海の底から――』のような小説を読みたい……。いま書いているのは、海の底、血の海の底の話なのだ。タイトルは多分、「満月の下の赤い海」。ぎくりとしたのはそれだった。Kは自分が書く、既作のものでも小説を話題にしたくなかった。『海の底から――』のような小説を読みたい、いま小説を書いているんですか。何と、ヨンイの人の頭のなかの動きを透視したような問いだった。ヨンイの『海の底から――』の海の底へ潜るような没入に、いま書き始めている海の底の風景にぎくりとして、ことばを切る。海上の集団虐殺で、赤く染まった海底……満月の下の赤い海の波打つうねり。

「ヨンイ、さあ、一杯やれ……」

ヨンイはグラスを両手に持った腕を突き出すように伸ばして、Kのビールの酌を受けた。そしてゆっくりと首を後ろに倒しながら飲み干すと、ソンセンニム、これを受けて、と自分のグラスをKに渡す。Kはウン？　とうなずきながら彼女のグラスを手にして、その酌を受けた。ゆっくりとグラスを空けてヨンイに返して、そこへビールを注ぐ。

ヨンイはテーブルに接した壁際に立てかけたアルバム風のメニューを手にして開いた。そして左開きのぶ厚いページをゆっくり、写真入りの料理の品目を見るでもなく、終りのページの酒類のところで眼を止めて、横書きの酒類の列の順を追いながら何かを探していた。

「ソンセンニム。枸杞子《クギジャ》って、あったでしょう。枸杞《くこ》の酒。すごく甘いの。ここに出ていない」

「うん、このまえ会ったとき、クギジャ飲んだのか。よく覚えているな。ただ甘いだけじゃない。すごくこってりして、うまい。薬酒《ヤッジュ》みたいなもんだ。きついんだよ。クギジャ・スル（酒）は私用に漬けてあるの。非売品ではないけれど、わざわざ注文して飲む人はいない」

「クギジャ、飲みたい。このまえ飲んでおいしかった。翌日、とても気持ちがいいんです。元気になる」

「うーん。そうかも知れない。飲み過ぎでないと、そうだ。私はいつも二日酔いだから分からん。クギジャ、飲むか。私はもうしばらくして、席を立つまえに飲むんだが、まあ、いいか。一緒に飲もう。ヨンイは一杯だけだぞ。水をよく飲んで。二十五度ある」

「ママが漬けるんですか？」

「そう」

「ソンセンニㇺのために？」

「いや、そうではないんだが、飲むのが私だけなんだな。私と一緒に来る人以外は飲まない」

「ママはきれいな人。美人ママ」

「ヨンイとどちらがきれいかな」

「フン」

鼻を鳴らす。

「どちらもきれいよ」

「ソンセンニㇺはそんないい方をするんですか。それは機会主義者のオポチュニスト」

「ウン、じゃ、ヨンイ」

「うまいこと。機会便乗主義、そうでしょ」

ヨンイは笑った。

「まあ、どっちもそれぞれの個性があっての、その人の美なんだから、ヨンイも美人、ヨンイとしての美人なんだよ」

「美、アルムダウン（美しい）……。アルムダウン、ウリ・ナラ（美しいわが国）。この頃、美しい日本とか、日本は神の国とか、そう言っている日本人自身が、自分たちが美しいということなんだ。この日本がね。日本の過去の植民地支配、侵略戦争を反省する、その日本が美しくないのは自虐史観。侵略したのが美しい、その日本がすなわち神の国、マンガみたいでかわいいよね。それが恐ろしい、この日本、イルボン（日本）ナラ（国）」

「神の国のイルボンナラか。神の国の日本、日本人。このまえ会ったときも、ヨンイ、そう言っていたなあ。止めよう。クギジャの味が、水の味になる」

ちょうどそばに来ていた女店員に、クギジャ・スルを二度繰り返してたのんだ。飲む人が他にいないから新入りの店員にはこちらから説明しないとならない。

きょうはヨンイと春先に会ってから半年ぶりだった。そのときは帰化、一家の日本への帰化の話を初めて聞くことになった。あれかこれかで悩むというよりも、最初から娘のヨンイ、ヨンイの母が反対、肉親の家族だからと強制的な父と従わない娘の対立、そして母は帰化するなら離婚すると言い出した。父は大阪生まれで六十歳すぎ。韓国籍での取引きなどいろいろと支障がある。日本のこの国で何十年も生きて仕事をし、生活するのに、その社会に順応して日本に帰化するのは自然の成り行き……。ソンセンニム、半チョッパリ（半日本人）が、帰化人に、新日本人になるんですよ。新人類っておもしろい呼び方もあるけれど、新日本人って、何か種付けでもして生まれてきた新種かしら。新年、正月に羽織、袴を着用、お屠蘇。はるか朝鮮半島のソウル、当時の京城から東京の皇居遥拝……。皇居、宮城、これは日帝《イルチェ》時代のこと。ソンセンニム、ソウルの大学院で、朝鮮文学、日帝支配末期の朝鮮の暗黒期、空白時代の文学、親日文学を勉強したんですよ。皇国臣民化のための朝鮮文学、皇国臣民化の朝鮮人、あれは新日本人に当るのではないかしら。美しい国、神の国の〝新日本人〟。内鮮一体、天皇陛下の忠良なる赤子、鮮人。そうでしょう。センジン……。Kはぎくりとして、どこからとなく滲んでくる苦汁が胸にひろがるのをおぼえた。センジン……。うむ、うむ、Kは父の帰化と植民地時代の皇国臣民化が絡まって出てくるのに当惑しながらもゆっくりうなずいていたものだった。皇国臣民化の手段としての親日文学、この若いヨンイがどうしてそこへ関心が向いて行ったのか、ありがたく、感動していた。

ソンセンニム、わたしが帰化して新日本人になったらどう思いますか。このヨンイがシンニホンジン、ぞっとする。そして付け加えた。父には日本人のメカケがいて、そのメカケさんは父が社長の会社で経理事務を担当している女の人なんです……。そのときはクギジャを飲んだせいもあるだろうが、自分の父のことをオヤジと言っていた。日本人の女の人の影響もあるんですよ。母には日本の着物は似合わないからと強要しないが、チマ・チョゴリは絶対に着させない。わたしの舞踊用の民族衣装は帰化の話が出る以前で日常着でなかったからカネを出してくれた……。いま、父のことをオヤジと言ったが、それは何なんだ？　それ、おかしいですか。家ではアボジ、オモニと言っていたんです。それが途中でお父さん、お母さんと呼ぶようになりました。ソウル留学までした娘に、ちょっとしたトラブルがあって、父をオヤジと言ったら、このヤロウ！　と殴ってきた。ヤロウというのは男のことでしょう。オヤジは男が使うことば、女が使って、何が悪いんです。韓国語のアボジは使うな、あのね、オトウサンと呼ぶのはわたしがいや、代りにオヤジ。父はわたしに不良と言ったんです。マルクヮンニャンってあるでしょう。うん、マルクヮンニャン、おてんば娘ということか。そうなんです。わたしにこのマルクヮンニャンの不良娘と言うんです。それでわたしの口答えが、オヤジはなんだと出たんです。オヤジって、男同士は親近感があるんでしょう。別に悪いことばではないんだ。不良よりまし。マルクヮンニャン、父はそんなことばを知らない。ウリ・マルはよくしゃべれない。わたしを叱りつけるためにわざわざそれだけをどこかで聞いて来たんだ……。

かなり家族間の感情が複雑に絡んでいるようだが、ヨンイと父の間は、彼女の日本語とウリ・マルの間のようにひびが入っているらしい。きょうはカフェで二、三時間向き合っていたが、その話は出ていない。それを、このまえの帰化の話はどうなったのかと、こちらから訊くことでもなかった。

クギジャが来た。水と一緒に。口径のやや大きいぶ厚いグラスに半分余りの深紅のクギジャ酒から濃厚な、唾がにじみ出る甘辛いにおいが迫ってきて鼻を刺戟する。ヨンイは両手で捧げるようにグラスを持って、互いの指が触れるだけの音がせぬように合わせてからゆっくり口に当てる。一旦口に含んで、咽喉に落ちる酒のにおいと味の形でも見ているように眼が光を失って内へ向う。神妙な顔付きで、わざとごくりごくり二口ほど飲んだ。そして、はあーッと息を吐き出す。続けて、Kに言われたとおり水を飲んだ。

「夕方、カフェでお会いしたとき、先にコーヒー代りに、あれ……、ナツメ、テーチュ茶を飲んだでしょう。カップの蓋を取ると、ふんわり熱い湯気とともに香りが顔にふりかかってきて、テーチュ茶はすごく熱かったけれど、とろっとして、クギジャ酒にちょっと似ているんです。感じがとろりとして甘酸っぱいところが……。でもテーチュ茶は酒でないからアルコール気がないけれど」

「うーん、ヨンイの味覚は酒呑み以上だな」

「酒呑みは味覚がいいんですか？」

「……ウン、そうだな。それは別のものかも……。よく分からん」

「ソンセンニム、このまえ、ここでお会いしたとき、わたし、初めてクギジャを飲んだ。そのとき、一家のことをアボジのことを話したでしょう。帰化のことで。

　オヤジは帰化のこと娘に話さないけれど、わたしは二、三年前に帰化したという人に会って話を聞いたんです。その人の話だと、帰化の申請書が複雑、厳格なんだそうで、過去には当局が家に抜き打ち検査のようなことまでしたそうなんですって。冷蔵庫を勝手に開けたりしてね。植民地支配以来の日本の同化政策がまだ続いているんです。帰化の恩恵を与えるためには財産状態その他、いろいろと調査、厳選しての〝日本人〟なんです。帰化するには、善良な日本国民にならなければならない。その人によると、『帰化の動機書』というのがあって、動機はトンギ（動機）です。法務局の係官と、帰化申請者が面接するんだけれど、そのときに『帰化宣言』を、宣言するんです。それを音読して読み上げるんですって。日本国憲法を守り、定められた義務を履行して、善良な国民になることを誓いますと書かれた帰化宣言書です。精神的に屈服しての帰化、言いたくないけれども奴隷。それでオヤジは申請して帰化をお願いするために、司法書士とか行政書士とかにたのんで、書類を一切整えました。そのために必死になっている自分の親の姿を見ているのはたまらない。わたしはこれからまもなく日本人の父と韓国人の母の子になるんです。これからどうなるか分からないけれど、そういったことになるんでしょう。わたしが未成年だったら父の意思で日本人になってしまう。新日本人の卵。在日って引き裂かれた宙ぶらりんの存在。引き裂かれて一方へ逃げようとしても、逃げ切れない。日本から逃げて、韓国から逃げて、軀は一つで、心は二つに割れてどこへ行っても逃げ切れないんだ……。アメリカ生まれの第二世代は言います。自分たちは決してコリアンであることから逃れることは出来ない。コリアンであることは宿命的に、自分がだれであるのか、存在の本質的な問題です。コリアンでアメリカ国民であること。アメリカ社会ではコリアンはアジア系と見られる。エスニック、エスニシティの問題です。日本では韓国人は日本名を使って、日本人に化けることが出来ます。だから帰化したら、まぁ新日本人になれるんだ。表向きは、アメリカとは違ってコリアンだということが分からない。そうでしょう。アメリカでは、ヒスパニックであろうが、黒人であろうが、メキシカンであろうが、移民のアメリカ人なんです。白人のワスプと同じく。日本はそうではない。神の国、日本人、日本民族に同化ということなんです。日帝時代には内鮮一体、朝鮮人は皇国臣民だった。そうでしょ。ヨンイはそれがいや……。ソンセンニム、わたしはどこにいるんだろう。漂うわたしの魂の船の錨はない。錨から離れたわたしは、イオドゥの船。イオド　サ、イオド　サナ、行って帰らぬ船、漂うわたしの船。イオド　サ、イオド　サナ……。ソンセンニム」ヨンイはKを見つめた。濃いまつ毛にかげった大きな眼が潤んで、光った。Kも眼の底に熱いものが、涙の一粒が揺れた。Kは黙って、繰り返しうなずく。熱いものがこみ上げてきて、ビールのグラスに手が伸びていたが、強く抑えた。

「海の底から遠い遠い向うのイオドへ行ったら、帰ってこられない。生きるために逃げて行っているのに、イオドは帰らずのところ……。アイゴッ、ソンセンニム。あ、またアイゴが出てきた（ヨンイの歪んだ顔に明るい笑いが走った）。あ、笑いが。いま泣きそうだったのに笑ってしまった。ソンセンニムと一緒にいるからなんだ。ねえ、ソンセンニム、イオドは幻想の島……」

「うん、幻想の島だろう」

「島だろうですか？」

「行ったことがないんだから」

ヨンイが俯せてわっと泣き出さないのに安堵して、Kが言った。

「そうなんだな。わたしも行ったことがない。行ったとしたら帰ってこられないもの。いまねえ、ソンセンニム、そうだったら、ソンセンニムと一緒にここでクギジャ飲んでいないもの……」

「そうだな」

Kは笑った。

ヨンイのグラスのクギジャも底に近い。まあ、二杯飲んで一合半。それでも二十五度の焼酎に漬けた酒なので、かなり酔う。

「あッ、ナッチ（小型の蛸）だ。久しぶり」いかにも通のような言いぶり。「ソンセンニム、乾杯。それからもう一杯でしょ？」

二人は空に近いグラスを、相変らずヨンイは両手で合わせて、逆さに傾けるように口へ当てる。ヨンイは赤く染まった唇を半開きにしてはあーッと息を吐きながら微笑む。皿でぶつ切りのナッチの足がくねってのた打ち回っていた。箸で取るのも大変、指で何とか摘んで塩ゴマ油のヤンニョム（薬味）をつけて素早く口へ入れる。口の外へ逃げ出すのだ。口のなかで動いているそれが舌や頬の裏側に吸い付いて取れない。そのまま呑みこむと胃に辿り着くまえの途中で吸盤が咽喉に吸い付いたら窒息するだろう。要注意の食べ物。ヨンイはそれを心得ていて、コリコリ歯応えのする、なかなか嚙み切れない動きくねる足を、ア、ア……吸い付かれているのだろう、アイゴッ、小さな悲鳴を上げてよく嚙みながら食べる。

Kもなかば眼を閉じて半眼、蛸の足と格闘しながら食べたが、クギジャ二杯目の半分ほど飲んだとき、こくりとほんの一、二分居眠りをしたようだ。異世界の時空間に入った夢の動きもない頭のなか。ヨンイの「海の底から」に誘導されたように、その海の底にすうっと潜るように沈み、酔いが頭の暗い空間にひろがり、海の底を歩いているのか泳いでいるのか、眼に海の底の風景が扉を開けるようにひろがって行って、見えない海流が押し寄せるような圧力にぎくっと息が詰まる。水中の頭のなかの動きが止まると、そこは集団虐殺で死体が散らばって赤く染まった海の底……。うおぅッ、驚いて眼を開けた。酔中に海の底で眠っていたのだ。死体が散らばった赤い海、血の海……。

「ソンセンニム……」

「……ウン」

Kは眼を開ける。

「どうしました……？」

「……」

眼を閉じていたのだ。Kはテーブル越しにヨンイを見た。

ヨンイは黙ってKを見つめていて、眼と眼が合う。いま会ったばかりのように。

「ソンセンニム」ヨンイはKのテーブルの上に置いた片手を両手でかぶせるように握ってから、グラスを持ってKの手のグラスにカチッと合わせて口へ持って行く。「きょうは土曜日なんだ。でも、これ以上クギジャは飲まない。もっと飲んだら、酔ってしまう。ソンセンニムはクギジャを飲むんですか？」

「まあ、二杯飲んだらいいところ。飲みたかったら、ビール二、三杯飲めばいいよ。それで終りだ」

「ソンセンニムは家に帰ってから、また飲むんでしょう」

「うん、そうなっているんだ」

「何かの義務みたい、夜中に酒を飲む義務ってあるのですか？」声が歪んでいた。クギジャの酔いが廻ってきたのだ。「ソンセンニム、人間の自由とは何なのですか？」

自由とは？　Kは出し抜けの、自由とは何か？　にぎくりとする。自由。

「自由……。自由なあ。いろいろあるだろうが、これと一言で言うのはむつかしいな。どうして、そんなことを訊くんだ。酒が醒めてしまうよ」

「酒が醒めるって大げさな。それでもっと飲んで酔うんですか。むつかしいんじゃなくて、常識的な自由。わがままと自由とは違うでしょう。わたしは何かに縛りつけられて羽をむしり取られたように自由がない。あの人が、わたしがオヤジと言った人、父はおまえはわがままな奴だ。自由、勝手な奴だ。親に反抗する、口答えする、それはどういうことか。礼儀作法も弁えん。昔から朝鮮は東方礼儀の国なんだ。父親にオヤジだと、女が使うことばか。おまえは不良か。折角、韓国のソウルまで留学させてやっても……。われわれ韓国人はそんなことばは使わん。韓国人だって……。新日本人のくせに……。あのね、在日三世の女の子、十六歳の高校生ですが、通称の日本名を使っていて、日本人として生きてきたのに、外国人登録をしなければならない満十六歳になったとき、誕生日のその前日に親から外国人登録のことを説明されたんです。おまえは韓国人として誇りを持って生きてほしいと言われて……。娘は父親に、あなたが韓国人としての誇りがあるなら、どうして韓国人として育ててくれなかったのか……と。心が二つに割れて混乱、分裂症状になったんでしょう。そんな話を聞きました。その親は帰化しないだけまし。わたしの父なる人はこの大きな娘を、新日本人になれと……。国籍が変っても、父と娘の関係はそのままなんでしょうか?」

「法的にはどうなるのか知らんが、父と子の関係はそのままじゃないのか」

「わたし、羽をむしり取られた鳥みたいな感じなの。踊りで宙に伸ばしてリズミカルに動くわたしの二つの腕は、わたしの、むしり取られた鳥の翼です。踊り、チュム……。踊りの場がいまのわたしの自由な空間……」

「ヨンイは舞踊家になる気なのか?」

「う、うん」彼女は首を横に振って強く否定。「簡単になれるものではないけれど、舞踊家になるくらいなら、ソンセンニムみたいに小説家になりたい。わたしが踊り手になるときは、いまのわたしのウリ・マルと日本語の分裂、ひび割れ、内なることばの軀を通っての表現、プリ、解きほぐしとしての踊りではなく、踊りそのもの、いまの踊りから離れた別の形の踊りそのものであって、いまのわたしのようにことばとは関係ありません。そうでしょう。そう、なるでしょう。こんなこと、踊りの仲間に話しても分かりません。他の人も分からない。踊りを道具にするなと批判されます。ソンセンニムは分かってくれるでしょう。やはり、ことばにこだわります。ソンセンニムが専門のことばの世界……」

「うーん、私はことばの専門、研究、語学者でもないし、文学、小説のことだろう」

これまで在日朝鮮人作家が日本語で書くことの「呪縛と自由」の問題で苦労してきたKは、いまこの場でことばの問題に深入りしたくなかった。書くことと口の外に出すこととは別であって、Kはヨンイが指摘したように、自作について口の外に出してしゃべるのは好きでない。ヨンイの言う、踊りが内なるこもったことばの身体を通しての出路、プリ、解きほぐし、解放であることが、ちょっと痛切な気持ちを伴って分かってきた。

ヨンイは頬が酔いで赤らみ、眼の光も緩んでいたが、頭は酔っていないし、話はしっかり前後、筋が通っていた。

「ソンセンニムはいやでしょう。こんな話。ソンセンニムは作家なのに文学とか自作について人と話すのが好きではないみたい……。こんな話はやめようねえ、クギジャ、底が見えた……」

ヨンイは正気に戻ったように、軽く笑ってから、グラスの水を飲んだ。何かを話した演説のあとのように。

十一時。三階はワンテーブルに二人が向き合っているだけで、がらんとしていた。朝七時までの営業なので、十二時が過ぎるとバーやクラブ帰りの女同伴の男たち、また女だけの連れの来客で忙しくなる。

二人は席を立った。

「ソンセンニム、大丈夫ですか？」

彼女は立ち上って、カバンを持って椅子から離れたKの腕を取って組む。階段まで数メートルの距離だが、それでも酔っぱらったときは、くの字型に折れた古い木造階段は要注意。ヨンイが誘導するように、先に降りる。降りたところのレジで会計をすませて、さらに二階からの階段を降りて外へ出る。さわやかな風が酔いに熱した軀を包んだ。

「ソンセンニム、少し歩きましょう。いいですか？」

「ウン、歩いたほうがいい」

「ここへ来るまえのカフェの横の公園の通りまで」

ハンドバッグを左手にしたヨンイはKの左腕を組んで、何時間かまえにカフェからやって来た繁華街の道を歩いた。歩道から道路まで出てきて、客引きする先刻より増えた男や女たち。路地の蔭に二、三人、それとなく立っているのはホテルへの誘いだろう。十一時閉店のカフェはシャッターを下ろしていた。カフェの角まで来て立ち止まる。ヨンイはKの腕を組んだ柔らかいその腕に力を入れて締める。

「公園のなかに入ろうか？」

横断歩道の信号は赤だった。

「公園？　こんな遅いのに、何かあるんですか？　ソンセンニム……」

「街灯に静かに照らされて、こんもり茂った森の道を歩いてみたい」

「ソンセンニム、森はありませんよ。街路樹が立っているだけでしょう」

「歩いている人いるんじゃないか。池のずっと向うの台地の広場へ行ったら、大きな道路の木蔭にホームレスの小さなテント、ダンボールの小屋が並んでいるだろう。その辺りは森のように鬱蒼として高い樹木が茂っている……」

「そこへ行くんですか？　ホームレスに知り合いがいるの？」

「いないよ。行きもしない。ただ、夜の森の茂みの下に、私たちがここにいる同じ時間に人がいるというだけのこと。頭のなかの夜の深い闇、そのなか、そのなかの見えない道……」

信号が青になった。ヨンイは腕組みを外して、Kの左手を握っていた。左右の停車線でクルマたちが停る。横断歩道を渡る人は少ない。それも横断して向う側の歩道へ行く人たちであった。公園のなかへ入る人影はない。

「ソンセンニム、何か、いまそんな小説を書いているんですか？」

「何も書いていないよ」Kは念を押すように握り合ったヨンイの手を締めた。書き始めているのに、嘘を重ねることになる。

「深い森のなか……。海の底……。ヨンイの好きな海の底」

「ソンセンニム、頭のなかの夜の深い闇。そのなかの見えない道、それはヨンイ、わたしの道みたい……」

「そんなところへ考えが行くのか。しかも夜のなかの行き止まりの、道だな。そんなことを考えてはいかんよ、ダメだな」

「ソンセンニム、分かりますか？」

「分からないから、一層よくない……」

「ダメですか」

「ダメ。ダメというのはヨンイを否定しているんじゃないよ。ヨンイは強い人間だろ……」

Kは左手をヨンイの手から離して手真似でヨンイは違う、そんな考えをするでないと言わんばかりに両手を眼のまえの闇を払いのけるように左右にひろげながら、その左手でヨンイの右肩を軽く叩いた。

「行こう」

Kは手を挙げた。右手のまだネオンサインの輝く繁華街のほうから走ってきたクルマを止めた。ドアが開いて、Kが軀を入れる、ソンセンニム、アタマ、注意。ヨンイが続く。ドアが閉まって、クルマは公園の池の外縁の通りを廻りながらI駅方面へ向う。

「I駅に近づいたら、I駅の北口のほうだろう、そのときは運転手さんに言うんだよ。眠ってしまうかも知れんからな」

「ソンセンニム、そんなの、大丈夫です。ソンセンニムが眠って下さい」

「北口からK町の交差点を渡って、T町のほうへ行って下さい」

外縁の通りから左折、町並みのジグザグの道を通って大通りへ出たタクシーは自動車道路を走り続けた。

クルマが走行の途中でバウンドを繰り返す。ヨンイの躯がKのほうに倒れてきたとき、揺り返しでもとの姿勢に戻りながら、ヨンイはさらに躯を倒して離さなかった。これはどうしたんだ、おッ、クルマの動揺に乗って、さらに上半身を押しつけた。ソンセンニム、ソンセンニムは海の底からの羊水のねっとりしたにおいがする。ヨンイはそのままKの胴体に両手を巻きつけてKの襟首に顔を埋めながら顎を突き出して、唇を吸い付くようにKの唇に当てた。Kの唇がめくれる。におう、におう……押しつけた息詰るような鼻声。クギジャのにおいがヨンイの鼻息になってKの鼻に押し込まれる。クルマが揺れる。バウンドで躯が少し離れた。ヨンイ、バロ、アンジョラ。真っ直ぐに坐れ。躯は離れない。ソンセンニム、わたしはソンセンニムが好きなんだ。尊敬しているんだから。おい、おいッ、どうするつもりなんだ。意外な事の展開にKは眼のまえの運転手の背中を眼にしながら、ヨンイを押し返そうとするが、ヨンイはKの正面に馬乗りにならんばかりに上半身をKの胸に押しつけてきて、びくともしない。そして両手でKの眼鏡をかけた顔を横向きにさせると、いきなりその唇を押しつけて尖った舌先をKの唇に突き刺した。Kは固く結んでいた口を開けるとその舌を呑みこまんばかりに互いに深いキスをしていた。クルマの震動が二つの唇の動きにリズムをつける。ヨンイの両分けの長い髪の毛がKの顔に降りかかって蔽いかぶさり、きついにおいが激しい息をする鼻腔から咽喉まで押し入る。好き、好き、ソンセンニム、好き。ソンセンニム、ジャンミイプスル　マッ　イッナョ。ばらの唇、おいしいッか。

クルマはI駅北口の広場に出ていた。まだ繁華街は明るい。人の往来は途絶えていない。運転手がK町の交差点だと告げる。

Kの手を固く握りしめていたヨンイは行先を指示。タクシーは交差点を渡って右折、人家のあいだの道を走って、数分で二階建てのアパートの建物の玄関先に停った。

ヨンイはKの手を離して、車を降りた。以前にもKはヨンイを見憶えのあるこのアパートのまえまで送ったことがあるが、今夜の車中のようなことはなかった。どうしたことだろう。手を離しながらKはだいじなものが手中から消えるような気がした。

ヨンイは門灯の光のなかのその場に突っ立ったままタクシーを見送った。Kは背後の窓から門灯の光のなかのヨンイの姿を眼に入れた。十字路の曲がり角でヨンイの腕が伸びて手を振る姿を、タクシーが右折して消した。タクシーは北上する国道十七号線に向って無人の町並みの道路をヘッドライトの光で明るく開きながら走った。

四

マンション六階の一室の自宅へ帰ってきたKはかなり酔っていたが、深酒ではなかった。クルマで帰ってくる小一時間の間にもかなり醒めてしまうものだ。Kの習慣だが、余程の泥酔でもない限り、必ず寝床に入るまえに飲み足さねばならない。

妻はベランダに面したKの部屋の隣りの部屋で寝ている。Kはリビングのテーブルのまえのソファにしばらく腰を下ろしていた。しばらくじっと坐っていると、自然に両眼蓋が落ちて眼が塞がり、じいーんと、軀が酔いの余燼で痺れていて、上半身が揺れる。大きく揺れて、眼を開ける。酔いが残っていて、酔いの自覚が酔いを促がす。

朦朧とした頭で立ち上ると、冷蔵庫から半分に切った残りのレモンを取り出し、包んだラップを外して擦り器のとんがりに押しつけながら力いっぱいに搾る。グラスに麦焼酎を注いでレモン汁を入れてから、魔法瓶の湯を同じくらいグラスいっぱいに満たす。それから、スモークチーズでも取り出して添えればいい。

Kは一口飲んだ酒杯をまえに、一体タクシーのなかでのヨンイとの抱擁は何事だと考える。これまで何度かタクシーに同乗しているが、あり得ないことだった。わがもののように気おくれもせずに抱きついて来たのだ。ジャンミ イプスル マッ イッナョ。ばらの唇、おいしいッか。何れにしても「海の底から」からの幻想のなかの出来事だろう。K自作の『海の底から――』ではない。ヨンイの海の底で、おれは彼女とともに息をしていたのでは。いや、大胆な抱擁の現実が幻想を打ち砕く。……海の羊水のなかの、わたしは羊水のなかの子供のように抱かれました。何となくねっとりした羊水のにおい。いつもわたしは『海の底から――』をわたしの懐ろで温めました。わたしのことばが分かります？ 海はにおい、潮のにおい、海は死者、すべての生物の墓地だとソンセンニムは言いました。死と生。その死者が潮に溶けて海の生き物にとって棲み家となる。チェジュ・バダ、済州の海、海のにおい……。山頂に落ちた雨水の一滴、一滴はやがて河となり、すべての河は海へ、水は山から海へと流れる……。海。杯を重ねる。苦い。うまい。苦く、うまい。

新しい酔いが途中の醒めた酔いを呼び起こして一緒になりながら、飲むほどに、うん、ソファのなかへ、底へ沈んで行くのが分かる。落ちる。静かに浮くようにして落ちる。沈む。沈むところ、沈むのが沈むところ。酔いとともに眼を閉じて眠りに引き込まれながら、塩分をたっぷり含んだねっとりした羊水のような海の底。眼を開けると、夜の部屋の酔いのひろがりのように熱した空気が揺れているのか、軀が揺れているのか。水族館の水槽の水の揺れに重なっているのか。眼をいっぱいに開いてぐるりと見廻しても、ここは海の底、私は起きているのか眠っているのか。ああ、これが揺れている海の底、沈んだところ。海の底の水が海草の森と一緒にゆっくり流れて揺れているなあ。イオド　サ、イオド　サ……。水圧のなかを底へ沈んで行く。ここは意識下の世界。海の底。右に揺れ左に揺れ、沈んだり浮いたり、海の底。意識下の底は底のない底、意識下は一番上の底、海の底。イオド、イオドは海の上、水平線上に揺れる点ひとつ、イオドの影、海の上……。イオド　サ、イオド　サ……。沈む……底、まだ沈む、沈む、沈む、眠りが沈む。

カーテン越しに部屋の灰色の壁に揺れているのは、ベランダの植木の影か。海の底の幻影が寝呆けたKの眼に揺らいでいるのだ。影ではない。窓の外のひろがりの空は灰色、曇り空……。

昼近くなるまで眠ったが、夜中に一人で飲んだ焼酎レモン割り二、三杯の酔いが毎度のことながら、二日酔いになって頭が痛い。二日酔いの蒸発は夕暮れまでの時間が必要だ。そして夕暮れになると、新しい酒の酔いを呼ぶことになる。すでに昼食の時間だが、Kには朝食となる。Kと食事の時間がずれる妻は、食事の用意をしてくれるだけで、テーブルに同席しない。

Kは忘れ物を思い出したように立ち上って、玄関脇の部屋から缶ビール一本を取ってきた。透明なグラスに泡立つビールを注いで急に渇きをおぼえた咽喉へ快い摩擦感を起こしてゆっくり流す。すでに解醒《ヘジャン》、酔い醒まし、いや迎え酒用のワカメを入れた甘鯛スープ、そしてご飯の二、三匙、スッカラを口にした後だったが、ビールを飲み終えるまでは飯はストップ。口に酸っぱい唾の湧き出る真っ赤な大根のキムチを箸で摘んだ。ことさら、キムチ、キムチ、クギジャ、クギジャ、……と繰り返すヨンイの声が耳底に響いた。ジャンミ　イプスル　マッ　イッナョ。ばらの唇、おいしいッか。唾を飲んで、別の容器の白菜のキムチを口に入れて噛む。そしてビールを飲む。

酔いのサインは早い。二、三分すると、頭の血管が軽く痺れて酔いの予兆を伝える。ビール一本を飲むと、昨夜のアルコールの残りが燃えて、頭が一時熱くなるほど酔いを感じる。一本で終れば醒めるのも早いが、なお一本飲むと、酔いは自立、腰を据えようとするので、その境界線が微妙だ。

リモコンでテレビをつけて昼前のニュースを見ると、ちょうどアフガン空爆の映像が出ていた。写真のようにどのテレビの画面にも定着したものだ。雲一つない青い上空を行く、幻のように透明な機体から延々と続く四本の白い飛行機雲の下で、荒れた大地が猛煙を噴き上げて山ごと吹き飛ぶ映像である。角度や位置が少々違うだけの同じパターンだ。人の心に同じ形の絶望と悲しみを繰り返し押しつけて、無力感で解体してしまう。四本の白い飛行機雲の空飛ぶテープはテロ帝国のシンボルマークで、続く映像を見るだけで人々は無感動な崩落への発作を起こしてしまう。テレビでも聞こえてくるくらい遠いアフガンの上空を行く米軍機の爆音。「アフガンの空爆は世界を蔽う」。ある集会へ寄せたKのメッセージのタイトル。アフガンの仏像は破壊されたのではない、恥辱の余り崩れ落ちたのだ。イラン＝フランス合作映画「カンダハール」の監督マフマルバフの著書のタイトルに由来することばらしいが、アフガンの悲惨を世界にアピールできない自分の無力に恥じて自壊するなら、その展望台がTop of the Worldの別名を持つニューヨークの世界貿易センターは、世界を眼の下におくその傲慢さ故にバベルの塔に倣って崩れ落ちたとも言えるだろう。

アフガニスタンの空爆は、世界を蔽う。だれも抗しようのないアメリカの暴力の影が恐ろしい、レスラーが赤ん坊の腕をひねるようなタリバンとのたたかいで、勝った、勝ったと勝利宣言を世界に向けて放つアメリカの声が恐ろしく、悲しい。ふるさと済州島四・三事件はなんだ。昨夜、ヨンイが言ったように涙をのんで生きるところ、アフガンの人たちが流す涙、アフガンの人たちはまるで虫けらみたいだ……。ヨンイはアメリカへ行きたいと言っていたが、その行きたいアメリカと違うもう一つのアメリカを見ていた。ソンセンニム、済州島の四・三虐殺にはアメリカが後ろから加わってるんでしょう。アメリカとハルラ山の何百名かのゲリラ。そして皆殺し。島民虐殺……。ヨンイが言ったようにアフガンの人たちの流す涙は……。この半世紀、アメリカの関係しなかった世界の戦争と虐殺があるか。アメリカ。

Kはチャンネルを二、三回替えてから、テレビを切ってしまった。

Kはやおら立ち上って、玄関脇の部屋へ足を延ばした。

「何をしているの？」

離れた背後で、妻が言った。

「うん、ビールだよ」

酔いで、かすれ声だ。

「いい加減にしたら。ゆうべもかなり飲んだんでしょう。何かぐじゅぐじゅ独り言を言っていて、眠れないんだから。あしたか、あさって病院へ行くんでしょう」

深酒したときの癖だが、何をぐじゅぐじゅ独り言を言っていたんだろう。記憶がない……。

Kは妻の声を後にして、缶ビール一本を手に持って席へ戻りながら、自分の部屋にいる妻に向って、病院はあしたでない、あさってなんだと答えて、椅子に腰を下ろした。

「きのう……。きのうではない、きょうだな、真夜中の一時か二時頃……。何の独り言を言っていたんだろう」

Kは頭を右側のベランダのほうへ向けて、自分の隣り部屋にいる妻に訊いた。

「知らない。きのうが初めてではないんだから」

「うーん、きのうは、晩に帰ってから、焼酎二、三杯飲んだのが効いたのかな」

まず缶ビール一本を空ける。炒りごまと唐辛子をかけた甘鯛スープを平げたところで、Kは食事を終りにして、自分の部屋に戻り、机の前に腰を下ろした。ベランダに来ていたヒヨドリらしい褐色の鳥と視線が合う。植木のマンリョウの赤い実を一つくわえて、おまけに糞を垂らしておいて、鳥は飛び去った。真っ赤な実がほとんど無くなっていた。糞の後片付けが面倒である。白くコンクリートの床や鉄パイプの手摺りにこびりついた鳥の糞を、妻は最後に雑巾で拭き取って片付ける。赤いマンリョウの実は鳥の眼につきやすいらしいが、もうヒヨドリは実を食べつくしたので来ないだろうと言う。雀たちもよくやって来るので、妻はわざわざ米粒などを小皿に入れてベランダに置いてやる。

外は、空は曇天だ。わが頭も曇天。この頭に陽光まぶしい外へ、空の下へ出て行って散歩するのはどうもぴったりしない。

まだ醒めない二日酔いが意識されて鬱陶しくなる。それでも曇天同士で散歩に出てみよう。JRの長い跨線橋を渡って、それからかなり、三十分はかかる丘の森へ歩いて行こう。椅子の背凭れに上半身をあずけて眼を閉じると、再び眠りに誘いこまれるかも……。散歩に出て、かなり歩いて約一時間、曇天の下をまだ醒めきれない曇天の頭で歩いて小高い丘の森へ……。幾重にも枝葉を重ねた樹木に囲まれた草地に積もった枯れ葉の層。その上を歩いてかさかさ足が枯れ葉の下深く沈む森のなかへ入れば、そこは茂みのなかの風に揺れる木々の枝葉のにおい。落葉の層をさらに踏んで沈む。眼の外に、森の外には海の底がゆらゆら、いつ来たのか黄昏れのような海の底……。濃い塩分を含んだ海草のゆらゆら揺れる薄明のぬるぬるした海の底で、白い生き物のようなかたまりが揺れて光る白い潜水着の海女。白い腹を見せる魚。そうした静かな海の底の砂床……。あれは遠い、時空を離れた意識の向うではなく、昨日だったのでは。昨日、昨夜とは思えない。でも外で酒を飲んだのは、目覚めるまえの昨夜だったのだ。……おうい、おういって、だれだ、おまえしかいないんだ。だれでもよい。天から人間が降ってきた。バボ（バカ）、ここは海の底、天があるはずがない。海の上からだ。海の上は、天。いや、海の上、海の底、ここが海の底ではない。それでも海の底。海の上から、海の底へ。どうも人間だ。おうッ、裸の男と女が、ロープで縛られた両手には重たい岩のような石がくくりつけられて、海女の潜水のように逆さに落ちて、沈んでくる。血を吐いている……。何やら魚の、大小の魚の群れが……。明るい海面が見えて、海が光っている。満月の光、おや、裸の女、男たちが真っ直ぐに沈んでくる。あーッ、あッ！　窒息する。軀が引き攣る。息を吐き出して、声を上げていたのだ。これは夢ではない。半覚半睡の幻視。無いものが見える。隠れたものが見える。Ｋはうなずきながら、ああー、ああー、しばらく眼を閉じた。居眠っていたのだ。

昼すぎに、机のまえの椅子から離れた。二日酔いは、まだ消えていないが散歩、歩く動力になるだろう。ジャンパーを引っかけ、登山帽型の帽子、そして運動靴を履いて、マンションの外へ出た。マンションの近くに、六階の北向きの廊下から平行に見えるのだが、東西に走る二層の要塞のような外壁を巡らせた高速道路があり、その沿道に黄ばんだ落葉が散らばる欅並木が続いていた。Ｋの散歩コースでもあるコンクリートの歩道の落葉を、地面が土でないので無残に踏みつけながら東へ歩いて行くと、南北に走るいくつものＪＲの複線レールの上を渡る長い跨線橋がある。高速道路際の歩道とすれ違うクルマ群の轟音、排気ガス、帽子を吹っ飛ばさんばかりの爆風に煽られながらＪＲ鉄道の鉄の錆びた色のひろがる広大な敷地の向う側へ渡る。そしてくの字型に折れた高い階段を降りて、地面に足を置く。疲れる。歩くのは、これからだ。

雑木林の側道に散在する人家、畑、掘り起こして開発中の面積を縮める緑の野原。さらに歩いて、家並みのあいだの道の途中に小さな掘割のような川があるが、汚れていて、橋の上からしばらく水面を覗きこんでも魚の影は見えない。

この掘割はJRの軌道橋の下を西へ流れて、Kのいるマンションから見える高速道路の向う、北側の町のなかを流れる〝水辺公園〟となり、掘割の両岸は柳並木がある散歩道につながる。Kの日常の散歩は高速道路の沿道の欅並木道から外れて半キロほど離れたこの水辺公園の散歩道に入って歩くのが日課になっていた。水辺公園と言っても十七号国道の下を流れた先の人工泉水、スプリンクラーの池があって、ようやく水辺公園となるのだが、それまでは流れが淀んでヘドロで濁った掘割である。こちらの掘割には魚が住んでいて、だれかが放したのだろう、緋鯉が泳いでいるのを見つけて、その後を眼で追うのも散歩の楽しみの一つだった。緋鯉のように目立たないが濁った水面下を泳ぐ魚の影を、そして背びれを水面に見せている場合は、その行方を終りまで、水中に没するまで見送って、何となくほっとしながらその場から離れる。散歩道が片方だけの向う岸に建つ人家の裏塀に沿って、魚釣り厳禁の立て看板がある。

何日かまえに散歩に出たKが、掘割の散歩道に入り、濁った水面の下に魚の泳ぎの影が見られないかと覗きながら歩いていると、前方の水面に新聞紙がまるで四肢をひろげてうつ伏せになった溺死体のような恰好で全二ページ大に開かれて、すっかり水を吸い取って浮かんでいた。上に水面が乗っている。やがて静かに沈んでヘドロとなる。おや、と眼が離れなかったのは、新聞の大きな活字と写真は間違いなく、ニューヨークの貿易センタービルが噴煙を上げて燃えているテレビで繰り返し放映されている光景だった。

近づいて天然の木の幹に擬した石の欄干越しに見下ろすと、「同時多発テロ」を報じた当時の新聞ではなく、読者投稿のコンテスト写真の一枚であり、半ページ大のカラー写真が載っていた。

Kはなかば沈んでぶよぶよになりかけている水面の新聞から眼を離して、歩きだした。新聞は偶然に落としたか、風に散ったものではない。わざわざ二ページ大にひろげて、そうっと水面に浮かべた人為的にひろげられたものだった。人目を避けながら。気分がよくなかった。

貿易センタービルの崩壊が……ではない、アメリカの象徴のビルの崩壊がわれわれを打つのだ。逃げ場のないビルの人たち、百数十人の乗客の死は……。

Kは昼時間のテレビの継続するアフガン空爆の映像を忘れていた頭のスクリーンに蘇らせながら、アメリカ、アメリカとつぶやいていたが、その耳の底に響く音声の忌々しさに、つぶやきは苦い唾となって口に溜ってきた。Kは唾を呑みこんで、アメリカが……とつぶやく。さらにアメリカ。Kはかあっと、唾を掘割に向かって吐き捨てて、その場を離れた。

数分後、家並みのあいだの細い道を縫って出てきたKは、クルマの騒音と同時に、広く開けた視野のなかの跨線橋へ延びる四車線の道路の信号のまえに立った。

信号を渡ってすぐのマンションの群立するあいだのアスファルトの道を通り抜けてしばらく行くと、小高い丘の上のこんもり盛り上がって茂った森が見える。ここまで家から約一時間。

森の丘の麓のなだらかな傾斜を上る道をしばらく行くと、森の入口の狭い坂道の片方に銀杏の巨木が聳えて大きな影を落していた。麓の地面に黄色い枯れていないしっとりとした落葉が踏みにじられることなく美しく積もっていた。晴天に夕陽を浴びて黄金色に輝く銀杏の巨木を遠くから見上げながら近づいて行くのは壮観、神々しい気持ちにさえなって、立ち止まって仰ぎ見る。

人家のあいだのかなりの傾斜の石が突き出た狭い道を喘ぎ喘ぎ上って行って、森への平地に出る。

真っ直ぐの樹間の道の前方に開けた森の外の平地には人家が見える。人家の家並みの向うは山麓のように大きな傾斜になっていて町並みが開けていた。右側の草地からひんやりした森の巨木の枝葉が絡み合って重たく垂れた蔭に入ると、樹液のにおい、森の空気のにおいが霧のように湧いて軀を包んだ。

Kは深呼吸をしてにおいを受け入れながら、半分腐って空洞になった大きな倒木の上に腰を下ろした。鳥たちの囀りもないしんとした森の緑のにおいのなかで、しばらく眼を閉じてぼんやりしていると、二日酔いの残り滓がくすぶっているのか。ゆらゆら、ここは丘の上の森のなか。森のなかも、一時間向うのマンションからやって来た頭のなかも、境界が無くなって同じひろがりの全体がゆらゆら、倒木の上の上半身がゆっくり左右に揺れていた……。

海の底……。海女が潜る海の底。ヨンイが幻想のなかに入る海の底。ソンセンニム、新しい海の底の小説を書いているんですか？　とは言わなかったが、いま小説を書いているんですか？　海の底の……。そう、書いている。血で染まった赤い海の底……。その海の上……を書いている。

海の底の塩分の濃いねっとりとした羊水のにおいが頭のなかに蘇ってくる。生死の境界の二十メートルの底まで、胸が破裂する大きな息を溜めて三分間、海の底の仕事をなしとげる済州島の海女、海女は魚ではない。海底を蹴って海の外へ浮上する海女が、海面に顔を突き出した途端に吹き出す大きな息、スムビ・ソリ。フィー、フィーッ、フィーッ。海面遠くへ響く呼吸の声、口笛。海の底はヨンイが読む『海の底――』ではない。『海の底――』はイオドではない。血の海の底の魔の島のイオド、チェジュド……。

Ｋは立ち上って森へ入り、小さな崖っぷちの枯れ葉が積もった径を踏んで、かさかさ踏みつけて沈む音から立ちのぼる土と枯れ葉のにおい……。枝葉が絡み合う樹木の間の落葉を踏んで、広くない森のなかを一廻りしてから、森の外の草地へ出る。頭上に張り出した枝葉の茂みのなかで、小鳥たちが啼いていた。畑と森のあいだの草深い径はかなり延びていて、三百メートルはある離れた森の奥へ消える、草地の向うの森の奥は行き止まりかどうか。森へ入って、向うへ通り抜けたことはない。草茫々の一帯が森への径を塞いでいるようで、足が向かない。蜂や変な虫に刺されぬよう厳重な注意を妻から受けていたが、いつの間にか蜘蛛の巣が上半身にまといついて、取れない。指にべたついて取れない。蜘蛛の巣の網にかかった虫がくっついているんではないか。風がある。梢が風に騒ぐ。鳥たちがどこへ行っていたのか、囀りがにぎやかになっていた。

Ｋは森の奥への草深い径を途中までで引き返して、森を出た。草地の向うの畑に動く人影があったが、森は小鳥たちだけが枝々を飛び交ったり、それぞれ違う声で啼いていた。邪魔者が出て行ったと喜んでいるのか。おれが邪魔者か？　空を見上げると、雲の動きはなかったが、重たい灰一色の無限大のヴェールのように頭上を蔽ってひろがっていた。この天から裸の男女の人間がゆっくりと落ちてくる。あり得ないことなんだが、あり得るし、あったことなんだ。あり得ないことになっているそれを、いま、あったことの現実が幻視化される……。これは天からの爆弾ではなく、裸体の男女、無数の男女の人間が降ってきたのは、そして海の底へ沈んできたのは、というのは、Ｋ自身が海の底にいたということか。ベランダ寄りの机のまえに腰かけて、二日酔いの余燼の居眠りのなかだったのだ。いま抜け出てきた森のなか、海草の森の揺らめく、ゆらゆら、揺らめく、腐った倒木の上に腰を落していたときの海の底の幻視だったら……。

急傾斜の石がごつごつ突き出た狭い道を下りて、森から離れた。鳥たちのにぎやかな声はない。鳥たちの啼き声。あれは幻聴でなかったか。坂の上の頭上を蔽って茂っている森を振り返って、見上げた森の上を鳥が飛んでいた。森のなかで、鳥たちが啼いていたのだ。

Kは通ってきた道なのに、見慣れない道を行くようにアスファルトの道路を踏んで歩いて、マンション群のあいだを通って自動車道路へ出る。四車線路を往来するクルマの爆音、すぐそばの跨線橋の下を走るJR線の鉄路の響き。

二日酔いは消えていた。森の空気が、樹液のにおいが草地のにおいが、通り抜ける風が酔気が残った頭のなかを洗っていた。そしてクルマと電車の走る音。信号は青に変ったが、そのまま右折、跨線橋の階段並みの傾斜を上って、平坦な一直線の歩道を歩く。家からの途中の高速道路の跨線橋と同じ路線の上の架橋だが、向う側の階段を降りるまでかなり距離がある。途中立ち止まって、欄干に肘をついて眼下を走り抜ける、そして橋の下から飛び出してくる電車の列を見下ろす。前方に見える駅舎の屋根がレールを、電車の姿を消す。はるか北の向うは空の果て、地平線を遮ぎって曇天に群立するビルの凹凸の窓のない影が墓標のように見える。

済州の海、イオド。済州島の山、ハルラ山。ハルラ山の麓の高原のススキの白い森を渡る、錆びついた鉄のぶつかるような風の音。四・三事件でほとんど死んだふるさとの人々の魂がススキになってさまよっていると信じられている島。ジャラン、ジャラン、錆びついた鉄のぶつかり合う、剣と剣とがぶつかり合うような風の音。白いススキの森を渡る海からの風の音。

イオド　サナ　イオド　サナ……。広い海の深さをはかり、あの世への道を行ったり来たり　イオド　サナ　イオド　サナ。

真っ青な海で舟の櫓を漕ぎながら、済州島の海女たちは唄う。イオド　サナ。海のなかでとんぼ返りをするとき、海の深さを目測しながら一丈（三メートル）、二丈と潜って行き、アワビ、サザエを岩から掘り起こす。

ヒュウイー！　ヒュウイッ！　風の音でも海鳥の声でもない。海のなかから水面に浮上した海女たちの口から噴き出る息の音。生命のこだま。果てない水平線へ突っ走る命の声。スムビ・ソリ。風を飯の代りに食べながら、あの世へ行ったり来たりの海のなか、上軍、ベテランの海女で水深二十メートル以上三分間無呼吸の地獄の入口でアワビを求めて、サザエを求めてさまよい、もがいて水中眼鏡のなかにそれらを捕える。揺れるワカメなどの海草のむらがり。アワビがへばり付いた岩陰が、あの世への入口、そこへアワビと一緒に吸いこまれるかも。肺のなかの空気のすべてを費して生死の境目にもがく足を取られながら、ようやく海の外の世界へ浮上する。

ヒュウイー！　ヒュウイ！　ヒュウイ！　胸が破裂、窒息せんばかりの息を浮上した海面で吐き出して、腹が割れんばかりに空気を吸い込む。ヒュウイ！　ヒュウイッ！　ヒュウウイー！　海面にこだまする生命の声。岩浜に上った海女たちは焚き火で暖を取りながら、海の歌を唄う。

イオド　サナ　イオド　サナ……。広い海の深さをはかり、あの世への道を行ったり来たり　イオド　サナ　イオド　サナ。

五　「満月の下の赤い海」

Kは小説を書いていた。小説書きがわざわざ小説を書いているんだとことわりを書くのは、十月にヨンイと会ったときの、ソンセンニㇺはいま小説を書いているんですかの問いへの弁解でもある。二カ月前のあのときは書いていないと、いわば嘘をついていたのだ。そして、小説は書き出したばかりで、ヨンイが幻想している『海の底から――』と同じく済州島の海の底の話ながら、内容もテーマも全然違っていた。それだけではない。その小説は、『海の底から、地の底から』の単行本持参でKと会ったのは『海の底から――』について話したいのが目的だったと言っていたヨンイの幻想をその場でひっくり返すことになるからでもあった。

幻想をひっくり返すと言うのは、新しい幻想が取って替るというのではなく、人魚でも棲んでいそうな海の底の幻想そのものを打ち壊す島民虐殺の海の底の話だからである。しかも、どこかの小説勉強の場でもあるまいし、書き出したばかりの小説についてあれこれと話し合えるものではない。相手がだれであれ、場外れの重荷と苦痛を背負うことになる。

しかし、これは考えすぎだった。小説執筆の話になったとしても、ヨンイはしつこく問答をしたりしないだろうと思い直した。

『火山島』の主人公李芳根《イバングン》家の下女ブオギが主人公になるので、ブオギと表に出ていない深い関係の李芳根に『火山島』の世界からここへ出てきてもらわねばならない。いやでもブオギが表に立てば、その裏にブオギのなかの深いところにイ・バングンソバンニㇺ（若旦那さま）の姿が陰陽一体の形で立ち現われるのである。磯の岩場の濃い潮の沁みたにおいの波打つ海の底。海の底の海草の揺れる奥深く、海草のにおう海の羊水の底。ブオギの黒い広いチマのなかの、海の羊水の揺れる海草の群れのにおい。

城内《ソンネ》の山地《サンジ》港沖でなされた五百名の極秘の〝水葬《スジャン》〟――海上虐殺。李芳根の死から一年後である。それは城内の住民にはひそかに知れていたが、口に出すことは出来ない。見てはならん、聞いてはならん、口を動かしてはならん。いや、見ない、聞かない、口を動かさない。強大な権力による記憶の他殺、恐怖のための自らの沈黙、忘却、記憶の自殺。虐殺者たちが為すがままの声を失った暗黒時代。記憶喪失の民。しかし天が崩れても這い出る穴があるの諺の如く、極秘の虐殺でもその秘密に穴があいて漏れ出るものだ。しかも眼と鼻の先の城内・山地沖でのことである。

満月の夜、五十名ずつ数珠つなぎに縛られた裸体の男女五百名乗船の百トン級旧漁船の出航を完全秘密に出来るものか。あるいは秘密が漏れ出ることを前提の虐殺者たちの、島民にひそかな虐殺の恐怖を一層煽る効果を計算に入れての極秘でもあり、マイナスにならぬことを知っての虐殺のやり方でもある。

ブオギは四・三虐殺が末期に達した全島焦土化、死の島と化した一九四九年六月十九日、山泉壇《サンチョンダン》洞窟の岩壁の蔭でピストル自殺をした李芳根家の下女だった。海上虐殺で最大の山地沖の〝水葬〟は李芳根の死から一年後だが、ブオギは李芳根の死がせめて山地沖の〝水葬〟の以前だったことを幸いと合掌していた。バングンソバンニㇺがこのことを知ったら、何事が起こっていたかが恐ろしい。

水葬とは海上虐殺の謂で、虐殺者たちが殺された島民たちを海上で葬式をするわけがない。当時は虐殺などとは口に出来ないだけである。反共十字軍の赤色暴徒に対する正義の討伐である。

李芳根の自殺は山地沖の五百名〝水葬〟の一年前の四九年六月十九日だった。同じ六月七日、ゲリラ司令官李成雲《イソンウン》の射殺。死体は城内の済州警察の石門の石柱に十字架磔刑にされ、胸には「この者は共匪《コンビ》首魁李成雲であり、大韓民国国是を犯したる反逆者である。これが反逆者の末路の姿……」との布告文を首からぶら下げて曝されたが、李芳根もその防腐剤を塗られた十字架の日本の学徒兵出身で日本軍軍服姿を眼にしていた。キリスト教徒ならずとも十字架の死者、キリストを連想するだろう。虐殺者たちにはそういうことは連想に価しない。ただ反逆者を曝し者にするのに便利な磔刑用の道具にすぎない。

こうして山部隊、ゲリラとの討伐戦も終息状態となり、アメリカ軍をバックにした軍警の虐殺も終ったかに見えた。そして修羅場の、廃墟の後の平穏……。ところが、翌一九五〇年六月、六・二五《ユギオ》（朝鮮戦争）が勃発すると、直ちに非常戒厳令が布かれ、〝アカ狩り〟――〝レッドハント〟の予備拘束による六・二五直後だけでも二千余名が逮捕、そのほとんど殺されたが、山地沖の五百名〝水葬〟、海上虐殺はそのなかに含まれるだろう。

六・二五は、ブオギがハルラ山麓の谷間の李芳根の墳墓へ、一周忌の墓参りをした直後に起こったが、城内の町はたちまち恐ろしい要視察人物と銘打った教員、官公署職員、その他の再逮捕、拷問、虐殺の巷と化した。

一時途絶えた日本への密航、島からの脱出者が増え始めた。城内の山地台地に接する沙羅峯《サラボン》灯台の職員が、満月が照らす海の、灯台の灯光の反射のなかに見えた五百名水葬の船を、島外脱出の密航船だと見誤ったのもこの頃のことだった。それは、ブオギが後日、椿の花房を沙羅峯の崖の下の海へ、五百名〝水葬〟の海へ献するために訪れたときに顔見知りの灯台の職員から聞いた話である。

李芳根はソウル在住の愛人文蘭雪《ムンナンソル》の度重なる電話で六月二十二、三日頃の船でのソウル行を約束しながら、その直前の十九日に山泉壇で自殺したが、ブオギはその日の朝遅く、李芳根を大門《デムン》の外まで見送りながら、いままでに無かった妙な胸騒ぎをおぼえていた。山泉壇まで六キロ余り、往復六、七時間、上りの片道は四時間、下りは三時間、早くても六時間はかかるのだが、夕食時までに帰ってくるにしても、それまでに何か間食の弁当は？　不要とのことだった。開襟シャツに紺の上下の背広、運動靴の手ぶら。とくにその様子やことば遣いにも平素と変りがなかったのだった。

日が暮れて主人李泰洙《イテス》夫婦の食事がすんでからも、李芳根の帰りを待っていたが、夜の七時になっても、李芳根は自宅に姿を見せなかった。猫の眼をした山部隊でもない若旦那さまが石だらけの山の道を懐中電灯もなしに山泉壇からの帰りはむつかしい。夕暮れどきには城内に戻ってきていて、どこか行きつけの妓生《キセン》のいる料亭にでも立ち寄ったのかも。そしてそのまま泊まりこんだものと考え、そのように信じ、祈っていた。それは若旦那さまが気が向けば、いつでもあることだった。それでも、いつもとは違って、その夜は胸騒ぎが、朝の胸騒ぎを確認するように激しくなって、大門脇の下女部屋で、大門のくぐり戸のノックの音に耳をすませていた。

ブオギはその夜、六月十九日の夜から二十日の明け方までほとんど眠らなかった。そして不思議な夢を見たが、恐縮する畏れ多いその夢を見るために眠りに誘われたのだと思った。

そこは雪山の洞窟のそばの崖の上だった。その洞窟は山泉壇のようでもあったが、山泉壇洞窟際の坂の下の道は低い崖になっていて、その崖の下の平地は十軒余りの草屋が並んだ村で、深い谷底ではないはずだった。ハルラ山麓の渓谷にそそり立つ雪の崖の上の洞窟。見たことのない洞窟。

アイゴー、ブオガー、ブオガ（ブオギよ）！　バングンオッパァ（兄さま）、どこかで、ユウォンお嬢さまの声が、冷たい氷壁にこだまするように響いていた。アイゴ、ブオガー、おまえがそこにいたのか、雪山の洞窟の壁のそばに、ユウォンさまが立っていた。まるで女王、女神でもあるように、毅然として。そして返事をする間も与えないで、白衣の両手を大きく翼のように開いて、雪の崖際から鳥になって、深い谷間がある宙に飛んだ。

オッパ！　バングンオッパー

おうい、イ・バングン……

アイゴ、ユウォンさま！　ユウォンのあとをブオギが黒いチマ・チョゴリの両手、両脚を開いて、崖から飛んで降りた。飛んだ自分の重たい軀が別人のように軽々と宙を飛んでいた。ユウォンさま！　ユウォンさま！　バングン、バングンニム、バングンさま……。

夢が覚めた途端、上半身を起こしたブオギの大きな眼から溜りかねた涙がぼろぼろこぼれ落ちた。アイゴ、眠ってしまったのかと悔いたが、ほんのしばらくであり、夢を見るためにバングン若旦那さまと、ユウォンさまと会うために、そのなかへ呼ばれた夢だと思った。何とも畏れ多い夢、夢を見るための夜明けのしばしの眠りだったのかも……。

夜が明け切ると、しかし畏れ多いありがたい夢は水甕のようにひっくり返って、前日からの胸騒ぎが固まった不吉な山泉壇での李芳根の死の夢と化した。行きつけの明仙館で泊っているのではない。山泉壇で……。山泉壇へ行くと告げて城内を出たんだから、そのまま城内へ下山して来てはいない。山泉壇の六百年の年取った黒松の茂った松林のなかで……。これは何かお告げの夢。眠れないときは三日でも眠らないわたしが、ほんのしばらく眠ってしまったのは、ハルラ山神《サンシン》ニム《さま》のお告げのための夢のなかでのお呼びだった。夜が明けたら山泉壇へ行けとの山神ニムのお告げ。

ブオギはそのまま床を出て厨房で朝の支度をし、主人夫婦の朝食の準備を終えてから、心配になるのでバングン若旦那さまが行かれた山泉壇へ行って来ると話したが、旦那さまは笑いながら答えた。山泉壇のどこに泊るところがあるのか。洞窟の木鐸令監《モッタクヨンガム》（木魚老人）という隠遁老人、世捨て人がいたが、山泉壇の村が焼けてしまったのだから、そこにはおらん。山泉壇は真っ暗な夜の闇、一歩も歩けん。それに寒い。洞窟のなかで熊のようにこもっておるのか。もうとっくに下山、城内のどこかでいま頃はまだ眠っておるのではないか……。ブオギは主人の許しを受けてから、山泉壇へ向った。山泉壇まで上りが四時間、下りは三時間、夕暮れまでに帰ってきて夕食の準備をせねばならない。

李芳根と自分のトシラ（弁当）などを収めたクドッ（竹の背負い篭）を背負ったブオギは、海岸側の主人の家から北小学校の塀沿いの道を廻って、警察前の観徳亭広場を渡り、山側の南門通りからはるかハルラ山麓への道を目指す。やがて左のほうの松林の蔭の三姓穴《サムソンヒョル》（済州島始祖、高《コウ》、良《リャン》、夫《ブ》の三姓が湧出したという古蹟）の境内のまえで立ち止まってお辞儀をしてから、歩き出した。警官が立っている無線電信局のまえを通って、緩やかな傾斜の道を山泉壇へ向った。山部隊壊滅後だったので警官の通行証提示の検問はなかった。

頭巾代りに頭に巻いた白い木綿のタオルを外して汗を拭きながら、途中の焼き払われた無人の村を過ぎて、傾斜が次第にきつくなる坂道を行く。さらに二、三の無人の廃村を過ぎて曠野のようなひろがりの向うに森のように鬱蒼とした松林が見えるのが、山泉壇だった。ブオギは不安に戦きながら山泉壇へ近づいて行った。そこに宿があるはずない。分かり切ったこと。左手の低い崖下の十数戸の山泉壇村は、途中の廃村のように焦土化作戦で立ち消えになって、黒焦げの石垣の残骸だけが立ち並んでいた。明け方の夢に雪山の深い谷底になっていた山泉壇の崖だった。若旦那さまは、どこへ行ったのだろう。ここにはいないんだから。洞窟の住人、木鐸令監は討伐隊に拉致されたのか、殺されたのか。洞窟にはいないという噂だった。そうでなかったら、そこに洞窟に木鐸令監と一緒にいるかも。いや、そんなことはない。だれもいない。洞窟は空……。物事に動じないブオギの心臓が激しい動悸を打つ。

山泉壇が好きなイ・バングンさま。ソバンニム。オッパの好きな山泉壇、オッパは山泉壇が好きなんだ。妹、有媛さまの口癖の山泉壇。ブオギは黒い石垣だけが見える崖下の山泉壇村を過ぎて、右側に迫った洞窟の岩山の下までやって来ると、岩壁際の小さな急傾斜の石の突き出た坂道を、はやる気持ちを抑えてゆっくり登る。おや、左側の洞窟の岩壁の蔭から二、三羽の鴉が羽音を立てて飛び立った。アイゴ、アーイゴッ！　ソバンニム、若旦那さま、ブオギは背負い籠を地上に投げ出して、岩蔭に横たわった血まみれの……。アイゴ、ハヌリヨ（天よ）！　アイゴ、恐ろしい！　ブオギは頭巾代りの白い木綿のタオルを頭から引き離して、その血まみれの李芳根の顔を蔽った。アイゴー、アイゴ、ア、アー、アイグー、アイゴ、ソバンニム、バングンさま、若旦那さま。これは、これは……アイクッ、これは、何事……。鴉の二、三羽が洞窟のまえまで舞い降りてきた。ブオギは立ち上ると、そばに転っている枯枝を手に取って、ピョン、ピョン、辺りを跳ね歩く鴉たちを大きく打ち払った。当ったやつもいたが、飛び上って逃げる。もう昨日から一晩中、美しい顔や肌の見える首筋、腕、服が食いちぎられて、肌が露出し、顔かたちは毀れて眼球がえぐり取られた眼窩は、髑髏の一部分になっていた。ブオギは白い木綿のタオルを顔に当てたまま李芳根の上に蔽いかぶさり、上体を抱きしめて、その胸に顔を押しつけ埋めて号泣した。アイゴーッ！　アーイゴッ　ア、ア、アーン！　アーン！　アイゴーッ……。ブオギの李芳根を呼ぶ声が樹齢六百年、大きく枝を張った八株の二十メートルの黒松の巨木の松林に大きくこだまして風とともに抜けて行った。アーイゴ　アイゴ　アーイゴ、アイゴ、ウリ、わたしたちのバングンソバンニム……。バングンニム、イ・バングン、バングン、バングンニム……。アイゴ、バングンニム、バングン、バングン……！

冷たいむくろの胸に服の上から耳を押し当てて、頭のなかでは若さまの二つの腕が伸びてきてブオギをしかと抱きしめて、ソバンニム、ブオギを、わたしをイ・ニョン、この女めと呼んで下さい。

イ・ニョンではない。ブオガ、私の上に乗れ、オㇽラ　タラ。下にではない、上にだ。バングンと呼べ、バングンの上に乗れ。陰陽一体、上も下もなし、オㇽラ　タラ　アイゴーッ、アイゴーッ、ブオギの泣き声は鬱蒼とした松林に舞い上りながらこだまする。鳥たちが囀ってブオギの声を聞き分け、鴉たちが羽をひろげて舞い、野狐や野犬が遠吠えする。松林を通る風は海風を呼んで、遠く潮騒は城内の山地の磯の岩場にぶつかる波の音となり、夜更けの添寝をしているソバンニㇺの部屋まで響いてくる。海の底。ブオギ、ブオガ……。イェー、ソバンニㇺ、バングンニㇺ……。バングンと呼べ。それはなりません。バングンと呼べ。バングン、バングンニㇺ……。バングン、それはなりません。ソバンニㇺの名を呼び捨てにするなど。ならん、愛称のバングニではない、普通の呼び捨てのバングンを。なりません。ならん、バングンと呼べ！　バングン、アイゴッ……！　ア、アイゴッ！　夜な夜な。それは一夜であっても夜な夜な。わたしのチマのひろがりのなかにもぐりこんだ子供のようなバングン若様。ブオギは、わたしはブオギでもなし、バングンさまはソバンニㇺ、若様ではない。わたしはわたしのにおいのかたまり、軀。その軀はチマのなかのひろがりの海の底の揺れ。

　李芳根の胸に顔を伏せたままだったブオギが、頬をなでる風の落葉を転がした音にふと眼を開けると、枯木の切り株のそばに鴉が、こちらをじっと見つめている一羽の鴉と眼が合った。黒い軀の黒く光る二つの眼がブオギの眼差しと何か互いに結び合って、ブオギは反射的に鴉を追い返す気がしなかった。鴉はピョンピョン跳ねるでもなし、じっとまるで悲しそうな顔をしているようで、ブオギはそのままソバンニㇺの胸に顔を伏した。

鴉はもともと霊鳥とされるが、いまは虐殺された島の人たちの死体を食い荒らす凶鳥であって、島の人たちに忌み嫌われていた。ソバンニㇺが収容所出の南承之を日本へ送り出したあとの五月のある日、ブオギがソファのテーブルへ橘茶《キュルチャ》を運んだときのことだった。一羽の鴉が中庭へ舞い降りると、地面をつついて餌を探すでもなく、のそりのそり歩いていて、障子戸を開け放した縁側越しにこちらと視線が合うと、立ち止まってしばらく見つめ合ってから、羽音を立てて飛び立って行った。バングンさまは橘茶を飲みながら、ブオギよ、鴉は別名を反哺之孝《バンポジヒョ》、反哺《はんぽ》の鳥と言って、子鴉が成長すると、親鴉に口移しで食べ物を与えて百日間養うと言う。鴉は反哺の孝、親孝行の鳥なのだ。ついばんで来た屍肉を老いた親鴉や傷ついた仲間の鴉のもとに運んでやるんだよ……。眼を開けると、鴉は切り株のそばの同じ場所に同じ格好でじっとブオギを見つめていた。

ブオギは李芳根の上体を起こし、一旦坐りこんでから大きな岩のように重たい硬直した軀を、片方の肩から背中に載せて立ち上った。大女に大男。

太陽はようやく中天に昇り、真昼だった。山泉壇から石だらけの道を、はるか城内の海沿いに並ぶ、ソバンニㇺのお伴をしたことのある沙羅峯灯台の白い建物を越えて大きな海の果てを眼に入れながら、イオドウ、イオドウ、日が暮れるまえに城内へ辿りつかねばならない。下りであっても、ソバンニㇺともども早くて倍の六時間はかかる。途中焼けて廃村になったいくつかの中山間《チュンサンガン》部落を通過せねばならない。登山用に履いた平素のゴム靴でない、ゴム靴と同じ舟形の草鞋の紐が切れて、草鞋擦れを起こして出血、全身汗が泥のように軀を洗う。木蔭に入り、杉の木の幹にソバンニㇺの背を凭せて、一息つく。

　鴉が二、三羽、途中まで注意深く飛びながらついて来たが、やがて姿を消していた。一羽は山泉壇洞窟のまえでブオギの悲しみをじっと見つめていた鴉だったかも知れない。もう、かなり食い荒らされたあとの死体なのだ。廃村の焼け跡の石垣の蔭から山猫が鋭い牙を剝き出して、杉の木蔭のブオギを睨みつけていたが、人間に危害を加えない。鶏などの家畜を襲うのだが、人家のない焼け跡で何をしているのだろう。やがて夜になると、城内近くまで下山するのだろう。

　ブオギは李芳根の顔に白い木綿の頭巾代りのタオルをかぶせたまま、木の幹に凭せたその胸に抱くようにして顔を埋める。イ・バングン、バングンソバンニムは、ここにいる。死んで無くなるのではなく、ここにいる。ブオギとソバンニムの胸のなかにいる。死者は生者のなかに生きる。李芳根のことば。李芳根から直接聞いたことばではないが、李家に出入りする顔馴染みの若い友人が口にしていたことば。李芳根はブオギのなかにブオギの軀のにおいのなかに生きる。

　ブオギは歩く。血みどろになった李芳根を背負い、李芳根を包むにおいを抱いてブオギは歩く。ソバンニムと一つになって歩く。達磨《ダルマ》になっても歩く。ブオギのチマのなかは夜のにおい。夜は磯の満月の光を吸った潮のにおいの揺れる海草の群れの奥へ海の底の奥へ引き入れる。ブオギの黒い大きなチマのなか。太陽に曝しても光が射さぬ密生する体毛で蔽われたなかで、醱酵するミョルジョ、鰯を腐らせ醱酵させた塩辛のにおい。ブオギのチマのなかの深海の海草のように醱酵する得体の知れぬにおい……。においはブオギを、女体を越えて自然のひろがりに入る。揺れる。ハルラ山麓の山泉壇の丘の十字架に揺れる李芳根。その十字架を背負うブオギ。揺れる、揺れる、風に、ハルラ山の風に揺れる。高原のススキの白い森を渡る、錆びついた鉄のぶつかるような風の音、虐殺で死んだふるさとの人々の魂がススキになってさまよっている風の音。ジャラン、ジャラン、錆びついた鉄のぶつかり合うような風の音。揺れる。白いススキの森を渡る風の音。

ブオギの両腕でしっかり担がれた背中の李芳根。ブオギは十字架。李芳根を背負って一体の十字架。十字架を背負った十字架。李芳根を背負った異様な姿のブオギが無人の三姓穴の祠のまえを過ぎて、城内の南門通りに入ったのは、夕暮れの六時過ぎだった。城内でブオギを知らぬ人はいない。李泰洙家の食母《シンモ》（女中）。顔は血がにじんだ白いタオルで隠されていたが、それが李芳根であることも人々を驚かせた。虐殺の島で、無残な死に馴れた人たちも李芳根の死体を背負ったブオギの形相に恐れをなして、道端で立ち尽す。後をつける人たち。通報に駆けつけた警官も異様な光景になす術もなく、ただ死者と一体のブオギの後をつけて行くだけだった。ブオギの顔は見慣れた李家のブオギではなく、何かの化身だった。死者の妹のユウォンが話したような仏のような無表情で立派な顔が、阿修羅の顔。

顔を隠した李芳根の死体を背負ったブオギの後ろには行列が出来ていた。あれが、イ・バングンか、顔を見せろ！　アン、デー。アン、デー……。やめろ、やめろ……の言い合い。死者の顔に赤くくっついたタオルは風にめくれたりしたが、取れなかった。

李家の大門のまえで立ち止ったブオギは、片手で懸命に大門の板扉を叩き続けた。間もなく開かれた門から、ブオギは背負った李芳根を引きずりながら歩き続けて、李芳根の部屋のまえの踏み石のそばで死者の下敷きになってうつ伏せに倒れこんだ。大門を開いた李芳根の義母仙玉《ソノギ》や来客たちが眼にしたのはブオギの上に重なって地面に転げ落ちた、顔の白い木綿のタオルが剝がれて、髑髏の穴の眼をした李芳根の顔だった。仙玉たちは悲鳴をあげて驚愕、ただ呆然として両手で顔を蔽いその場に背を向けて立ち尽した。

　大門が閉められて、中庭に入ろうとしていた人たちは、大門を叩きながら警官たちに追い返された。

　ブオギが死者を担いだ異様な姿が南門通りから李家に至る観徳亭広場の道路まで来たとき、それが軍警によるゲリラなどに対する射殺体でない李芳根だと知れ渡ると、周りから悲鳴が上った。多くの若い女たちも駆けつけて群衆が道を埋めながら、アイゴー、アイゴーッの挽歌ならぬ悲しみの大葬列の様相に警官隊が緊急出動、李家の門前まで警戒、交通整理をする。

　李家では相続人でもある李芳根の葬儀に関する行事は一切行われなかった。ゲリラの死体でもないので山野に捨てる、海に捨てることも出来ず、早急に地官《チグァン》――風水師を呼んで山所《サンソ》（墳墓）の地を卜《ぼく》し、異例中の異例、三日後の早朝、葬列なしの二人の喪輿《サンヨ》担ぎだけの喪輿が一日がかりでハルラ山麓の谷間の墓地へ、ブオギ一人がついて行って死者を葬った。喪輿ひとり歩きの前代未聞の異様な葬儀。名だたる名家の李家は城内の嘲笑の的となる。いや、あれは両班《ヤンバン》家の毅然たる立派な所行であり、親に先立ってわざわざ山泉壇まで行って拳銃自殺の死。身体髪膚、これ父母より受く。それを傷つけざるが孝の始まり。その身体を鴉や野獣どもに食い潰されて、孝道、人倫に悖ること極まりなし。何たること、言なし。李泰洙一門の厳とした態度を賛美する古老たち。

　李芳根は生前、自分と父との間を、破家瀦宅《バカジョテ》に譬えていた。かつて李朝（朝鮮朝）時代、大逆罪として逆臣を誅した刑罰。その家宅を壊し跡地を掘り起こして池とした故事に倣い、自分の部屋がある西棟と父がいる東棟の間の中庭を池と見なして、父子疎遠の印にしていた。父に破家潴宅を明言したわけではないが、父は充分にそれ相応に受け止めて息子に対していた。

ブオギが山泉壇から李芳根の死体を背負って城内に帰り着いてから、父の李泰洙は杜門不出《トゥムンブルチュル》、蟄居の日々を送った。孝は忠に勝る、何たること。名ばかりの息子。李氏一族の恥辱。バングンはどこかの海へでも、下女ブオギに案内させて登ったという灯台のある沙羅峯の崖の上から飛び込んで波にさらわれた死のほうが、どれだけ幸いか。

ブオギは李芳根の死後一年の六月十九日早朝、城内の家を出て、昼前に山泉壇へ。さらにハルラ山麓へと上って行って谷間へと下り、緩やかな傾斜の前方が開けた草茫々の地に見える山所、墳墓へ辿り着いた。墳墓の上の傾斜の窪みから左右に墓地を囲むように小高い丘が分かれていて、そこには水脈、気があるんだと前年の埋葬のときの喪輿担ぎの一人が話していた。墓地を卜した風水師から聞いたのだと言う。良墓、吉墓だとのこと。済州島では墳墓の周りに方形の石垣を積んで放牧の牛馬の侵入を防ぐのだが、石垣のない野ざらしの山所だった。それでも父親の李泰洙旦那さまは、山間僻地の〝島流し〟ながら墓の吉凶を占なって風水師に吉地を選ばせたのだと、ブオギは合掌、感謝していた。

ブオギは背負ってきた竹篭のなかから鎌を取り出して、一時間ほど汗だくになりながら小さな円墳を蔽って茂った青草を苅り取る伐草《ボルチョ》のあと、果物、甑《こしき》餅、そして小瓶に入れてきた焼酎などの供え物をして、跪拝を繰り返す。往時、逆賊として墓を暴くに等しい李芳根の粗末な谷間の墳墓は、ブオギの手で大きく伸びていた草を刈り取られて、形を取り戻していた。ブオギは唇を嚙みしめて泣きはせずに、墳墓の裾を抱くようにして両手をひろげてうつ伏せた。土に耳を当てる。耳たぶに、頬に草の刈りあとの茎が当る。遠くに聞こえる谷間を渡る風の音。蟻たちの行列が刈り取った草々の根元の間を走る音がする。耳元にささやくバングンソバンニムの声はなかった。

　ハルラ山麓の高原を渡る風の音。

　ハルラ山の麓の高原のススキの白い森を渡る、錆びついた鉄のぶつかるような風の音。四・三事件でほとんど死んだふるさとの人の魂が、ススキになってさまよっていると信じられている島。ジャラン、ジャラン、錆びついた鉄のぶつかり合う、剣と剣がぶつかり合うような風の音。白いススキの森を渡る海からの風の音。

피나게《ピナゲ》 종이《ジョンイ》 울어《ウロ》 먼데서《モンデソ》 울어《ウロ》
하도《ハド》 어질없길래《オジロキッレ》 찾아왔노라《チャジャワッノラ》
터지는《トジヌン》 설음을《ソルムムル》 울어다오《ウロタオ》
아아《アア》 부홍새야《ブフンセア》
青孀寡婦《チョンサンクワブ》 설음을《ソルムムル》
네나《ネナ》 아려무나《アリョムナ》

血を吐かんばかりに　鐘が鳴り遠くで鳴り
余りに騒がしいので　訪ねてきたのだ
張り裂ける悲しみを　鳴いてくれ
ああ　ほととぎすよ
うら若き寡婦の　悲しみを
おまえこそ　知れかし

（青孀寡婦、うら若き寡婦は、亡国の植民地朝鮮のこと）

風の音に乗って、バングンソバンニㇺの声が響く。地の底からか、はるか彼方の海からか。いまは非在の李芳根の部屋で、李芳根を囲んだソファの上で南承之と梁俊午《ヤンジュノ》が酔いで潤んだ底力のある低い声で、静かに合唱。피나게 종이 울어 먼데서 울어……。

ブオギは橘茶を運び、済州の地酒、コソㇼ、甑焼酎——四〇度~五〇度の酒をソファへ運んだ。赤ん坊の拳大の皮付き豚肉の切り身。ブオギを姉のように慕って接してくれた素晴らしい立派なたから青年たち。ブオギは同席したことはないが、これら抵抗歌をよく憶えていて、ひとり口ずさむことがある。ハㇽラ新聞編集長金文源《キムムノン》、피나게 종이 울어の作詞者、城内の警察に逮捕されて、強度の眼鏡をかけた顔を軍靴で二つの眼球が血だらけに砕けるままに足蹴りにされた深夜、野外で銃殺。その銃声のはるかな轟きのこだまが李芳根の部屋のソファの三人の耳元に届いてきた夜。ブオ

ギもソファのある部屋を出入りしながら、遠雷のような真夜中の天に鳴る銃声を聞いた。鄭基俊《チョンキジュン》作曲の피나게 종이 울어……。血を吐かんばかりに遠くで鐘が鳴り……。

　李芳根が四・三のたたかいに若い友人たちとともにひそかに力を尽していたのを、ブオギは李芳根の部屋でじかに接して知っていたし、ブオギ自身が壊滅するまえの城内の組織細胞員だった。피나게……は梁俊午や南承之と静かに小さなテーブルを囲んだソファの席で唄っていたバングンソバンニㇺの死んだ友人の作曲だった。その友人は解放前、日帝末期、済州海の沖に、どこへ向ったのか、一人でボートを漕いで、溺れ死にではない自ら入水したらしい。

　あれは、あのときは昨年六月十九日ソバンニㇺが山泉壇へ行かれる数日前の、ゲリラ司令官李成雲の死体が城内警察の石門の十字架に磔になってから一週間ほど後の六月中頃だった。なぜ、バングンソバンニㇺは城内から遠くない沙羅峯の灯台に行ってみたいとおっしゃったのか。どうしてですか？　そこから海が見たい。海はいつも見ているのに。昼も夜も波の音を聞いているのに。潮香を運ぶ風に吹かれているのに。

　城内の山地台地に接した沙羅峯は、海側は百メートル余りの断崖絶壁であり、その上に白亜の灯台があることで、城内の人たちには馴染み深いオルㇺ（側火山）だが、峯《ボン》といっても山岳ではなく、済州島到るところに三百余り聳えている二、三百メートル級の、太古ハㇽラ山が噴火したときの側火山である。その麓には大体のところ村落があって、島民には済州の海、ハㇽラ山と同じく日夜眼にしているオルㇺの群れだった。これらのオルㇺごとに四・三蜂起のたたかいの烽火が上ったのである。

一九四八年四月三日午前二時半。四・三武装蜂起の当日の深夜、ブオギが手にしたランプの光りのなかを歩いて李芳根は家の外へ出た。路上にはかなりの距離を置いて貧弱な細い電柱の街灯が立ち、海岸の岩場に砕ける海の音だけが響いてくるだけの夜の重たい闇を地上が支えていた。人気のない路上に立った李芳根ははるか彼方、眼には見えぬ夜の空を探した。彼はその闇のなかに、はるか山岳地帯に無数の烽火が上っているのを見たのだった。夜の広大なハルラ山麓一帯に、まるで烽火のパレードさながら赤々と燃え上る光景は壮観。あちこちのオルムごとに烽火が上り、南承之たちがかざす烽火も火花を弾き飛ばしているだろう。李芳根が立った路上からは見えないが、山岳地帯だけではなく、海岸に聳えるオルムごとに、沙羅峯にも烽火は上る。ブオギは大門脇のくぐり戸を開いたまま、李芳根が戻ってくるのをくぐり戸の外で待っていた。

午前二時、李芳根はソファにいた。果して城内に銃声が上るのか。城内は深海のように静かだった。岩場で砕ける波の音が響いてくる。李芳根はソファで焼酎の杯を静かに傾けながら、眼に見えぬ銃声が城内の夜空に轟く瞬間を待った……。一秒、一秒、時限爆弾に迫る時間の秒針が音を刻んで進む。爆発の衝撃で一瞬時計の秒針が吹っ飛ぶ瞬間。十分、十五分。城内の警察機関接収は午前二時定刻、全島一斉蜂起の一環であり、時間が大きくずれこめば、全体的な戦略そのものの破綻を起こす。南済州の慕瑟浦《モスルポ》駐屯国防警備隊の二台の軍トラックに分乗した一部軍兵が城内に突入、警察関係庁舎を占拠、接収するはずだった。軍トラックは走行中なのか。出発する警備隊の鉄の門扉を開けることが出来なかったのか。

城内奇襲作戦は不発に終ったのではないか。不発……？　深夜に轟く銃声と喊声。群集の叫び声と地軸を揺るがす足音……。幻想、幻想が一瞬の不発の大波にさらわれて向うへ消えて行く。李泰洙家襲撃を免れた錯綜した安堵感の動きに伴なう内部のつぶやきとともに幻想が消えて行く。失敗、不発、そんなバカな。部屋の真ん中に突っ立った李芳根は考えるいとまもなしに一瞬真っ黒な墨が胸のなかに染め上がる絶望感に陥った。全島人民蜂起の不発……。いや、城内蜂起の失敗……。ソルマ（まさか）、ソルマがサラムジュギンダ（まさかが人を殺す）か。四月三日午前二時。一斉蜂起の銃声は上らなかったのだ。李芳根の頬に冷たい笑いが流れた。

前夜、四月二日の深夜、ブオギは下女部屋から石垣沿いの狭い裏庭の通路を通って、李芳根の部屋の裏口からなかへ入った。ブオギは闇に近い暗がりで衣服を脱ぎ、フトンのなかでさらに裸になると、まるでむせび泣くように、ソバンニㇺと喜びの声を発して軀の前面を李芳根に押しつけた。におい、闇がブオギのにおいに化し、においは眼に見える闇の色に変る。ブオギはその軀の全体のにおいをソバンニㇺに開き、その唇は相手の軀全体の上を隈なく這う。耳もとで荒れる息遣い。ブオギは声をころしてむせぶように叫び、屋根瓦をこする風が障子の外の板扉を揺るがす。あたりは耳がつぶれんばかりのぶ厚い気圧の深海のなか。……思いきり大斧を振り上げて仁王立ちになったブオギの周りが血の海だった。薪のように脳天を真っ二つに叩き割る大斧はないか。大斧はブオギの武器。この李芳根の脳天に打ち下ろす大斧はないか。ブオギとともに枕をともにするのもいまが終りかも……。李芳根はふと暗示めいた声がささやくのを聞いていた。大斧、血の海、それが城内蜂起不発とともに消えて行った。妄想。城内奇襲があっても、ブオギの大斧はありえないこと。妄想は夜の花冷えの冴えた空に消えて行った。李芳根は無人の深夜に家から離れた路上に突っ立った姿の見えぬ自分を、大門脇のくぐり戸の外でじっと見守っているブオギの気配を感じていた。

はるか山岳地帯に烽火が燃え続けていた。はるか山岳地帯の烽火は闇に燃える。幻想の火の群れ。李芳根は一瞬恍惚感に打たれ、それらがゲリラの蜂起のシグナルであり、デモンストレーションであるのをしばらく忘れていた。


ブオギは城内から東門《トンムン》通りの東門橋を渡って長い傾斜の新作路《シンジャンノ》（幹道）を上って半時間、沙羅峯の松林に蔽われた山麓から、灯台まで登って行く細くくねって交叉している径をよく知っていた。沙羅峯オルムの中腹から、海岸の切り立った絶壁でない新作路側の山麓一帯はぶ厚い芝生で蔽われていた。日帝末期、日本はアメリカ軍の上陸に備えて全島要塞化を進めながら、城内西部の陸軍航空基地（現アメリカ軍基地）拡張、滑走路の整備を進めた。火山島の済州島は地盤が玄武岩であって、地表は「石多」の起伏が多く、滑走路拡張は単に当該地面の整備で終らない。石が多くごつごつしているので、地面をアスファルトにするためには航空機の昇降に耐えるだけの凸凹のない地盤を固めねばならない。その基礎工事として、沙羅峯の芝を全山の半面を裸にして苅り取り、あのチョントゥル、後日四・三虐殺の最大の虐殺場所、死刑場となった日本軍航空基地、現アメリカ軍基地、キャンプへ移すことになった。

そこで始まったのが、城内を含め近隣の村落の住民を狩り出して、沙羅峯の芝を手に持った鎌で三、四十センチ四方に削り取る強制動員だった。何百人の男女島民が円錐状の山の中腹に群がって、芝を削り取り、数枚ずつ重ねてから、支械《チゲ》（背負い子）に載せて山道を下山、山麓の新作路で待機している牛車まで運ぶ姿は壮観である。蟻の大群の餌運びさながら、それを西方の日本軍基地まで約十キロの道を何十台の牛車に積んで何回も、何日も往復する。だが、ブオギも人々と一緒に芝を削り取るたびに、赤い裸の山肌を見て涙を流したものだった。ブオギが沙羅峯の径をよく知っているのは、日帝時代の狩り出しのせいだった。

六月中頃の晴天の日、李芳根はブオギの案内で沙羅峯へ向った。東門橋を渡って、山麓を横切って東へ延びるかなりきつい傾斜の新作路の道をブオギは李芳根と二歩下ってともに歩いて行った。延々と連なる沿道の石垣の左側の山麓の松林から、先に立って山腹の海側の灯台への径を、解放前に日本軍に強制動員された島民が山の芝を全部苅り取った話をしながら、海側の白い灯台の建物まで辿り着いた。

二人の職員が城内の李芳根だと知ると、丁重に迎えて歓待。即製のコーヒーを淹れてくれたり、訪問者の所望どおり絶壁の縁の鉄柵まで案内もしてくれた。職員が去ったあとも、李芳根は鉄柵に手を置いて海を眺めていた。ブオギは斜め後ろに石のように突っ立って、李芳根の影を見つめ、そして李芳根と同じくはるか遠くの海の向うを眺めた。風に煽られて押し寄せる波のうねりが絶壁にぶつかり白く砕け散る。絶壁の蔭の波頭は泡立つ海。無数の鰯の群れが絶壁の海に押し寄せているかも知れない。鰯の大群を追って海豚の群れが押し寄せて海面を蔽いつくし、雨天のときなどは陸地と見まがうばかりの光景がひろがる。

「ソバンニㇺ、長いあいだ、何を見ているのですか」

「ブオギは、ここにいるように、いまもここにいる。私のそばにいないものを見ている」

「海の向うの遠い見えないところ。イオドウ。そばにいない、ここにいないユウォンさま、スンジさま」

「あのイㇽボンがイオドウか」

「日本ではない、ここにはいない、ユウォンさまが、スンジさまがいるところ」

「イオドウは見えないもの、見えないところに、海の果てにあるもの、あっても見えないイオドウ、風はイオドウからの風……」

ブオギはいつの間にか李芳根の足元に坐りこんで、彼の片足を両手でしっかり抱くように摑んでいた。李芳根は身動きをしない。

「なぜ、イオドウはあるのか」

「イオドウは無いのですか」

「あってないようなもの。ないようであるもの。ブオギはイオドウへ行きたいか」

「ソバンニㇺがイオドウ」


はるか海の彼方を見つめていた李芳根は、済州の海の沖へボートを漕ぎ出して投身自殺をしたという鄭基俊を偲んでいたのだろうか。鄭基俊は済州海の沖へ船を漕ぎ出してどこへ行ったのだろう。イオドウ……。祖国喪失の日々、亡国の時代、青孀寡婦、うら若き寡婦、それは植民地朝鮮。八・一五解放、祖国の独立。イオドウは済州の海の彼方、水平線に見えていた、イオドウ。

ブオギの李芳根の墓参りから十日ほど後の七月初め、山地港の沖合い、沙羅峯の崖下の海で五百名の〝水葬〟――虐殺の噂がひそかに城内の町にひろがった。それを口にすることは出来ないが、ブオギの耳には直接の関係者からひそかにその満月の夜の出来事の有様が伝えられていた。

陰暦六月下旬、満月の夜八時頃、全裸の男女五十名ずつが十台のトラックに分乗して山地港に到着、埠頭に横付けしていたかつて漁船だった船に乗せられて出港したと言う。

一人、二人ならともかく、裸の男と女たち五十名ずつを一台のトラックに……。ブオギはその話だけで……。犬、猫と同じようになぶられ、焼かれ、殺されている虐殺のチェジュドだが、裸の女、二百五十名、裸の男二百五十名、物事に動じないブオギはゆっくり、ぱちぱちと鳥肌が立って身慄いをしていた。明るい満月が裸の肌身を照らし出して……。何と冷たい、無情《ムジョン》な月の光。

戒厳下とはいえ、十台のトラックがでこぼこの道を砂利や石ころを弾いて徐行する音、エンジンの音を消すことは出来ない。路傍の家々の砕石を積み重ねた石垣の隙間からでも人々はトラックの動きを覗き見ることが出来るだろう。十台のトラックは山地埠頭へ同じ城内の山地台地にある旧アルコール工場の収容所から、一部は城内の域外から入って行った。十台のトラックの六台が南海自動車のトラック、四台は他で調達したか、警察所属だろう。

それから数日後、ブオギは仙玉奥様の使いで李泰洙理事長の殖産銀行で用をすませて玄関を出たところで、並びの南海自動車の車庫から出てくる梁《ヤン》運転手と出会った。

梁運転手は南海自動車のトラック運転手で、ゲリラ討伐隊の先鋒テロ組織西北青年会済州支部《ソブク》へダイナマイトを軀に巻きつけて飛込み自爆をした城内組織員、李芳根信奉者、下僕同然の朴山奉《パクサンボン》の同僚で親友だった。

二人は互いに近づいて挨拶を交わしたが、ブオギがちょっと目くばせをしながら、クナル・バム(その日の夜)、山地港へ行ったんでしょう。イェー。

その日の夜というのは、数日前の山地港沖での〝水葬〟のことだった。近日中、いつ頃時間が取れるか。山地港のことを話してほしい、場所は李家の近くのコネーハルモニのお宅。午前中と夕方は不可。二時から四時頃の間。梁運転手は太い指を折って何やら数字を数えながら、二日後の二時と指定。ブオギはコネー婆さんと相談、もしダメな場合は他の日に決めるが、今日五時まで連絡がなかったら二日後、予定どおり七月×日にコネーハルモニ宅でと決まった。

何台目かのトラック運転手をつとめた梁運転手は、城内地区の山地港に近い旧アルコール工場内の収容所に入った。続いて数台のトラックが続く。城内以外の地方からもトラックが入ってくる。全裸にされて後ろ手に捕縛、太いロープで数珠つなぎにされた男女が月下の明るい収容所の構内の広場に整列。五十名ずつのグループで動き出した。裸の男女は銃と棍棒で追い立てられながら、トラックの荷台の後ろに渡されたタラップ代りの板を上って行って五十名で満載。荷台のフレームが無かったら、数珠つなぎになってほとんどがこぼれ落ちるだろう。タラップ代りの板が外された。トラックの列が収容所を出て、海岸へ向う。南海自動車の梁運転手は山地港の月光を反射した明るい敷地に入り埠頭へ向いながら、山地港派遣憲兵隊詰所の知人の隊員と目礼をする。この隊員は全体のトラックの出入りの目撃者となるだろう。

空のトラックが二、三台続けて船を横付けした埠頭から入れ代りのように出てくる。ヘッドライトを消したトラックが月光の反射をたよりに徐行しながら、ハンドライトを手にした警官の指示に従って港外へ出て行く。梁運転手のトラックが百トン級の旧漁船のそばで停車、梁は一旦下車する。銃と棍棒を手にした警官たちがトラックの荷台の後部のフレームを下ろして、そこへ警官たちと梁も一緒にタラップ様の階段を渡す。棍棒を手にして駆け上った警官の号令に従って、一列にロープに繋がれた裸の男女の月光に曝された列がトラックから降りてくると、そのまま接岸した船のタラップを足を乱しながら必死に上って行って、船上の裸の群像に加わる。生臭いにおいの、沈黙の死をまえにした行列。警官たちの怒声が響く。怒号も殴打も悲鳴も、沈黙の海に消える。船が揺れる。

薄暗い埠頭のコンクリートの地面を月光が明るく照らしていた。船上の作業《ジャゴ》も月光の明かりのもとでなされていた。船上の全裸の五百名の男女一人一人に、数日前から運ばれてきた海岸の岩場の角の取れた重しにする岩石をロープで括りつけてから船が出航。山地港沖へ、山地港から遠くない沙羅峯の海へ向った。五百名がみな全裸なのは証拠を残さぬためだった。船が帰ってきたのは九時半頃、船上の〝作業〟は約二時間半から三時間。北からの風に沙羅峯の断崖に頭をぶつけて海をえぐり返す波濤がやがて月光に赤く染まって、赤い血の海となり始めていた。

同じ頃、ブオギが李芳根を案内して登って行った沙羅峯灯台の職員が、海上を照らす灯光の反射と月の光の海面の反射の色が不思議に次第に赤く染まっているらしいのに気がついた。暮色に輝く夕陽の照り返しでもない。すでに深夜の十一時。焦土化作戦で村々の焼ける空の色が海に映って、水平線まで真っ赤な海になったときの血の色の海ではない。

同僚と一緒に建物の外へ出た職員は崖際の鉄柵に身を乗り出して眼下の、崖下のほうを覗きこんだ。波打つ海がぶくぶく泡を吹くようで、それが月光に赤く照り返す。どうも血の色をしていた。すでに済州島は血に染まった島だが、夜の海の色が、はるか眼下の血で染まったような色。その波間に小さい揺れる影のようなもの、小型の船らしきものが見えたが、かなり崖下の海を西へ離れた船影の跡を追跡していると、船はやがて山地港のほうに進んで行って姿を消した。月光の下に照らし出された海は依然血の海だった。一年前の戒厳令のときから〝水葬〟が始まっていたが、最大級の〝水葬〟を灯台職員が夜の海の崖の上から見たのだった。

職員は同僚が管制器室から持ってきた双眼鏡を眼に当てた。

崖下百メートルの夜の海が小刻みに波立ちながら大きくうねる波の起伏。その上をきらきら、千切れて散らばる銀箔のようになびいて見えるのは何だろう。月光と灯台のライトの反射のなかで悶えるようにうねる海の上に点々と白く光っているのは、白い海鳥、鷗の群れだった。鷗が魚を、鮫に食いちぎられた人間の軀の肉片を……。鮫たちが数珠つなぎのロープを嚙み切り、石の重しのロープを食いちぎってしまっているのだろう。

ブオギがお伴して登った沙羅峯灯台で、李芳根がこれらのことを知ることなく死んでいったことをブオギは合掌をしてありがたく思った。山泉壇での李芳根の死はどういうことか訳も分からず、ただ死んで、この世にいない、あの世にいるのか、山泉壇で死んでハルラ山麓の谷間の墓のなかにいるという恐ろしいことだけを受け入れていた。沙羅峯の海での五百名の〝水葬〟を、その五百名を山地港まで運んだ十台のトラックの六台が父親が社長の南海自動車のトラックだとバングンソバンニムが知ったらどうなるか、その恐ろしさに考えが及ばなかった。

ハルラ山北面の海岸地帯に位置する城内の反対側の、ハルラ山南面の海側に面する西帰浦《ソギポ》近辺のある村は満月の夜、討伐隊に包囲されて村の全員が集会場に押し込められた。十八歳から四十五歳までの男を百数十名、若い女たち十数名が広場に狩り出されたあと、全員が整列。

女たちの列のまえに立ち止まった討伐隊長が、月を見ろ！ と叫んだ。月光が女たちの顔を照らし出した。恐怖に歪んだ女たちの列のまえを討伐隊長は、女一人一人の顔を睨みつけながら靴音を鳴らして歩いて行ったあと、何人かの美しい故に連れて行かれた女たちは、翌日になっても帰ってこなかった。裸で逆さに吊るされて性拷問を受けたり、乳房を焼き鏝で削り取られたりした女たちは、翌日は西帰浦の正房《ジョンバン》瀑布の崖っぷちで他村から連行された女たちと一緒に銃殺、そしてしぶきを上げて海に直下する瀑布に次々と投げ込まれた。

干潮の海はやがて満潮になって、滝壺に没していた死体の群れを沖へ流した。次第に海も血に染まり辺りは満月の月の光の下にうごめく血の海となって、その海の上に満月が歪んだ形で浮かんでいた。

李芳根が自殺する二カ月ほど前の四月上旬、ハルラ山麓、山泉壇から約三十分登った山腹のゲリラアジト観音寺での討伐隊との戦闘で逮捕、捕虜となったゲリラたちは城内の収容所へ連行、収容された。下山、城内に入ったゲリラ集団は観徳亭広場を見世物とされて一巡、降伏ゲリラの敗北の行進の見物に強制動員された住民たちの列にブオギがいたが、連行ゲリラのなかに南承之を見つけて驚き、急いで李家へ帰ると、李芳根に南承之さまが……と知らせた。来るべきときが来たと構えていた李芳根は直ちに裏工作に廻り、家一軒分相当の百万単位のカネを使って、南承之を捕虜収容所から救出。そして傷ついた軀の療養と休養の世話をブオギがしながら、頑なに拒む南承之を強制的に、前年十一月に妹の有媛が密航していた日本へ、済州島から脱出させたのだった。

六・二五（朝鮮戦争）の韓国本土から、済州島から日本への脱出、密航が繁くなり、済州島の若者たちは島に残って殺されるよりは率先して第一線へ、海兵隊員として忠誠志願、戦火のなかへ突入して行った。パルゲンイの汚名を拭い、熱血反共戦士への転身。さもなければ何とか日本への脱出の道を探す。

満月の夜の沙羅峯の崖下の血の海を見下ろしていた灯台守が、五百名の裸の男女を運んで海へ投げ落とした海上虐殺船を密船《ミルソン》と見間違ったのも無理はない。沙羅峯の東に隣接する禾北峰《ファブボン》の麓の海村辺りから出航か。沙羅峯の崖下辺りを経由、山地港の方向への途中で北上、沖合いから対馬海峡へ向って東へ舵を取ればよいのだった。

ブオギは沙羅峯の〝水葬〟虐殺を知ってから、バングンさまはなぜあのとき自分に案内させて沙羅峯に登り、灯台守の案内で近づいた崖っぷちの鉄柵越しに長い間、海の向う、水平線の彼方を眺めていたのだろうか……と繰り返し考えていた。

なぜか、あのときブオギはわれ知らずに李芳根の足元に尻もちをついて坐りこんで、崖っぷちの鉄柵に手を置いて突っ立った李芳根の片方の脚を摑まえるように抱きしめていた。李芳根の脚は微動だにしなかった。

ブオギは李芳根の死が分からなかった。そう、生きている人間が死ぬこと。葬式をして墓に入ること。いまは天地がひっくり返って、そのようなことも当り前に出来る世の中ではないけれど、それこそ生きている人間を沙羅峯の海へ投げ捨てるか、殺されたゲリラや島民たちの死骸を野ざらしにする恐ろしい、この世でない世の中だけれど、その生きている人間が、バングンさまが死ぬこと……。無くなったことが分からない。

李芳根が雪山のゲリラのアジトで親戚の警察幹部鄭《チョン》世容《セヨン》を殺したことをブオギは知らない。もし知ったとしても、殺害と自殺を関係づけるかどうか、何かそのような因果関係を越えてブオギには死の事実だけ、バングンさまが地上から消えて無くなった死の事実だけで、分からないよりも考えが及ばない。死の意味とか、むつかしいことではなく、死そのものが分からない。死・ジュグム（죽음）、あり得ないことが起こった死の事実。それが何なのか。バングンさまがいない。形も声もない。動きもにおいもない、ことしか分からない。死・죽음、それが何か分からない。考えが及ばない。在るのは山の谷間の見捨てられた碑石のない墳墓の下。

李家にとっては、どこか海へ、沙羅峯の下の海へでも飛び込んで行方不明になったほうが望ましい李芳根の山泉壇の死。

五百名〝水葬〟から数ヵ月が経った十二月初め、遠くハㇽラ山の中腹まで冠雪、季節風のきびしい冬に差しかかっていた。きょうは三、四日吹き続けて海岸の岩場に怒濤を叩き続けた風が止んで、空も晴れ上り、朝からの陽射しが暖かい。ブオギが仙玉奥様の許しを得て、主人宅からここ沙羅峯の麓まで来るのに小一時間が経っていた。沙羅峯の登山口に近い麓の新作路まで三、四十分、ブオギは竹篭を背負ってただ歩いていた。

ブオギならずとも島の女は歩く。おんぼろバスが唯一の交通機関のこの島では遠距離にしかバスに乗らない。いまは動乱で廃れた城内などで開く三日場《ジャン》（市《いち》）、五日場などの定期市場に地方から婦女たちが竹篭を背負って何時間も半日でもかけてひたすら歩いて、中山間部落から、海村から石だらけの村道を歩いて島の一周道路の新作路へ出る。東から西から新作路を歩いて城内へやって来て、売ったり、仕入れたりの仕事がすむと、日暮れまでに村々へ帰り着く。

この島には至るところ、田畑の境界に、放牧の牛馬の侵入防止に、墳墓を方形に囲む石垣用に、全島一周の新作路の両側に火山岩の砕石を積み上げた石垣が延々と続いていて、島の風景ともなっている。

ブオギは新作路から外れて沙羅峯の松林の間の細径から灯台への径を上り始めてから、そう、わたしはこの径を上った海側の灯台もとの崖っぷちへ行くんだと、そのために城内の主人宅から竹篭を背負って出て来たんだと改めて気がついた。すると、途中、新作路のきつい坂道を歩いてここになぜ来たのか、ここまでやって来ながら来ている自分を知らなかったのではないだろうか。沙羅峯へ行くんだと考えないで、沙羅峯へ向って軀が足が動いていた。背中には両腕を通して背負った篭がある。椿の花とコソリ、甑焼酎一合入りの小さな瓶が入っていた。そう、椿の花と焼酎が、椿の花が道案内をしてブオギを前へ引っ張っていた。その先の灯台もとの崖っぷちへの見えない力に引き寄せられ、聞こえない声に呼ばれて、ただ軀を動かして歩いてきていた。

これからサラボンオルㇺの海側の灯台もとの崖っぷちへ行くんだ。ブオギは改めて気がついたようにうなずきながら、竹篭の肩にかかった背負い紐を、篭のなかの花と酒を確かめるように肩を揺すって握り直した。

裏庭の石垣の隅に立つ冬柏《トンベッ》（椿）の木が咲き始めていた。黄色い花芯が花中花のように大きくなり、真っ赤に開いた幾重もの花弁に温かく囲まれていた。

ブオギは下のほうの垂れ下った枝先の茂みから、緑の艶やかな張りのある二、三枚の葉を付けたままの椿の花を茎から手折った。一房、二房手折って、においでも嗅ぐように顔を寄せてから、すぐそばの板扉が開いたままの厨房へ持ち帰ると板間にそっと並べて寝かせた。ブオギは横になった三輪の花を見つめて、自分はこれからこのトンベッコッをどうしようとしているのかと考えながら、すでに考えが決まっているようにかってに手が動いて、厨房の戸棚から韓紙《ハンジ》（障子紙）を、一枚、二枚と取り出して板間に敷いたそこへ、トンベッコッを置き直した。そうしているうちに手と足がかってに動いて、小さな瓶を探し出した。それに李芳根、バングンソバンニㇺが好んで飲んでいたコソリ焼酎の壺から一合ほど汲み出したのを入れて、韓紙にくるんだトンベッコッと一緒に背負い篭に収めた。竹篭に入れてそれからどうするのだろう。ブオギの両足は行先へ向いていたのだが、頭はまだ動いていなかったようだ。

椿の花を手折るときも、こうしてコソリ焼酎と一緒に竹篭に入れるなどとは全く考えてなかった。椿の花とコソリ焼酎が何の関係があるのか。かってに椿の花が動いて、竹篭のなかへ入ったようで、ブオギはそれを手伝ったような感じがしていた。

さて、この竹篭は何のためか。いま東門市場へ夕飯支度の買物に行くのではない。どこへ行くのか。

ブオギは仙玉奥様に沙羅峯へ行って来たいと、はっきり姿が見え、声のやりとりが出来る相手に向って、口に出して話したとき、何をしに沙羅峯へ行くのかと訊かれて、そう、自分は椿の花を持って沙羅峯の灯台もとの崖っぷちへ行くのだと、不思議に思ったくらい、沙羅峯への準備をしながら、それに気付かないで椿の花を手折っていたようだった。椿の花がブオギより先で、花が花芯からかわいい指を突き出して、沙羅峯のほうへ指さしていたのかも。

冬柏の花が、十二月を待って咲いたのか。済州島が十二月になって椿の花が赤く咲いてから、ブオギを呼んだのか。ブオギは待っていたし、椿は呼んでいたのだ。

なぜ、椿の花なのか。椿は雪が降るなかで落下しても、雪の上で一週間は枯れずに生きている花。うつむけに落ちるけれど、やがて風に吹かれて仰向けに転がって開く。雪の上の深い真紅に開いた花びらは鮮烈。一枚、一枚、花びらが落ちて枯れるのではなく、花びらが花房ごと木の上から落ちてぽとりと静かな音を出す。

ブオギは椿の花を竹篭に入れながら、ホムル・ハルバン（でんぼう爺）を思い出していた。ホムルとは済州ことばで腫れ物。でんぼう爺は腫れ物の膿を口で吸い取って治す老人のことで、李芳根が旅先で道連れになった宿無しの老人を連れて帰って、家で下男の仕事をさせていたが、李芳根の父夫婦に追い出されて長居が出来なかった。李家を出たあとは警察に雇われて、ゲリラの生首を入れた竹篭を肩からぶら下げて城内や近辺を触れ廻って歩き、通行人に竹篭のなかを覗かせて、それがどこそこの家のだれだと分かれば警察に通報して報償金を貰うのが仕事だった。いわばゲリラの首を見世物にして人々の密告を求め、そのゲリラの関係者、親兄弟たちに警察の手が伸びるようにする警察の手先だった。

でんぼう爺の触れ廻りは長く続かなくて、老人は城内から姿を消したが、ただ人々が首をかしげたのは、その行方でなく、若いゲリラの生首が転がっている竹篭のなかにいつもきれいな萎れていない濃い艶のある赤い花びらの椿の花が一輪添えてあることだった。でんぼう爺はどこへ行ったのか。山泉壇洞窟の木鐸令監は行方不明。洞窟は空洞。おうい、でんぼう爺はどこへ行くんだ？ 私は行くがままに行きつくところに、足の向くがままに行く。行きつくところが泊るところ。行くつくところが、行くところ。

でんぼう爺の竹篭のなかの若いゲリラの首に添えられた赤い椿の花。

ブオギの竹篭のなかの椿の花は、なぜかではない。ただ、椿の花なのだ。

ブオギは途中、でんぼう爺と首篭の椿の花を思い浮かべていたが、沙羅峯に向ってその足が動いていながら、わたしはこれから沙羅峯へ行くんだと考えながら歩いていたのではない。気がついたら足がかってに沙羅峯への道を歩いていたのだった。

ブオギは久しぶりに会う顔馴染みの灯台守に挨拶、その竹篭のなかの椿の花を見せると、アー、アー、うーん、うーむ……。二人は深い溜息のような息をしながら、互いに顔を見合わせてうなずいていた。崖っぷちの鉄柵のところまで案内は不要、ブオギ一人で行くというのに委せていた。記憶はだれもがそうであるように自分のなかで、互いに殺されていた。満月の光に重なる灯台の光の下にうごめく赤い海。

アイゴ、わたしはソバンニムと一緒だった沙羅峯からの海が見える崖っぷちに来ている。ブオギは李芳根がそのとき鉄柵の縁に手を置いて突っ立っていたように、鉄柵に手を置いてソバンニムのようにはるか海の向うを見つめていた。連日の強風は止んでいたが、絶壁に突き当って逆巻く海風は崖っぷちへ吹き上ってくる。ブオギは肩から下ろして鉄柵の鉄棒に括りつけていた竹篭から韓紙にくるんだ椿の花三輪の茎を手に持って、艶やかな赤い花びらを一枚、一枚外すのではなく、そのまま葉をつけた花房ごと海へ投げ落とす。緑の葉をつけた赤い花房が風に乗って吹き飛んで、ひらひらではなく揺れながら、はるか下の海へ落ちて行く。続けて花一輪、手折った茎の折れ目を持って大きく海へ向って放り投げる。また花一輪を崖下の海へゆっくり手を伸ばして、崖っぷちの端に当らないように真っ直ぐに落した。花房は大きな葉の翼をひろげて宙に舞いながら落ちる。酒瓶を傾けて、きつい香りを風に散らすコソリ焼酎を海に向けて注ぐ。コソリ焼酎はにおいになって、風に乗って形が消える。

そこから立ち去るブオギは空の竹篭を背負っていた。正面からの海風が背後の建物の白い壁に当って背中に廻り、空の竹篭を揺るがす。背中で竹篭が揺れる。揺れる。

ブオギは李芳根が鉄柵に手を置いたように、冷たい鉄柵に手を置いていた。あのとき地面に坐りこんだブオギは李芳根の脚をしっかり離すまいと抱いていたが、脚は微動だにしなかった。

ソバンニムは海の向うに何を見ていたのだろう。海の向う、見えない向う、水平線を越えて、なお、その向う。

ふらっ、ふらり、瞬間、恍惚とした気分の深い眠りの淵に吸いこまれんばかり、海の深いうねりに吸いこまれんばかりに上半身は鉄柵越しにのめって、戻って。そこは一瞬の夢のなか。山泉壇の洞窟へ、イ・バングンさまを迎えに行く日の明け方の夢のなかのように、雪山の山泉壇の崖っぷちから深い谷底の上の宙へ両手を開いて翼になって飛んでいた。ユウォンさま、バングンさまと呼んで飛んだように、ブオギは一瞬の夢の夢から鉄柵から乗り出した上半身を引き寄せて覚めた二つの眼に潮風を入れて、海に向って突っ立った。海の向う、見えない向う、水平線を越えて、なお向う、その見えない向うを見た。

沙羅峯の絶壁にぶつかって砕け散る風と波の音。

ブオギは胸元に両手を握って、崖っぷちの鉄柵のまえで、望夫石、マンブソクのように立ち尽していた。イオド、イオドウ。

涙がブオギの二つの大きな眼からぼろりと落ちた。大きな涙が流れ落ちた。頬を打つ海からの潮っぽい風が涙を散らした。

이어도 허라 이어도 허라
이어 이어 이어도 허라
이어 허면 나 눈물 난다
이어 말은 마랑근 가라

…………

イオド　ホラ　イオド　ホラ
イオドと呼べ　イオドと呼べ
イオイオ　イオドと呼べ
イオドと呼べば　涙が出る
イオドと呼ばずに　行け

イオの門は　あの世の門
イオの道は　あの世の道
行ったら　帰りを知らない
穿いていたボソンに　継ぎを当てておいて
着ていた衣に　糊付けをしておいて
思い焦がれて　待っていても
再び帰ってくるのを　知らない

六

ヨンイとカフェで、そして韓式食堂で会ったのが十月中頃だったが、それから二ヵ月、年末の十二月下旬、ヨンイに電話をしたが通じなかった。夜に再度かけても通じない。用件があっての電話ではないが、ブー、ブーと鳴る不愉快な音、呼んでも出ないというアナウンスだけで、どこかへの行手を阻まれた感じで途方にくれた。

気になっていたのは帰化のことだが、父が新日本人に、シンニホンジン、いやなことばだ、新日本人になっても、済州島の女、母と一体のヨンイはそれに応じることはないだろう。何か、病気にでも。このまえに会ったときは、そのような感じはなかったが、あり得るのは彼女自身がいつも出発点に立っている日本からの、韓国からの、どこかへの脱出……。それにしても、無言、無形の透明人間のように立ち消えるのか。干渉がましい帰化の件での電話ではないが、小説「満月の下の赤い海」が雑誌に出たこともあり、迷える羊……ヨンイの様子も知りたく、年内に一度会いたいと思っての電話だった。

新年になってからも、Kからの留守電を知ってか知らないのか、不通だから知りようがないが、ヨンイの電話はなかった。いずれにしても十月の秋以来だから、あのときのカフェと食堂での対面がヨンイとの最後の晩餐だったという思いがしてきた。

するとカフェでの『海の底から、地の底から』のこと、そしてタクシーでの出しぬけの抱擁は単に衝動的なものではなく、何かのサインだったかも知れないという妙な考えが出てきた。半年ぶりにKの著書を手にしてカフェで会ったときは、すでに再会を期さない思いを彼女は抱いていたのだ。……そうだったのか。ヨンイの秘めた思いを乗せたひんやりとしたものが、胸に流れる。

ヨンイと再会を約束していたわけでもないが、不在を意識すると、自分を包んでいた周囲のぶ厚い空気の層に等身大の穴があいたような非在の、ヨンイがいない空虚感を初めておぼえていた。

夜のタクシーがヨンイのアパートのまえで停車、下車したヨンイがアパートの玄関の門灯の光の輪のなかに立ち尽していた姿、ネイビーのワンピースの膝下の二本の脚の線を見せたまま腕を伸ばして手を振る姿を、後部座席のKのしぼられた視野から十字路を右折するタクシーが消し去ったのがヨンイとの最後だった。海の底ならぬ、水中からのように揺れるヨンイの顔が浮き上って眼のまえに迫る。

十二月が過ぎて、一月中頃の一日の午後、大きなダンボール箱に入った重たい荷物が、都内のデパートの植木コーナーから送られてきた。驚いたのは送り状の送り主がヨンイだった。とうとうヨンイが現われたのだ。声、形のない存在として。それにしても、この重たい荷物は何なんだ。住所は都内T区の彼女がいるアパートだったが、電話欄は空白だった。

妻の手を借りながら、というより妻委せなのだが、頑丈なテープを剝がして箱蓋を開くと、長さ五〇センチはある矩形の白い陶器製の鉢植えの枝付きの椿の花、三輪、天辺があいた包み紙の蔽いを取る。真っ赤な花弁に囲まれた黄色い花中花のような太い花芯。妻が開いた蓋を手で押え、Kがダンボール箱から鉢植えを両手で持ち上げて外へ出す。蔽いの包み紙のなかに立ててあったぶ厚い封書が、鉢の外へ落ちた。

「手紙が入っているよ」

ぶ厚い封書の手紙が添えられていた。白い封筒にハングルで敬愛《ギョンエ》するKソンセンニムへ、そしてヨンイの名前。とうとうヨンイの消息が届いたか。

デパートの植木コーナーからの直送だが、よくもこんな重たいものを、植木店を探したのか、特注か、じんわり涙が湧いてきた。尊敬《ジョンギョン》するK先生だったが、手紙には……敬愛するに変っている。경애하는……。封書の手紙は下半分に透かしの花模様が入った便箋六枚の横書き。韓国留学時代に身につけた横書きだろう。Kも原稿は縦書きの手書きだが、他はノートも手紙も横書きである。

　わたしの敬愛するKソンセンニム、ご無沙汰しています。あの日、素晴らしい日を、ソンセンニムと過ごしたままご無沙汰をして、失礼をお許し下さい。ソンセンニムはお元気だと思うし、ヨンイも元気です。ヨンイは数日してアメリカに発ちます。ロサンゼルス（九二年、黒人によるロス暴動で無実のコリアンタウンが襲撃、破壊されたところです）に八〇年代に移住した母方の叔父がいて、コリアンタウンで韓式食堂を営んでいます。ヨンイは同じカリフォルニア州のカリフォルニア州立大バークレー校UC Berkeleyにこの秋から留学するつもりです。ソンセンニムもご存じでしょうが、バークレーは教授たちも学生もリベラルな意識の高い革新的な学風で知られています。韓国系の留学生も多いところです。ソウル留学時代の友人もバークレー理科系学科の研究員をしています。
　わたしは社会科学系のディアスポラ研究学部、Diaspora Studiesに入学する予定です。八月まで叔父のところで働きます。バークレーはサンフランシスコの近くのカリフォルニア州北部で、ロサンゼルスとは約六〇〇キロ離れています……。

　KはDiaspora Studiesの文字にぎくりとしながら眼を止めた。ディアスポラ。UCバークレーにディアスポラ研究学部がある、バークレーに限らずそのような研究学部があるのも知らなかったのだが、そこへヨンイが入学するという。在日朝鮮人は日本の朝鮮植民地支配によるディアスポラであり、そのディアスポラによる文学が在日朝鮮人文学、日本語文学としての在日朝鮮人文学はディアスポラの歴史性によるもので、日本文学を含めた高次の日本語文学というのがKの考えだが、ヨンイがUCバークレーのディアスポラ研究学部に入学するとは。嬉しい知らせながら意表をつかれた思いの驚きならぬ驚きだった。おれはヨンイのもっと深いところを知らなかった……。Kは静かな衝撃を胸に受けながら、うーむ、うーむとうなずく。ヨンイの、夜の帰りの車中の声。ジャンミイプスル　マッ　イッナヨ！　ばらの唇、おいしいッか！　Kは大きな溜息混りの息を胸から吐き出した。
　ソンセンニム、『海の底から、地の底から』の著者のソンセンニム、あの日、『海の底から

――』の、どれだけ素晴らしい話をソンセンニㇺと出来たことでしょう。そしてヨンイはあの海の底から心身を洗って這い上って、浮き上ってきました。

　ソンセンニㇺ、残酷なタイトルの「満月の下の赤い海」を読みました。ソンセンニㇺ、韓式食堂とカフェでお会いしたとき、この小説を書き始めていたのだと、改めて知った思いです。かりにソンセンニㇺに電話をするにしても、ショックが恥ずかしい思いに変って、ソンセンニㇺに顔を合わすのが恐い思いでした。何と人魚でも住んでいそうな、わたしの海の底の世界。赤い海の底に、ショックだったけれど、改めて読み直すと、ショックから立ち上らせてくれます。わたしは自分の「海の底――」を描写していて、そのなかにすっかり酔っていました。わたしは海の底の人魚のように、そこの住人になっていました。「海の底」のソンセンニㇺのこんどの小説で、わたしは自分の無知をさとりました。でも海の底の物語は消えない。同時に満月の下の赤い血の海を、恐ろしい海の底のことを知りました。そしてでんぼう爺の首篭のなかの椿の花の意味を、いま改めてようやく分かるようになりました。竹篭のなかのゲリラの生首と椿の花。竹篭のなかのコソリ焼酎と椿の花。赤い椿の花。満月の下の赤い海。

　ブオギが沙羅峯の海へ投げ落す鎮魂の椿。トンベッコッ。でんぼう爺が若いゲリラの首を入れた竹篭を肩からぶら下げたそのなかに椿の花が一輪。その意味が分からなかった。ただ、花一輪があるものと。それよりも、昔の作品『鴉の死』を改めて読み直して、ああ、椿の花が出てくる、と椿の花そのものを忘れてしまっているのでした。椿の花、동백꽃《トンベッコッ》。椿は済州

島の花。済州島は椿油の産地。オモニはいつもその椿の髪油を使っていました。椿の花。동백꽃、冬から春にかけて咲く花。雪の上に花房ごと落ちても一週間は枯れないで赤い花びらを開いたままだという強靱な花、ゲリラの花なのですか。サンブデ、山部隊を韓国政府はコンビ、共匪と、韓国国民も共匪と言ってきたのです。日帝時代、日本軍が使っていた日本語。お送りした椿の花の鉢植えは、沙羅峯の崖っぷちに立ち尽すブオギに贈るものです。ブオギ、素晴らしいブオギの、潮風が吹きつける沙羅峯の崖っぷちにイオドを唄って立つその姿。

ソンセンニムが話されたように、ヨンイは『海の底から――』をわたしなりに幻想化していました。済州島の海の底は、沙羅峯の崖下の海だけではなく、西帰浦の正房瀑布、いや到るところで、済州島の海の底は血の海。わたしは恐ろしくて、声を殺して慟哭しました。済州島、イオド。わたしはまだ先のことですが、アメリカへ行って、UCバークレーに入学して、来年春になれば、済州島へ行きます。なぜか、行ったら帰ってこられない魔の島、イオドのように、行きたくない、行くまいと思っていた済州島へ、韓国の大学生が書いていたように、ひび割れた手で草苅りをする同胞たちがいるところのイオドウ……。涙をのんで生きるところ、それがイオドウ……へ行きます。

済州島の女たちの髪の毛を、海女の、海の仕事で傷んだ髪の毛をいたわり艶やかにする椿の油。わたしは幼いときからいつも母の髪の毛のにおいを嗅いできました。

椿の花は済州島の花。

わたしの敬愛するソンセンニム。

ソンセンニㇺは永遠に健康でなければなりません。来春、イオドウ、チェジュドへ行くことになったら日本に立ち寄って、ソンセンニㇺとお会いいたします。
沙羅峯の灯台もとの崖っぷちに立って、海の果て、空の果てをいつまでも見つめるマンブソク、望夫石になったブオギ。イオド　イオド　サナ。

이어도 허라 이어도 허라
이어 이어 이어도 허라
이어 허면 나 눈물 난다
이어 말은 마랑근 가라

一月×日

ヨンイ

（父は帰化しました）

（了）

地の疼き

1

帝国ホテル本館ロビーからの低い階段、三、四段を降りたまるでホールのなかの盆地のような観葉植物に囲まれたフロアのカフェは、外部から遮断された空間のようで、実際に席に腰を下すと気持ちが落着いて快い。

Kはここで、駐日韓国大使館領事部ハン参事官と会っていた。同席者は一人。仲介者でもあるミング。

Kは参事官と初対面ではない。一度、旧知のミングが店主の日暮里の焼肉店で会ったことがある。

用件はKの韓国入国申請許可の件だった。

ミングを介してのKの入国申請を受け入れたのだが、大使館員は韓国政府外務部（省）直属が慣例だった。その在日大使館には例外があり、参事官は外務部ではなく安企部（安全企画部。旧KCIA――中央情報部）、通称南山《ナムサン》の直属であり、大使館内でも特権を持っているのをKは知っていた。総領事たちの監視役もかねているらしい。入国申請許可も旅券担当の領事の仕事だが、上司のハン参事官は在日進歩系文化人、作家たちを韓国へ誘致、やがて韓国籍取得、韓国国民への変身、転向工作のベテラン外交官だった。物腰も柔らかな紳士タイプである。

数年前、在日作家の代表的人物や文化人数人を、彼らが編集委員をしている「反韓、反北」雑誌――「季刊S」誌ともども韓国誘致、S誌の瓦解に成功。再入国を重ねながらやがて朝鮮籍放棄、韓国籍取得へと誘導した有功者であって、現在の代表的作家でもあるKを落すことは栄誉ある最大の仕事になっていた。これまでの韓国政府の招聘に一切応じていない唯一の大物のKの入国申請は、特に韓国のソウル、済州島《チェジュド》が舞台の「火山島」作家の道理からしても必然の道であった。来たるべきことが来たか。いずれにしてもKのことは大使館の最重要案件となっていた。必ず韓国へ誘致しろ。そして逃がすな、再度の韓国入りで必ず落ちざるを得なくなる。

参事官の同伴者としてミングが神妙な表情で同席していたが、彼はKの韓国入国工作の功労者と見なされなければならない。

二人ともKの韓国入国工作と言った露骨なものではない。何らかの自然的な機会を窺っていたのである。Kはハン参事官から直接声をかけられたこともなければ、直接会うのも二度目である。しかもきょうはありがたいことに入国許可証明書を、一般に領事館へ申請者本人が直接出向いて、一定の手数料を支払い手続きを経てから受取れるのだが、参事官がわざわざここまで直接手渡すために持参してくれているはずだった。印紙代とか、大体手数料がいくらなのかKは知らない。申請用の一切の書類の処理をすべてハン参事官と同行のミングが代行してくれていた。

これらのありがたい配慮は相手のKへの期待に相応するものだが、期待に応じられないKには余計な借りになる。一般並みに担当領事の窓口に委ねればよいのだ。問題は結果としての入国許可なのだから。一ヵ月ほど前にミングの焼肉店で会ったのが初対面だが、そのときはただ挨拶という程度でKの韓国行については、すでに参事官の耳に入っていたはずだが、一切触れることはなかった。

そのときのハン参事官のことば。ずっと以前からいちどお近づきになりたかったのですが、それが出来ないでいるところを、このたびミング先生と一緒にお会い出来て光栄であり、嬉しく存じます……。

ずっと以前というのは一九八一年三月、全《チョン》斗《ド》煥《ファン》軍事政権下の光州《クワンジュ》虐殺一周年を目前にして、ハン参事官の工作でS誌編集メンバーたちが韓国入国を果し、韓国籍取得に至るときのことであって、当時編集メンバーの一人で訪韓に反対のKはS誌を去った。同じ編集メンバーを通しての間接的な対K工作は失敗に終ったのだった。従って韓国政府安企部の工作対象だったKは担当者の表面的な優しい眼で狙われていたのである。

ハン参事官と同行のミングはKの故郷済州島の後輩でもあり、八《パ》・一《リ》五《ロ》解放後に帰国、一九四八年、南だけの単独選挙、単独政府樹立に反対する済州島四・三武装蜂起に中学生として参加、後日少年ゲリラとして逮捕、仁川《インチョン》少年刑務所に収容後一九五〇年六月の六《ユ》・二《ギ》五《オ》（朝鮮戦争）後に釈放。そして、釈放後帰国せずに日本に残留していた父親のもとに密航で逆戻りした男だった。

済州島四・三闘争を小説のテーマにしているKは、彼からいろいろ参考になる話を聞いていたし、昵懇の間柄だったが、四・三闘争には政府寄りの考えを持っていたし、国籍は当然韓国籍であり、韓国民である。ミングは韓国出入国関係の手続きに精通していた。Kが韓国に編集者たちと取材入国したいんだが、入国手続きなどを教えてほしいと頼んだとき、彼は大いに驚いて喜色満面、先輩《ソンベ》ニム（さま）、それ本当の話ですか？　一切私に委せて下さい……となった。そして入国許可申請書や必要な書類、写真などの準備を手伝ってくれて、それを彼自ら韓国大使館、つまりハン参事官に、領事館の事務担当を経ないで直接届けてくれたのだった。

ミングがKの入国許可申請書を届け、それを受取ったという事実確認のためではないだろうが、ともかくミングとハン参事官の二人がKと会ったときは顔つなぎもあるが、入国許可申請書受理が口実になった。そしてきょう入国許可証明書は、ミングでも領事官でもないハン参事官が直接持参しているのである。

いままでハン参事官が関係する韓国政府招聘に対し韓国入国拒否から、一転、自ら入国申請のKの決定に大きく期待、ようやく大物を取り込んだと計算しているだろうと、Kは逆に考えていた。

コーヒーを飲みながら話好きでもないKは、ふと背後の中二階のバルコニー風の欄干辺りを一瞥して顔を戻した。ピアノが静かに鳴っていた。ノクターン……。ショパンの四番か五番かのノクターンだ。欄干越しのぶ厚そうなベージュ色のカーテンを引いた当然ドアは開かれているだろう部屋から、静かに曲が流れていた。カーテン越しのせいか、曲の響きが何か沈鬱だ。

「K先生、お待たせ致しました。これをどうぞ。入国許可証明書をお渡しします」

「まことに恐縮です。本人の私が直接領事館へ出向くところをここで直接お会いして、許可証を手渡されるのは恐縮で感謝致します」

そばでミングが神妙な微笑を浮かべながら、うなずいていた。

三人は席を立った。ミングがレジに立つのをハン参事官が遮って会計をすませた。三人は低い階段を上って広いロビーに出たところで、一旦立ち止まった。別れの挨拶だ。

「K先生ニム《ソンセン》」向き合って、顔を合わせたハン参事官が言った。「あのう。お願いがあります」

「……」

「韓国へ行けば当然いろいろインタビューを受け講演をなさると思いますが、その、お話の途中で過激なことばが出そうになりましたら、どうかいま入国許可証明書を手渡したハンの顔を思い浮かべて下さい。お願いです」

そしてハン参事官は改めて手を伸ばして握手を求めた。Kは反射的に出しかけた手を伸ばしはしなかった。これは単なる挨拶の握手ではない。

「それは私が韓国へ行ってからのことです。約束をするわけにはいかないでしょう。それは出来ません」

Kは首をゆっくり横に振った。シャンデリアの明るい光の下で、ハン参事官の表情が微妙に歪んだ。ミングの顔色も変っていた。

ハン参事官が帝国ホテルまで入国許可証明書を持参してくれながら、その約束を取りつけるための一言に、Kは顎を縦に動かさなかった。それでは入国許可証明書を返せとは言えないだろうし、それまで互いに笑顔でやりとりをしながら、このときの私の顔を思い浮かべて下さいの一言に対してダメですとの拒否のことばの互いの絡みの動き如何で、Kの四十二年ぶりの韓国行は決裂の瞬間を抱えこんだのである。

二人と別れて駅へ向う途中のビル街の騒音の上に広がった秋の午後の空は、晴れて高かった。Kは激動する韓国の民主化闘争のルツボのなかで大学の演壇などに立った自分の頭のなかに、ハン参事官の顔を思い浮かべるだろうか。彼は静かに笑いながら首を横に振る。帝国ホテルのホールの中二階のバルコニーのカーテン越しの部屋から聞こえたショパンの曲の流れは忘れないだろうと思った。

ハン参事官がS誌編集委員たちの韓国誘致、やがての韓国再訪、韓国籍取得、韓国国民への転身、S誌の右傾、反韓姿勢の消滅、やがてS誌自体の瓦解の道への功労者であり、そのときの〝取り逃し〟、同じ編集委員だったK作家をいま韓国へ送り出すのは大変な有功者となるだろう。

K自身は「火山島」第二部執筆で苦境に立っていた。全体の構図を見渡し得ぬまま『火山島』第一部四千五百枚を完成後、当初からそうではあるが、どうしても「火山島」の主な舞台の済州島を一度でも現地踏査してみる必要があり、でなければ何枚になるか分からない全篇の完成がかなり困難な思いに陥っていた。

当時の「在日」社会はまさに政治の季節であり、南・北分断の状況下で作家などの文筆家は南・北それぞれの政治力学に翻弄された存在であって、その鋼鉄のにおいのするおぞましい政治の網の外で生きることは出来なかった。一九七〇年〜一九九〇年代の時期である。この頃にいろんな事情、口実を作りながら朝鮮籍の知識人たちが韓国籍へ変更、やがて韓国国民となって、自由に韓国往来が出来るようになる。Ｋも重なる勧誘を受けてきた。それはＫＡＬ（大韓航空）などの一般の旅客機では人目につくので韓国政府関係当局（ＫＣＩＡ）差向けのチャーター機で秘密裡の韓国入国を求める場合もあった。

当時、Ｋにとって韓国、済州島は何であったか。かつて、自ら「故郷喪失者」としているＫにとって望郷とか郷愁とか、そんなものは一片の浮雲の如き感傷であって、Ｋのなかで故郷は殺されて久しい。

いまのＫにとって済州島は何か。〝取材〟、「火山島」執筆のための取材の対象である。

朝鮮籍を韓国籍に変更してその国民になれば簡単なのだが、どこまでも朝鮮籍で韓国へ、済州島へ行くことだった。北の共和国を支持しないので、在日の朝鮮籍は外国人登録証上の記号であって、法的には無国籍となる。そこが、また韓国への入国工作の好条件となっていた。

韓国へ行けばよいのではないか。作品のためには行かねばならない。韓国政府の入国許可証明書が出なくなって行けなくなったら、どうするのか。何とか行かねば……。韓国側の軍門に降るか。小説書きをやめるか。いや、そうはいかん。何としてでも書き続けるか。韓国へ行かなくても書き続けることしかない。これまでも四千五百枚の第一部を書き続けてきたのだ。道は絶壁で絶たれているようなのだが、絶壁寄りの道を探し求めて書き続けるしかない。「北」とも敵対、「北」からは反革命分子、「南」から反韓、「忌避《キピ》人物（要注意人物）」として、南・北挟撃にさらされながら、一体、だれに向って忠誠を誓っているのか。互いにパスポート所持で外国往来が自由な世界で、何とも奇妙なことだ。

たまたまそういった頃に、八四年十二月中旬のことだが、大阪のA新聞学芸部からの連絡で、社外特派員として韓国取材旅行をしないかという話があった。当然、それには韓国政府の入国許可が必要になる。これまでの韓国政府の在日大使館のKに対する韓国入国工作と話が重なってくるが、全然別種類の案件となる。

韓国側の入国許可条件は、K側の条件である済州島だけの現地取材は不可。他にも足を延ばして、韓国側の浦項《ポハン》造船所や三十八度線見学の案内人（KCIA要員）の一定の随行も必要となり、かなり煩わしくなってきたので、新聞社側もKもそれでは中止しようとなった。軍事政権下で一定の制限は予測された。こちら側のアキレス腱を摑んで屈服させると言ったものだった。慣例となっている「案内人」随行などは受け入れられない。

それで韓国側の許可を必要としない、相手にツケを作らずに、いや関係なしに自由に飛行できる防空識別圏外飛行をするということになった。天気の具合をにらみながら四、五日中にも決行するという決定となり、Kにはまことにありがたい配慮だった。

一体、韓国籍と朝鮮籍はどのように違うのか。まさに神のいたずらならぬ政治権力の操作。敗戦、日本戦後社会の政治のひずみによる産物である。朝鮮に南・北関係はなかった。全朝鮮はかつて日本帝国主義の植民地だったが、日本敗戦後、日本国内、約六十万の在日朝鮮人が残留する。一九四七年、日本政府は外国人登録令を実施、在日朝鮮人に登録証の常時携帯を義務付けた。時には大衆浴場まで尾行することもある。そして不携帯の場合は一定の措置をとる。外国人登録証の国籍欄は全体が朝鮮だったが、朝鮮南北の分断、一九六五年の日韓条約で南だけの、朴正《パクチヨン》熙《ヒ》政府を承認、国交正常化を果すことで、外国人登録証の性質が変り、表記が朝鮮から国籍を意味する韓国となる。

やがて韓国政府による在日朝鮮人の韓国籍取得工作が推し進められた。特に朝鮮総連系文化人、作家たちに対する韓国誘致工作が積極的に行なわれて、一九七〇年代後半から一九九〇年代に日本言論界などで活躍する在日朝鮮総連系文化人たちはほとんど韓国籍取得を果して韓国国民となる。

KがA紙社外特派員として韓国入国後の韓国側の案内を拒んで、新聞社のセスナ機で韓国域外の済州島近海を飛行したのはそのためだった。

KのA紙社外特派員の話は取り止めになったが、その代りに新聞社のセスナ機で韓国側権限の及ばない済州近海を飛ぶことになり、八四年十二月中旬、大阪から羽田空港へ迎えに来たセスナで出発、一旦伊丹空港に着陸してから済州近海へ向った。大阪から往復約二千キロ、約三時間で午後二時に帰着の予定。記者を含めて搭乗員八人。太平洋沿岸の四千メートルの上空からの北アルプスの冠雪の姿が壮観であり、それらが一望のもとにあった。視界を遮る一片の浮雲もない。瀬戸内海上空からおよそ百キロの大山がくっきり視野に入るほどで、これなら済州島南方四〇キロの防空識別圏外でハルラ山を望むのはむつかしくなさそうだった。Kが手にしているのは十二倍倍率の双眼鏡ということで、肉眼で見る大体三・三キロの距離に相当すると言う。

やがて姿を見せ始めたハルラ山ははるか水平線上に頂上から山容を現わして、次第に雄大な裾野を東西にひろげ始めたが、セスナ機はハルラ山に抱擁されるように少しずつ接近するのではなく、いつの間にか前方の眼下一面にぶ厚い雲が張り出して、済州島はたちまち雲の下だった。裾野の稜線の影も見えない。飛行機に向って湧き上る雲の群れがすぐ眼下を飛ぶように迫ってくる。飛行機は雲層を降下、海上へ抜けて、五百メートルの低空飛行を続ける。空も海も暗く海上に降りた雲が濃霧のようで、ハルラ山の姿ははるか彼方に埋まる。飛行機はただ飛び続けた。

あーあ、やがて焦る心に島影らしいものが、双眼鏡を外した肉眼でもかすかに見えた。まるで奇跡のようだ。はるかハルラ山の頂上あたりから稜線が東へゆるやかに延びて裾野にひろがりながら海に没していた。西側は山頂から折半したように暗い雲に蔽われていた。島の南北四〇キロ、東西七三キロ。その影の半分がセスナ機に姿を見せていた。暗い雲に閉ざされた島全体はまるで幻の姿だった。

四季を通して山の全容を滅多に見せないとされるハルラ山だが、三十八年ぶりに、ここまでやって来たんですよ……。至誠、天に通じずだ。

セスナ機は済州島南方四〇キロの、韓国側防空識別圏の外側を西へ飛び続けた。やがて向きを東へ変える。セスナ機は対馬海峡、壱岐を経て、玄海灘へ出る。茫々とした大海、怨恨の海。数トンの漁船に身を托して虐殺の島、済州島から日本への密航。ふるさとの地を逃れて一葉片舟《イリョピョンジュ》に身を秘して大海へ。いまで言えば亡命者たち。まさしく済州島は魔の島だった。対馬は日本本土への中継地。K自身も八・一五解放後、一旦引揚げたソウルから一九四六年夏、済州島ではない釜山《プサン》から日本への密航船に乗り込んだのだった。

Kの韓国行にはKの知己や友人たちも総じて批判的だったが、Kはそれなりに受け流していた。韓国政府筋の招請ではなく、反政府文学者組織である民族文学作家会議の招請であり、しかも作家会議、実践文学社共催の『火山島』（第一部）翻訳出版記念会が八八年六月にソウルで開かれてKが招請されていた。

ところが六月八日午後三時十五分、ＫＡＬ羽田発予約の出発前になって、入国不許可となった。反政府的立場の作家会議招請を取り消して、韓国政府招請に切り替えれば入国と言う不許可。主催者側の出版記念会は同時に抗議集会となり、足止めをくらったKは急遽長文のメッセージ「『火山島』について」を送った。

「……現在、私の軀は当然ソウルに来ていなければなりません……。みなさんがご存じのような事情で私はいま日本で怒りを抑えるすべもなく、この瞬間を迎えています。六月八日出発を内定、午後三時二十分発の飛行便を予約していたにも拘らず、間際になって入国許可が出ずじまいになりました。

飛行機便でわずか二時間ほどで行けるところなのに、四十余年ぶりに懐しい故国の土地をいままさに踏もうとする私のまえで、その道が塞がれました。たまげた仕打ちでもあります。

一方では民主化を唱えながら、人の行くべき道を遮って立つ現政権の姿が滑稽でもあります。一介の在日同胞作家の入国をこの時期に寛大に受け入れられないのは、理由がどうであれ話になりません。

済州島のあちこちに無造作に埋められたまま何十年間、陽の光を一度も仰ぎ見ることも出来ない数多くの遺骨たち。四・三当時死刑場だった済州国際空港の地下深く埋められて、巨大なジェット機が滑走路に上下翔するたびにポサッ、ポサッ、骨たちが泣いている疼きの声……。いつの日か空港を他の場所へ移して必ず遺骨たちを掘り起こさねばならないといえば、それはバカげた話になるでしょうか?

……滑走路の地下の暗黒のなかで数百数千の人たちの寃魂《ウオンホン》を埋めたまま、この地の歴史と民主主義を言挙げすること自体が悲劇ではないでしょうか……」

六月のK欠席出版記念会でのコウ詩人のメッセージ代読とコメントは会場を満たした二百余名の聴衆に衝撃をもたらしたらしい。これらの、とくにかつての死刑場でもあった国際空港の滑走路の下の地中に埋められたままの数百か数千かの犠牲者の遺骨を地上に発掘して取り出さねばならない。これは韓国旅行で講演中にKのやるべきメインテーマであり、韓国では口に出来ないタブーだった。

ソウルの出版記念会にメッセージを送った出版記念日から三日後の六月十六日のA紙にソウル特派員の出版記念会の記事が大きく出ていて、内容が紹介されていた。これらの韓国内の動きが十一月の韓国行の制約が半減する動機になったらしい。

韓国政府の直接の招請でなくてもよいから、反政府団体の作家会議の招請を取り消し、日本の『文芸界』の取材にしぼる。作家会議の招請取消しは、旅券申請書類から作家会議の名を消すことで相殺、Kの韓国における言動を事実上黙認ということになったわけだが、その決定は担当責任者のハン参事官に委ねられたわけでむつかしい選択だった。

Kは感謝しながら、その選択を拒否、あくまで作家会議招請で十一月四日の韓国行を推し進めたのだった。

ハン参事官の帝国ホテルでのことば。講演などでのお話の途中で、過激なことばが出そうになったら、どうかいま入国許可証明書を手渡したハンの顔を思い浮かべて下さい。お願いです。それは私が韓国へ行ってからのことです。約束するわけにはいかないでしょう。出来ません。……過激なことばが出そうになったらこの私の顔を思い浮かべて下さいの握手の手とともに出てきた一言には悲痛な思いがこめられていたのだった。韓国では集会の演壇に立ったそのとき、帝国ホテルで手を差しのべたハン参事官を思い浮かべることが出来るだろうか。

韓国行の日が近づいてきた。埼玉県K市からW市のマンションの一室に引っ越したばかりの荷物もほどかずのままに、あとは妻に委せて、十一月四日成田午後三時二十五分発KAL機で四十二年ぶりの故郷への出発ということになった。

朝鮮籍のまま四十二年ぶりの韓国入国のことは新聞にも出ていて、出発前なのにA紙の人物コラム欄のKの発言「……独裁政権に対しながら入国拒否をしてきたが、このたび入国ビザが出た韓国入国に際しても、私は一センチも譲歩していない……」が、S総合誌の編集者の眼に止まり、Kの帰国後は同誌に紀行文執筆の約束をしていた。

このコラム記事以前のハン参事官との口頭での約束、そして握手をしなかったこともこの「一センチも譲歩していない」につながることになるだろう。

韓国籍取得、韓国行が朝鮮籍知識人、作家たちの流行の現象となっていた頃、Kの親しいある女性記者が、Kさんはどうして韓国籍をとらないんですか？　記者はKが小説執筆の取材も出来ないし、いろんな支障があるのに……という配慮をしながらの問いかけだったが、それらをすべて超越しているKから、なぜ韓国籍を取る必要があるの？　と何とも水臭い返事が出てきて、ぽかんとしていたことがある。Kにとっては入国拒否であろうが、法的に朝鮮籍が無国籍であろうが、はなから問題にならないのである。

まさに一九八〇年代前後は、韓国では独裁政権と民主勢力との血みどろの反ファシズム闘争が行われているときでもあり、在日知識人たちにとっても苛烈な政治的季節だった。

甘い蜜に誘われた韓国行はまさに魅惑の鬼門であり、結果的には韓国国民への転身である。〝祖国〟の変更か。朝鮮籍から韓国籍への転身を在日の韓国籍知識人はそれ見ろと言わんばかりに冷やかに見ていた。その彼らはこれまでの韓国における民主勢力の反独裁闘争にどれほど共鳴し、たたかってきたのか。少数派の韓国籍知識人たちを除いて。

こうして一九八八年十一月四日、Kは四十二年ぶりに韓国、故郷入りを果すことで、その鬼門への第一歩を踏みこむことになる。

さて、韓国行はようやく現実的になった。Kの韓国行は現在執筆中の「火山島」第二部のための〝取材〟が目的だが、それ自体が目的の旅行と重なったということである。つまり旅行自体が取材だった。

当然、Kは「火山島」の李芳根《イバングン》とこれから旅行中に会うことになるだろうが、ただ一九四八年の

「火山島」のなかの李芳根を現実のKが、小説という次元の違う虚構的現実のなかの李芳根と如何にして会うことが出来るのか、Kが虚構的現実世界のなかに入り得るか。

「火山島」の虚構的空間と現実の生活空間をつなぐものは、虚構と現実の交錯、重なりであり、二次的虚構であって、Kが「火山島」のなかへ入るか、李芳根が「火山島」の外へ出てくるか、両者の動き自体が虚構における事実――現実となる。そしてKはソウル、済州島を背景にした虚構的世界で李芳根たちと会うだろう。

2

成田発、ソウル金浦《キムポ》空港行ジャンボ機のなかにKはいた。同行者は「火山島」連載『文芸界』担当編集長シゲタとKの友人のS社のタカオ。数日後にシゲタの同僚タヤマが来る。

Kは二日酔いと二時間ほどの睡眠のせいで、窓枠に凭れたまま眼を閉じているが、窓の外は眼を射す雲上の太陽の光であり、雲層の谷間から見えてくる地脈の険しくねじれた山脈であり、谷底の河であり、街であり……。いやいやKは眠っているのではない、窓ガラスに顔を押し当てて街や海岸線の曲折を眼に入れていた。頭痛はするし、四十二年ぶりの韓国入りというのに睡気がするが、眠れるものではない。たしかに二時間の睡眠では睡気がするが、しかし本物の睡気ではない。睡気はしていないのだ。いま、飛行機のなかではっきり眼が覚めてきたのか。

初めて乗るジャンボ機は日本人、韓国人半々の軽装した身軽な格好の満員の乗客である。

Kは四十二年の重武装をしていて、心も軀も身軽でない。

四十二年間で飛行機などほとんど数えるほどしか乗ったことがない。旅行といっても鉄道で足りる程度であり、雲上を跨ぐことは余りない。まあ、二人のガード役を兼ねた連れの同行があるから平然と座席に坐っているが、実際軀が空中に浮いていているものの、心はさらに宙に浮いていて、未知の金浦空港が迫っている圧迫感を持て余していた。

去る六月八日の出発予定が不可能になった際のメッセージの部分、部分を思い浮かべる。……済州国際空港の地下深く埋められて、巨大なジェット機が滑走路に上下翔するたびにポサッ、ポサッ、骨たちが泣いている疼きの声……。いつの日か空港を他の場所へ移して必ず遺骨たちを掘り起こさねばならない……。韓国現代史に「四・三」を復元することなく、まことの民主化はあり得ないと考えます……。韓国では言えないことなのだ。このタブーのことばを四十二年ぶりに入国の男が国外から持って入るか。

ソウルに向って一分、一秒が四十二年を凝縮した時間の動きであり、四十二年をいま迫っている現在に一挙にドッキングしてしまう過熱した瞬間の持続にいた。

四十二年が二時間半に圧縮された時間が一転して、そしておだやかに解放されながら、KAL機はすでに夜になったソウルの上空に入っていた。ソウルの夜景はまことに壮麗でダイヤモンドではなく極彩の無数の宝石をちりばめたように限りなく、そして悲しいほどに美しかった。四十二年の歳月が成田から二時間半に凝縮、一秒、一分に炸裂、やがてゼロ時間に消えて、現実のソウルの地上に降りる。

金浦空港到着、六時十五分だった。Kたちは緊張していた。ああ、ここは人の群がる空港の玄関だ。多分連れの二人はこんな感じは持たないだろう。Kの入国手続きがちょっと手間取ったので、別のゲートで先に用をすませていた二人が、かなり気を揉んでいるようだった。Kが提示した入国許可証明書の形はパスポートのようだが、在日韓国大使館臨時発行の旅行証明書で、旅券ではない。係員は「旅行証明書」というのに馴染みがないらしい。それに写真は本人だが、国籍欄が「韓国」ではなく、「朝鮮」となっているのも不審がられたが、やがて上司がやって来てからパスとなった。通関は簡単だった。事前に連絡の到着時間よりかなり遅れてしまったが、通関が終り、格納庫のような巨大な出口の鉄扉が仰々しく左右に開かれて、ようやく七時に空港の外のロビーへ出た。鉄柵の向う側に到着を待っている人垣が出来ていたが、すぐ「火山島著者K先生帰国歓迎……」と横書きのハングルの横断幕が眼について、Kたちは急ぎ足で鉄柵の外へ出る。日本で顔見知りの詩人キム・ミョンその他三十余名の人たちに囲まれて簡単な歓迎式が行なわれたが、このあとすぐ市内の歓迎会に向わねばならない。

Kは五、六メートル離れた人ごみのなかで、自分をじっと見ている視線に気がついた。私服だと直感する。あそこに私服が立っているんでは……。イェー、キム・ミョン詩人はうなずきながら、私服だけではないんです。詳しいことはあとで知ることになるのだが、先刻まで警官たちと一悶着あったということだった。韓国政府の「忌避人物」、破壊勢力、赤化統一の主唱者……の入国予定を右傾新聞にも報道されていたのだから、一悶着の後の私服一人くらい眼につくのは、ああ、そうかと納得出来るものだった。

歓迎のハングルで書かれた横断幕の「……四・三反美《バンミ》民衆抗争四一年一一月四日」の「反美（米）」を削れ、横断幕を外せ……となって空港警察と衝突、まず反美を消したということらしい。互いの遣り取りの音声が激するなかで一人が、じゃ、「親美」と書いてくっつけたらいいと叫んで、集まった野次馬たちが爆笑した一幕もあったらしい。一人残った私服はその後の現場の動静を見守っているわけだった。

一行を乗せた車は夜のソウルを、どこをどう走っているのか分からなかったが、空港から北上、河幅一キロの大河漢江《ハンガン》にかかった大橋を渡って西へ、街の中央部へ、それは方向感覚だったが、疾走する。夜の大都会はネオンや看板の氾濫、それらすべてがハングルなのに、車に激しく揺れながらこれが根本的な変り方だと感慨無量の思い。かつて日本読みの漢字、ひらがな、カタカナが占領していた街なのだ。勿論話しことばは日本語が主流、戦争末期には朝鮮語厳禁、廃止。八・一五解放後四十余年、日帝《イルチエ》支配下の親日派の罪業は未清算だが、街のハングル化は民衆の、民族の未来志向の現実化。

やがてにぎやかなターミナルを渡った辺りで下車。ここは新村《シンチョン》ロータリーだ。聞いたことのある学生街で、デモの現場で有名なところ。助手席で後ろを振り向いたチョン・ユン先生がメウン・ネムセ、辛いにおいがするでしょう。辛いにおい？　Kが首をかしげると、大きく開かれた車の窓から鼻と眼を刺してくるかすかな臭気が辺りに漂っていた。メウン・ネムセ。昨日、ここでデモがあったと言う。催涙弾のにおいがまだ消えていないのだった。

新村の韓式食堂で済州社会問題協議会（済社協）主催の歓迎会が始まったが、ここから毎日がまことに忙しい、〝ありがたい拘束〟の日程が始まる。韓国の酒の飲み方は返杯の繰り返し、さあ、もう一杯が何杯になるのか、延々と続く。

酒の極楽ならぬ酒の煉獄である。酒呑みのKも鬼門ならぬ煉獄の門を通らねばならぬようだ。ともかくよく飲み、唱う。そして最後は抵抗歌の大合唱となった。済州島四・三事件を唱った「眠らざる南島《ナムド》」。「南島」は済州島を指す。

規則的、リズミカルに腕を振りながら立ち上って歌う。

孤独な大地の旗なびき
この地の闇を貫いて咲く
血染めの菜の花よ
……
ああ、ああ、反逆の歳月よ
ああ、ああ、痛哭の歳月よ
ああ、眠らざる南島ハルラ山よ……

これらの深夜の合唱は店内を轟かせて、壁が揺れ、路上に洩れ出る。

Kは警察が襲撃してくるんじゃないかと心配したが、先生たちも若者たちと一緒になって唱和する。初めて聞くKたちもみなと同じく腕を振りながら合唱に合わせてハミングで歌う。飲み屋のある大学路界隈はまるで解放区だった。

宿舎は鍾路《ジョンノ》界隈の韓式旅館だったが、四時すぎまでの二次会のアルコール漬けになって寝ているところへ、朝八時すぎから新聞社や雑誌社からの電話が鳴り出して対応、相手は二日酔いのKの頭のなかは知らないだろうが、それにしてもちょっと早すぎるのではないか。

九時になって、昨夜からずっと一緒だったキム・ミョン詩人、それから作家で実践文学社主幹のソン・ウォンがやって来た。何となくほっとする。キム・ミョンはKのソウルでの世話役であり、Kが苦手の新聞社などからの電話に対応してもらわねばならない。

キム・ミョンもソン・ウォンも、何ヵ月でない何年も繰り返し刑務所暮しをした闘士である。二人とも柔和な人柄で、拷問に耐えながら獄中闘争をやり抜いた人物とは思えない。因みにキム・ミョンは修道院で十年修道した神父だったが、民主化闘争に参加、度重なる逮捕、投獄で破門になったまさしく闘士である。

彼の別名は拷問大将《コムンテジャン》。獄中で拷問大将の別名の獄吏から恐ろしい拷問を受けながら、屈しなかったという。拷問大将の獄吏が腰を屈して、どうして先生ニムは拷問に屈しないんですか。先生のような方は初めてです。キム・ミョンはすでにキリスト教を離れていたのだが、一言、神の思召しだ。意味を知ってか、知らずか、獄吏はイェー、イェーとうなずいたらしい。それ以来拷問大将の意味が変って、拷問大将は獄吏からキム・ミョン旧神父に替ったという。

ソウルで、光州でKが会った人々に限っても刑務所生活をしていない人はいなかった。当のKは彼らのまえで恐縮するばかりで刑務所に入ったことがない。微笑ましい話だが、刑期の長い人が、当人がある先生の弟子だとすれば、その弟子が先生より刑期の長いだけ先輩格になる。将軍級の何年刑の弟子がいたら、兵卒級の何ヵ月投獄の先生がいたり……。

Kはキム・ミョンたちとスケジュールの打ち合わせをした。講演や座談会など、いくつかを削っても、全く個人的な行動に自由がない厳しいものになった。四十二年の空白の故国行の代償である。ソン・ウォンの案内で六人が仁寺洞《インサドン》を歩いて、昼食をとり、午後二時からの実践文学社での共同記者会見に車を走らせる。三十余名の記者たちが狭い部屋を埋めた熱気のこもる会見場となり、Kを破壊勢力とか北傀工作員と関係あり……とかの全く根拠のない誹謗中傷的な敵対的発言は一切なく歓迎ムードだったと言えよう。政府寄りの新聞などは顔を見せなかったのだろう。

記者会見のあと、五時から作家会議、実践文学社共催の歓迎会まで少し時間があったので、学生たちがデモをしているという大学路まで案内をたのんでキム・ミョンたちと五人が地下鉄で出かけた。恵化《ヘファ》駅から路上に出ると何車線もある広い道路をいっぱいに埋めたデモの群衆の動きが眼に飛びこんできた。全斗煥夫婦処断要求のデモ、無数の旗がなびき、横断幕、プラカード、ビラが乱舞する。「光州虐殺、不正非理、最後まで暴き、虐殺主犯を処断しよう……」等々。電柱のそばで、一人の男がしきりに声を張り上げて何かを叫んでいる。あー、マスク、マスク、全斗煥処断マスクを買いな。首から吊るしたボール紙の看板に、学生二百ウォン、市民三百ウォン……と書いてある。催涙弾除けのマスクだった。辛いにおい《メウンネムセ》が道路に沁みこんでいて、一昼夜経っても消えない。

Kたちは道路を埋めた学生たちの行進のなかへ入り、先頭の見えないデモに参加して学生たちの全斗煥処断のシュプレヒコールに唱和して行進、キム・ミョンの盟友でもある民主派の巨頭キム・クンテと会って、Kとキム・ミョンと三人がスクラムを組んで前進。と、はるか彼方で催涙弾発射の激しい炸裂音がして、ずっと前方のほうから山崩れでも発生したように迫ってくる唸り声が起こった。その声音は津波のように襲ってくる。戦警（戦闘警察）に押されたデモ隊が巨大なかたまりのまま後退してきて、Kたちは逃げはじめた。逃げ遅れるとデモ隊に踏みつぶされる。路上から沿道に上って、そばの大学病院らしい建物の構内に逃げ込んではまた出てきて、デモ隊に合流する。風に乗った催涙弾のあの辛いにおいがいま炸裂したばかりのように迫ってきて、ハンカチをマスク代りに顔に当てる。

学生たちが一輪車にコンクリートのブロックをいっぱい積んできて、それを一つずつ舗道に叩きつけて小さく砕く。力不足の女子学生が男子学生の力を借りてブロックを路上で叩き割って、声を上げる。六十前後の白髪の混った婆さんが、石ころをいくつも拾ってひろげたチマに包むようにして運んできては学生たちに渡す。

Kはほんのしばらくだったが、学生たちのデモの現場の流れに合流し、いま眼のまえで戦警隊とのたたかいの投石の石を打ち砕いているその姿、石ころを拾い集める血走った眼の白髪の老婦人の姿を見たとき、昨夜ソウルに到着してから出なかった、金浦空港での挨拶のときにも、新村の「南島」の大合唱のときにも耐えぬいた涙が両頬に溢れ出た。ああ、ここはソウルだ……。Kは自分がはっきりソウルにいる現実感のなかに立っていた。

夜、ソン・ウォンから電話があった。何か不審な電話がありませんでしたか？　ないと答えると、実践文学社に三、四回電話があって、すぐに切れました。日本の大出版社からの取材旅行、韓国政府の入国許可があっての入国であり、テロでも発生したら国際問題になるので、政府が直接指示することはないが、K先生にこんな言い方は恐縮なのですが、それでも何かあるかも知れません。電話など、注意して下さい。

Kはそのことをシゲタたちに話してから、ボディガードはぴたりくっつくようになった。光州では地元の活動家たちと一緒だったから、自然にガードは消えていた。

「……同行の二人の編集者は、勿論日本の出版社の派遣、取材のその名のとおりだが、実はK氏の韓国滞在期間の突発的な事態に備えてのボディガードである。注意して見ていると、すべての行事ごとに一人はK氏のすぐ横に、もう一人は少し離れて辺りの動向を窺っているのを知ることができた……」（『スイートホーム』）

「……故国がそんな危険なところだと考えましたか？　K先生はテロを受ける憂慮があると考えられているようですが、私はそれは杞憂ではないだろうかと思います」

「最近、中央日報社オ部長のテロ事件があったでしょう」

「K先生は韓国政府が来いというので、来られたのではありませんか？」

「私が権力の気に障るようなことを多少話したところで、権力がテロをするとは思いません。しかし、私のような人間をパルゲンイ（アカ）だと罵倒している極右勢力もあるのではありませんか……」（『月刊京郷』）

Ｋは多くの雑誌のインタビューに追われたが、なかでも女性記者の強引さには驚かされた。軍事政権の体制社会で民主化闘争を繰り返してきた社会の女性パワーの現われ。もともと韓国女性は気性が強いし、自己主張型なのだが、Ｋは中立紙誌系の週刊誌女性記者との電話では、互いに口論になりながら、腹が立つ一方で感心していた。何しろＫは「忌避人物」として政府機関に登録されている入国者なのだ。この〝要注意人物〟を執拗に追いかけてインタビュー記事にする。ありがたいことだ。断わるようなことがあってはならない。

なかでも最後まで取材を諦めない女性記者のことが、結局取材に応じられなかったからだが、Ｋは深く申しわけなく、心残りがしていた。取材問答の電話でケンカ腰になったりしながら、謝りたいくらいの取材拒否だった。……他の女性誌のインタビューはお受けなさっているでしょう。こちらはどうしても先生とのインタビュー記事が必要なんです。それは分かっているんだ。ソウル到着早々、金浦空港からの先約なんだ。私は済州島に取材に行っていて、ソウルを留守にしていたんだから……。

十二日朝、光州へ向うまですでにソウル滞在一週間が終っていたが、講演や懇談会、その他青年学生たちと夜遅くまで飲んで、睡眠不足と二日酔いの連続で一日も酒を欠かせなかった。それが毎晩続いて眼鼻莫開《アンビマッケ》、目鼻を開ける暇もなしに夜は酒を飲む。それでよくも夜から出てきて、翌日のスケジュールをこなす。まだ韓国滞在予定の中途であり、酒の夜の連日が続けばどうなるのか。

光州へ向う前日の夜、弘益大で済社協主催ハンギョレ新聞社長ソン・ゴン、延世大スン・ウン教授らが参席、四・三に関する懇談会があったが、朝から中立紙系発行の週刊誌女性記者の電話で起こされた。前日のインタビューの申込みの再確認と催促だった。場所とか時間を決めていたわけではない。Kは他の取材も断わっていたし、どうしても時間が取れないので、取材をないことにしようとたのむように話したが、彼女は応じない。先生ニム、それはなりません。どうしても時間を取ってくれないといけない。全然困るという。『週刊X』は先生ニムへのインタビューを必要としている。必ず記事を書かねばならない……。そんなことを言っても、時間が詰まっているんだからと、たのんでもKの話を聞かない。いまからホテルに向うというのを、それは一方的でないかとKは顔の見えない相手に向ってダメだとなじった。こちらは明朝光州へ向うというのに、なぜ土壇場になってそんな無理を言うんだろう、それなら、どうしてもっと早くインタビューをしなかったんだ。もうソウルへ来て一週間に近いんだよ。懐ろにカネがないのにどうしてはたけるか、それと同じなんだから……。きのう、出張中の済州島から帰ってきたばかりだったので……。連絡が遅れて申しわけないけれど、それでも先生ニムはわたしのために時間を出して下さい。男性の泊っているホテルの部屋へ女性が早朝からお伺いするのはいかがとも存じますが、きょう時間が取れないなら、明朝光州へ出発するまえの五時にお邪魔致しますからと言ってKを驚かせたが、彼女は必死になっていた。彼女は、譲歩して六時にすると言う。追い詰められた恰好のKは致し方なく、ついに六時は早いからと七時に約束をしてしまった。

午後ホテルへやって来たキム・ミョンに事情を話して、どうしてもむつかしいからと彼を介して新聞社の彼女に取り消しの電話をしてもらった。

二人の通話が始まった途端、キム・ミョンの耳に当てた受話器から彼女の悲痛な怒りを混えたかすれ気味の鋭い声が響いてきた。うむ、うむ、静かにうなずいていたが、やがてキム・ミョンの声が鋼鉄のような響きをし始め、穏やかでなくなった。眉間に皺を寄せている。彼女はKの約束違反ということで応戦しているらしい。長い通話の結果、キム・ミョンの恐ろしい大喝一声が下りるまえにようやく彼女は諦めたらしく、電話が終った。アイゴ・チャム（まったく）……。キム・ミョンは溜め息混りに笑った。

「アイゴ、ご苦労さんだったなあ」

Kはふーっと息を吐いて、背中から大きな荷物を下ろした思いをしながらも、彼女に申しわけない気がして、後味がよくなかった。何人かの女性編集者に会ったが、みな潑剌として押しがきくのである。嬉しいことだった。


一九四五年八月、日本帝国敗戦、植民地朝鮮解放を前後してKが寄宿していた禅寺、朝鮮仏教の伝統を守り、朝鮮独立運動の秘密組織のアジトでもあった禅学院。数人の学生たちと共同生活をしていた南山西麓のかつての住居があったところへ寄ってみたかったが、その時間をインタビューなどのスケジュールに取らねばならなかったので、Kの自由には出来なかった。済州島から再びソウルへ戻ってくるのだから、そのときに行ってみることにして、まずは光州へ向わねばならない。

十一日昼、シゲタの同僚タヤマがソウル到着、Kたちは翌十二日、九時五分発の列車で光州へ向う。中央大教授のチョン・ユンが同行。光州では光州虐殺犠牲者たちの望月洞《マンウォルドン》墓域に参拝してから、済州行の連絡船がある木浦《モッポ》へ直行するつもりだったが、作家のソン・ウォンたちが待っている、そして光州現地で合流後、望月洞墓域に同行するということだった。これで十二日済州島到着の予定が崩れるだろう。済州島のどこにも連絡はしていないが、新聞には政府当局が「忌避人物」と見なしている在日作家Kが十二日、四十二年ぶりに故郷済州島へ入島の記事が出ているので、とくに親戚たちは警戒しているだろう。

光州まで三時間四十分。昼すぎに到着。全南大教授でもあるソン・ウォン、チョ・タムその他の人たちの出迎えを受けて、車二台に分乗して朝鮮大学校へ向う。途中、一九八〇年五月、全斗煥政権当時の光州虐殺の激戦の模様を、最後の砦だった全羅南道庁に通ずる錦南路《クムナムロ》での激しい銃撃戦で多くの市民が斃れたことなどを、ソンが窓から軀を乗り出して指をさしながら、この一ヵ月まえの出来事のように話した。窓の外の水のまかれたアスファルト道路に、鼻をつく硝煙が消えた跡のような錯覚に陥る。

Kたちは朝鮮大の総長室で人参茶を飲んでから、イ・トンミョン先生の案内で一行十名（Kたちの客人は四名）が北方二十数キロの潭陽《タミャン》へ向った。市内で食べ馴れた料理よりは純粋の伝統料理がいいだろうということだった。すでに予約済み。

イ総長は詩人キム・ジハ反共法違反などの大きな事件を引き受けてきた人権派弁護士で知られていて、彼の妥協のない権力側の非理追及とその権力の侍女役の裁判批判のために裁判官の心証を害し、却って侍女役批判を重ねて刑が重くなるといわれるほどの反骨の民主人士である。一方、侍女役の裁判官ならぬ全斗煥政権べったりの前総長を学生や教職員のボイコットで総長の椅子から追放、全学あげての要請で、ソウルから母校でもある朝鮮大学校の総長としてやって来たのだった。

屋号自体が「伝統食堂」で、二十数類に及ぶ韓国の伝統食事をする。しかも四十余年ぶりに日本社会から抜け出してきたばかりのKは、なんども深呼吸をしながら卓上の珍羞盛饌《チンスソンチャン》（大牢。ごちそう）を受け入れた。糯米、生姜、棗が原料の伝統美酒、江華酒《カンファジュ》ともども口を動かし続ける。昨夜は、二、三時間の睡眠、しかも連続の飲酒だったので、昼間からの江華酒にすっかり酔っぱらってしまった。そばのKの杯に酒を注ぐイ総長先生曰く。大いに酔いなさい。そして望月洞へ行って大いに泣きなさい。

参席者は一九八〇年五月の光州虐殺の戦火をくぐって来た闘士だけに監獄歴の話がおもしろかった。イ総長先生は後輩たちのまえでは何ヵ月入獄歴の兵卒なのだ。総長先生は入獄歴があるだけでもまだましだろう。Kの獄中コンプレックスがひどくなる。この席にキム・ミョン詩人、拷問大将がいて、言添えれば話はもっと盛り上るに違いない。来日する済州島出身の韓国の若い友人たちはどちらも民主化闘争での監獄生活の長い闘士たちだが、Kは安全地帯の日本でつねに励ましを受けている。

望月洞では地元の記者たちが待っていた。車を降りた一行は傾斜を少し上って行って、墓域の丘の上に立った。茶色のよく刈り取られた芝生に蔽われている百余墓の封墳《ボンブン》（墳墓）がそれぞれの墓碑とともに何列にも整然と並んでいた。

Ｋたちは中央の祭壇のまえに立って参拝をすませたが、Ｋは酔いに頭が燃えるようでじっと立っていられなかった。若者たちの墓列のあいだを歩きながら頭が中天の太陽の光と酔いで沸騰し、熱で膨らんだ目頭から涙が溢れ出て、Ｋはその場で声をあげて泣いてしまった。いったい、何ということだ……。溢れる涙を片手で蔽うように隠しながらＫは声をあげて泣いた。アイゴ、アイゴー……。高く晴れわたった空の下の丘の頂上で、ソン・ウォンと肩を抱き合って泣いた。死屍累々、すべてが情けない、すべてが情けない思いが酔いのたぎる熱に乗って胸を内からどんどん叩き続けた。この国は昔もいまも同じ、若者が年寄りより先に無惨に死んで行くのか……。

光州への出発に先立つ九日夕刻、ソウル北端の城北水踰里《スユリ》にある四・一九革命墓地へ、女苑社のクルマでイ・スニ記者、キム・ミョン詩人とともに向う。李承晩《イスンマン》個人独裁反対、打倒。高麗大で始まった十万デモ。死者一八六名、負傷者六千余……。李承晩大統領、アメリカへ亡命。

墓地は樹林を背景に壁画のようなシンボリックな彫刻と、大小のいくつもの白い矩形様の記念碑の集合体となっていた。寒風に頬を打たれながら、献杯のあとの焼酎を各自が口にする。四・一九革命墓地から、十二日には一九八〇年五月光州大虐殺の地、望月洞共同革命墓地へ向う。

「全羅南道庁地下室で確認されただけでも五月二十三日現在、顔を見分けられないくらい火炎放射器に焼かれ、引き裂かれた死体が四七五体あったという。（……）

私はかつてある雑文で、アメリカのベトナム虐殺、そしてソンミ事件を知ったときも驚かなかったと書いたことがあった。アメリカの虐殺の手法がすでに第二次大戦直後の南朝鮮で、なかでも一九四八年に起こった済州島四・三事件の大虐殺で披露されていたからだと書き添えながら。

従って私の衝撃と驚きは、次第に明るみに出されてきた光州虐殺の細部の残虐にはじめて接したからではなく、その殺し屋どものやり口が三十余年前の済州島事件のそれと何ともまったくよく似ていることにいっそうの衝撃を受けたのだった。」（「光州虐殺に思う」『季刊S』一九八〇年八月号）

市内に入り、ソン所長の韓国現代資料研究所へ行く。「光州民衆抗争に関連した体験談と目撃談」の収集と研究の仕事である。研究所で一休みしてから、全南民族文学協議会主催の歓迎会に臨んで、現地在住の文学者たちは、だれも何年かの獄中生活の体験者であって、その存在だけで圧倒される。

もはや二次会へ臨む力は尽きていた。Kに必要なのは休息のみ。しかしホテルへ帰ると、明日日本へ出発の同行者の一人S社のタカオの送別を口実に遅くまで杯を傾けてしまう。酒がかってに口を開いて入ってくる。

「アメリカは世界注視のなかで光州虐殺を見殺しにした。（……）そしていま米軍はその指揮下の韓国軍に光州出動許可を与えることで殺し屋どもの光州市民虐殺に手を貸したのである。（……）『破壊と殺人が乱舞する街……、一切の放送が中断されニュースが遮断された暗黒の孤島』光州は民主守護の正義と人間の尊厳のために命を賭してたたかった。役人も警察も見当たらない完全に学生市民による自治の市政管理、学生市民による事態収拾対策委の発足。三五〇〇丁の武器の自由所持とそれの回収……、光州の血の十日間は、そして市民が自ら武装して暴虐に抗し自ら自由を手にした経験は（その細部はいずれ明らかになり、この国の民主化運動に大きな力を与えることになるだろう）極めて重要な意義を持つ。あらたな意識の革命である。」（同前）

歓迎会の翌朝、ソン・ウォン、チョ・タム、チョン・ユンがホテルに訪ねてきて、朝の食事に案内されたが、そこで別れて再会を期しての乾杯。そして、また乾杯。血に染まった革命都市の文学者たち。虐殺と革命の血が飛び散ったのは一九八〇年五月、八年まえだった。詩人ムン・ビョンランは「だれが五月を知るというのか？」の詩を望月洞墓域の丘の空に向けて書く。

だれが　敢えて
五月を　知るというのか？

歴史の密意　歴史の悪意
深い鉱脈になってひそんでいる
五月の血　五月の涙を

だれが　敢えて
たやすく　語りうるのか？
五月は　五月を語る人のなかに　あるのではなく
五月は　五月をうたう人のなかに　あるのではなく
五月は　売られている本のなかに　あるのではなく
五月は　五月をかけひきする雄弁のなかに　あるのではなく

五月は　五月自身
死のなかに　にじむ　永遠の沈黙のなかにあり
五月は　五月の表象
絶叫より　もっと熱い墓にある……（後略）

五月の墓は丘の上の墓域で燃えているのだ。

民族文学協議会の昨夜の歓迎挨拶のなかで詩人ムン・ビョンランは日本での『火山島』の出版にたずさわった日本の友人たちに心から感謝致しますと述べたが、Kは同行の三人に日本語で伝えたのだった。

3

Kたちは十一時発のバスで木浦へ。木浦港に寄って、明日の船便を確認してから、海岸にあるホテルに入る。タカオは所用で日本へ出発したので、Kたちはシゲタとタヤマの三人。

植民地時代の流行歌「木浦《モッポ》の涙《エヌンムル》」で知られた岩山の儒達山《ユダルサン》へ登って海を眺めたり、夜は路地裏の居酒屋でどぶろくと豚の頭肉をかじったり、Kの酒は止むことなし。海岸のホテルで一泊。

翌日は十時出航の連絡船で済州島へ向うことになった。済州島まで約八時間、済州海の荒波を乗り切る船酔い必至の航海だが、タクシーで木浦港に着いてみると、何と、機関故障のため運休の貼り紙がしてある。

昨日、窓口で連絡船の十時出航を確認してあるんだが、どうなったのかと問い詰めると女子職員も困っていて首を横に振るばかり。

Kは洋上はるかな島影を、やがて聳えてくるハルラ山をゆっくり望みたかったのだ。天気は晴天。十一月、八四年十二月にA紙のセスナ機での済州近海飛行のときの、海上まで垂れ下らんばかりの曇天のイメージをきれいに吹き払っていた。こちらからのハルラ山の向きは北面となるが、セスナ機から望んだハルラ山は反対側の南面だった。やや稜線が穏やかである。

四十二年ぶりの済州島というのに、全く途方に暮れる思い。全身から力が地面に吸い取られて、Kはぼんやり青い、かすんだ水平線をながめていた。

夕方にはフェリーがあったが、それでは夜遅くなる。事務的な仕事でもあるまいし、闇の済州島へ、考えるだけでも四十二年の歳月がふいになりそうないやな感じだ。明日十五日は済州大で講演もある。

飛行便なら、ソウル金浦空港から済州空港まで一時間だが、木浦からの不便な連絡船にしたのは、途中で光州・望月洞墓域参拝ということもあったが、済州空港の滑走路の下に四・三虐殺当時の多くの穴埋めにされた犠牲者の遺骨がそのままであり、その上をジャンボ機で着陸したくなかったし、何よりも昔さながらに船上からはるか水平線に姿を見せてくるハルラ山を遠望したかった。

Kたちはタクシーで、済州島行の快速艇があるという莞島《ワンド》へ向った。タクシーはソウルでもそうだが、暴走ともいうべき弾丸タクシーで百キロ以上の超スピードの右側通行を、車の少ない国道のセンターラインすれすれに飛ばす。同じように超スピードの車が前方から走ってくるのだから、Kたちは息を呑んで声を上げかける……。Kは鋭い風の振動を起こして対向車と擦れちがうたびに、心臓が痛いほど動悸を打つ。

対岸から自動車道路で繋がっている莞島に到着。途中の沿道にハングルで「멸공（滅共）、방첩（防諜）、XX경찰서（警察署）」のスローガンや「간첩（間諜）の申告」、つまり密告、自首の勧めの同じいくつもの立て看板が眼についた。「恐怖におののくことなく、自首と光明を求めよう……」莞島港旅客ターミナル構内の莞島警察署臨検所の壁にはどれもハングルの大きな告知が貼りつけてあった。

「間諜申告、対共相談。自首間諜＝定着金支給。生活保障。申告賞金＝三千万ウォン。申告相談＝自分及び秘密保護。申告電話。光州×××番。国家安全企画部、対共相談所」

午後三時発、五時三十分着の快速艇の切符を買う。二時間三十分。早い。呆気ない気がする。早すぎる。旅客ターミナルのまえの食堂の二階でゆっくりした昼の食事をとる。

莞島を出発した快速艇は晴天の穏やかな海を走った。海は静か、波をえぐり飛ばして轟音を立てながら、船体を半分浮かして走る。数百トン級の快速艇。酒が抜けていない頭が、爆発するエンジンの轟音と震動で殴り続けられていた。

船に乗り込んで失望したのは当然のことながら、船室の外に出ることの禁止だった。椅子に固定されたような〝軟禁状態〟の、甲板に出て潮風に当って直接海の空気を吸うこともならぬ船で、それが四十二年ぶりの船旅か。四十二年前のそのときは、まさに波に呑まれる一葉片舟、十トン内外の木造密航船だったのだ。上下する船の、海水の飛沫をかぶった窓に遮られてすぐにははっきり捉えられなかったが、夕暮れの空を背景にハルラ山のシルエットがかすんで聳えているのが見えた。アイゴ……。Kは小さく叫んで息を吐く。内側からハンカチで窓のガラスを繰り返し拭いても、海水の飛沫を防ぐことは出来ない。眼のまえに飛んできて窓ガラスを叩きつける海水の飛沫が見えるだけだった。乗客たちの息吹きで出来るガラスの曇りは拭き取れるが、それだけでも窓ガラスの向うの視界はよくなる。

やがて、次第に輪郭を整えてくる島影を認めることが出来た。ハルラ山の東西に限りなく海へと延びる稜線が視界の左右から消えて、船は済州島の間近に迫っていた。済州島に近づいたようだったが、海辺に丘を背景に大きな何本もの立ち並んだ煙突がぼんやり見えたが、一瞬それが奇異なものに感じられて、違和感の苦汁が軀にひろがった。昔はなかった光景である。いや、これは他郷ではない。

埠頭に横付けした船の甲板の舷側に乗客たちがしばらく並んだが、埠頭は昔のように空の下の開かれた空間ではなく、眼前に迫った巨大な建物に囲まれた感じの、いきなり建物のなかへ吸い込まれる旅客ターミナルの構内へ人々は流れて行った。

眼のまえの窓のない建物が大きな壁のように視界を遮っていた。ここはどこだろう。Kは四方が塞がれた建物の混雑のなかで、しばらく立ち止まった。

「Kさん、どうしました?」

ようやく故郷の地を踏んだKの視界の、眼前の巨大な建物の向う側、歳月の彼方のまともに海に開かれた視界に小さな港のずんべらぼうの埠頭がひろがっていた。岸壁に波濤が砕け散る。

「いや、何でもないんだ。昔はここにこんな大きな建物などなかったんだから」

「昔って何十年もまえでしょう。四十二年といえば半世紀ですよ。港も変りますよ。その港が無くなっていたり……」

「港が無くなって、何になるんだ?」

「それは分からない。済州港は無くなっていないじゃないですか。半世紀で大きく変ったということでしょう」

Kはうなずく。

「これが、四十二年ぶりだな。ソウルだって、全然変っていたんだから。それにしても、さっぱり分からん」

埠頭でゆっくり立ち止まって感慨をおぼえるといった、そのような場所ではなかった。市場のなかのような喧騒。港の大規模な変貌が圧倒的で、それにひどく混雑しているものだから、いったい、ここが昔のかなり広い港のどの辺りに出来た埠頭なのか、その位置すら見当がつかない。

雑踏にもまれながら、Kの頭の一方ではずっとはるかハルラ山の姿を探していたが、建物が切れた埠頭の端のほうに空間を見つけて駆け寄ると、果たして暮色にかすんだ空の果てに悠然と聳えるハルラ山の藍色のシルエットがはっきり眼に飛びこんで来た。急いでカメラを向けたとき、どこから出てきたのか、三、四人の男に制止された。シゲタとタヤマがKの両側にぴたりと寄り沿うように突っ立った。男たちは二人に眼を向けたが、何とも言わなかった。Kはハルラ山を写すんだと抗弁もせず、口を動かすのもいやだったし、相手もそれ以上、付きまとわなかったので、黙って後戻りをする。公安だ。

あらかじめ到着の日時を関係者に知らせなかったことを後悔した。新聞には十二日に済州島へ木浦から船便で到着と報道されていたが、Kは二日遅れの入港を現地のだれにも知らせていなかった。ひっそり上陸したかったのだ。Kの頭は四十二年前のままだった。自分に呆れながら呆れている余裕もなかった。四十二年昔のままの人間がいまここで動いている現実が自分だった。

旅客ターミナル構内の公衆電話でホテルへ予約なしのぶっつけ本番の電話をしたが、なかなか繋がらない。

外の大通りに出たところが、いったいこれはどこの町なんだ……。知らない町だった。アイゴ、ここはどこなんだ、いささか面食らってぼんやりしていると、タクシーの運転手に声をかけられた。日本からの客人だと知って案内してくれたのは、余り遠くない、海岸べりの道路に沿って二、三並んだ豪華な、ソウルや東京のど真ん中にあるようなホテルだった。港から三、四分、それも弾丸タクシーでない、ゆっくりした車のスピードだった。それだけで気持ちが落ち着く。ああ、やっと方向感覚が蘇って、これは山地《サンジ》港埠頭から西方の塔洞《タプトン》であり、昔の一徒里《イルトリ》、「火山島」の李芳根家から北へ歩いて数分の岩場の海岸だった。昔は済州港を山地港と呼んでいた。車からは岩場は見えない。堤防とテトラポッドのさらに向うのようだった。すべて埋め立て地である。

ホテルでは三人それぞれの部屋を取り、夕食をすませてから、各所へ電話をして連絡を取る。済州大のコウ・チャン、作家オ・ソン、済州新聞ヤン・フン、キム・ジョン、叔母の息子のオンギ従兄。

一体、Kたちは快速艇のタラップを降りて旅客ターミナルの外へ出るまで、混雑のなかのどこを歩いて埠頭の外へ出てきたのだろう。頭の羅針盤が故障、雑踏に押し出されるようにして外へ出てきたのか。上陸早々道に迷うなど考えられないことだった。Kの顔を知っているのは従兄のオンギしかいなかったのだが、新聞に出た小さな写真程度では動く混雑のなかでKを見つけることも出来なかったのだ。

約束のないまま出迎えに出た人たちは埠頭の混雑からKたちを探せないまま戻っていたところだった。新聞報道の到着予定から先刻までも、木浦から連絡船が、フェリーが、莞島から快速艇が到着するたびに埠頭へ迎えに出たという。Kの頭のなかには出迎えの人たちのことはなかった。そこまで考えが及ばなかったのだ。申しわけない。まず親戚への連絡である。西帰浦《ソギポ》副市長をしているというヨングにオンギが電話をして、一言、二言話していたが、何だか様子がおかしい。オンギがKに電話を替れと、受話器を渡す。

「ヨボセヨ（もしもし）、ヨングか、わたしはKだ……」

「イエ、イエッ、イエッ……」

「久しぶりだな、元気でいるのか……。オモニも……」

「イェッ、イエッ……」

四十年以上も以前の少年の頃に会ったきりの又従兄弟（六寸《ユッチョン》、六親等）だった。韓国では父が従兄弟同士の極めて近い親戚である。公務員の相手は政府登録の「忌避人物」、パルゲンイ入島で恐れていた本人の直接の電話に驚き、恐れをなして受話器を握ったまま凍てついてしまったのだ。これが近い親戚の出迎えだった。

「チャル　イッコラ（元気でいろよ）」

　Kは電話を切った。

「どうして、電話を切ったんだ？」

「パルゲンイの親戚が上陸したもんだから、恐れているんですよ。……挨拶の声も出ないんだ」

「そういえば、彼は西帰浦の副市長だからな」

「四・三病、四三病《ササムビョン》、四・三恐怖症だな。兄《ヒョン》ニムは四・三恐怖症でないんですか？」

「きみは何かの病源体か。四・三病は精神科の病院や研究者、学者がつけた名前なんだ。ま、副市長ニムはたしかに四・三恐怖症だな。ヨング、彼は副市長の公務員だな。公務員はみなそうだよ」

四・三病、四・三恐怖症、四・三後遺症は四・三から四十年が経ったのに消えない。症状がはっきりしたときはトラウマになって出てくる。光州のようにはならない。完全に反共が愛国だ。

　長いあいだの軍事独裁政権の恐怖政治の結果なのだ。済州島民は外部からの強大な権力による記憶の他殺、島民自らの恐怖からくる記憶の自殺で、四・三虐殺の記憶は地下の凍土に埋めて殺してきた。こうしてこれまでの済州島には四・三の歴史がなかった。四・三ジェノサイドの歴史は何十年も無かったものとされて来たのだった。

昨一九八七年六月の百万デモ、六月革命以後、盧泰愚《ノテウ》軍事政権は民主化宣言を発表、十二月に大統領選挙、同じ盧泰愚政権の誕生。済州島は四・三恐怖病のために民主化の進行がかなり遅れているのが実態だろう。光州・望月洞の丘には一九八〇年光州事件虐殺による犠牲者たちの墓列が並ぶ。

済州島では国際空港の滑走路の下に四・三当時の虐殺死体が穴埋めになったまま放置されているが、口にするのはタブー。去る六月のソウルでのKの『火山島』出版記念集会参加予定が韓国への出発直前になって入国禁止。Kは集会に送ったメッセージに済州国際空港滑走路の下の穴埋めになっている数百か数千かの遺骨を掘り起こせと書いたが、それが最初の発言であり、そして一つの風穴である。

出来れば十日間の滞在中にヨングではない他の門中《ムンジュン》の世話役のような親戚に案内させて、祖父や父の、どれも平地ではない風水説に則った中山間地帯にあるだろう山所《サンソ》（墳墓）の墓参りを考えていたが、どうだろう。Kの済州入りに親戚たちは恐れをなしているのではないか。アカであろうがシロであろうが、父祖の墓参りの遮りになるものではない。孝は忠に勝る至上の徳なのだ。忠孝ではない。孝忠である。しかし、これはかつての話。一九四八年、四・三虐殺当時は、父祖の墓を暴く以上の肉親の虐殺死体を肉親が穴埋めにする。虐殺者のまえで、肉親が肉親を殺す……。虐殺死体はすべて反共立国の国是に反する暴徒、パルゲンイ、幼児も、妊婦の腹に宿る胎児もパルゲンイの種。パルゲンイの種を残さぬために妊婦の腹を割いて子をも殺す……。これが一九四八年建立の大韓民国の済州島、世界から閉ざされた密島で何万もの島民があれこれの形で、つまりレッドハンターの形で人間をモノ扱いにして殺された。それが大韓民国の済州島である。

大韓民国。親日派政府、アメリカ帰りの李承晩は親日派ではなかったが、政府の地盤はかつての親日派――日本帝国天皇の忠良な臣民であり、アメリカ軍政統治の八・一五解放後は親日から転身した親米派、親日民族反逆者だった。その政府軍警によって四・三虐殺の陰の主導者アメリカ軍の指揮下で何万もの島民が虐殺されたのである。済州島は死の島、歴史から消えた島。

それから今日まで半世紀近い。韓国民主化運動の波に乗って、いま四・三解明の声が上りつつあるが、死に近い忘却の果ての地底で凍てついた記憶の地上への復活は遠い。

同行の二人は一九八三年完結の『火山島』第一部、八六年から雑誌で連載中の「火山島」第二部の担当者だけに、韓国、そして済州島も初行だが四・三事件については無知ではないのだ。「火山島」が四・三事件に関係する、いやテーマとする文学作品であることに深い関心を持っているのであり、そして済州島入りをしたばかりだが、光州との温度差は体感として感じ取れるものだった。

八・一五解放後に日本から引揚げたオンギはシゲタに、二人は三人兄弟のようにKを真ん中にして守ってくれていましたね、と言った。

「そうですか。埠頭はすごい雑踏でKさんも困っていたけれど、二人はことばも分からないし、埠頭の外へ出てからでも一緒でないと互いにはぐれてしまうでしょう。Kさんがたよりで、Kさんが行方不明になったら、二人は迷子になりますよ」

「たよりないものを、たよりにしたもんだな。四十二年前の山地港、ここは山地港だった。そのときの埠頭を考えたら、いまの埠頭は別世界。だれもが迷子になる。どこなのか分からなくなってしまうな」

ソウルでも集会などで、K先生同行の日本の友人たちはボディガードか、韓国がそんなに危険なところか？　ちょっと皮肉のような歪んだ顔付きで、何かの記者だったが、そう言っていたものだ。たしかにそのように集会などへ行ったときは、ずっとぴったりKの両脇を固めるようにして二人が立っていたのだ。何しろ、韓国政府から忌避人物と指定されているんだから、当事者としては敵陣のなかにいるように緊張するだろう。

「Kさんはね、ソウルでもそうだが、何かあると、車が走ってきているのに歩道から車道へ飛び出したりするんですよ。まるで子供なんだ。周りに注意をしないんだ。外を歩いているときは大変なんだ。ソウルの車は暴走なんですよ」

「そうかな……」

Kは何を、突然そんな話を持ち出すのかなと首をかしげながら、たしかに思い当る……。Kさん、危い！　歩道から踏み出した自分を、手を取って叱られたことを思い出す。そう、一度や二度でないんだ。交通事故からのボディガードだ。周りに注意しないよりも、四十二年ぶりにソウル街頭に立って昔の記憶を辿りながら過去のなかへ足を踏みこんだりしたのが、歩道から外れて車道へ踏み出したりしたんだろう。四十二年前と現在の二重写しに引き込まれたり、四十二年前のいまが渦巻いているカオスだったのだから、足もとが浮いていたんだ。

「西帰浦副市長の親戚はKの電話に慄え上っていたんだが、済州島は『火山島』がテーマにしている四・三暴動《ポットン》はタブーなんだ。共匪《コンビ》たちの被害者も済州島には多いんだよ……」

「兄ニム、共匪とか暴動とか。共匪は止めなさいよ。ゲリラとは言わないまでも山部隊《サンブデ》と言うべきです。遊撃隊ですよ。四・三暴動とか、暴徒とか、済州島の人間の口癖になっている。兄ニムもこれを当り前に使っているんだから。済州島は光州とは違うんだな。ソウルでも極右はさておいて、四・三暴動とか共匪とは言わないですよ」

「ああ、分かった。ホテルのロビーでは声が大きすぎるか」

「声が大きくなくても聞こえますし、戒厳令は昔の話で、私は日本から来た一過性の過客で、現地の人が、つまり兄ニムたちがですよ、その現地の人が言えないことをかなり入りこんでしゃべって、逮捕でもされない限り、この地を去るということですよ。四十二年ぶりに帰ってきた故郷で、こんなことを口にするなんて……。明日済州大で予定の講演でKが話すことの内容を当局は大体予想していながら、禁止は出来ないんだから。そこまで来ているんでしょう」

「うん、分かった。ヨングのことはちょっと驚いたんだが、しかしヨングのあのような出迎えか、対応か、そういうこともあるんだ……。それが済州島の時勢、世の中。四・三に続く六・二五（朝鮮戦争）だろ。私は六・二五のあとで済州島へ戻ってきたんだが、ここで生き抜いた人はただ何とか食べて、飢えないことが生きることなんだ。解放後、独立した祖国だと日本から帰ってきた人間が、再び済州島を脱出して日本へ密航して行ったんだが、日本へ着いてからでも発見されて逮捕されたら長崎の大村収容所、それから韓国へ強制送還。韓国では死刑が待っている。済州島で親戚どころか、親、兄弟でも敵になり、西北《※ソブク》討伐軍や警察から殺し合いをさせられる。西北、西北青年会のことは

Kも知っているだろう。共匪のせいなんだ。悲しいことだ。そこのパルゲンイのレッテルがついたKが、日本からソウル、光州へ、そして故郷の済州島へ四十二年ぶりに入島してきた。西帰浦市庁へ直接電話がかかって来たもんだから、それはびっくりしてヨングもうまく挨拶が出来なかっただろうと思う。それが済州島だ。KはKでさびしい思いをしているだろうが時勢がそういうときだから、理解してやる必要があるよ」

「いや、私も懐しい思いで話しかけただけで、理解も何も……。よく分かりました。私は電話をして、すまないことをしたと思っています。ヨングの話は打ち切ります」

「済州島でも『火山島』が入ってきて読まれているが、ソウルとは違う。ベストセラーになった小説でも、済州島では話題にしていない。この春、政府が一時禁書にしてから解禁になったんだが、『火山島』のテーマの四・三暴動は済州ではタブーでないタブーで、まだ光州みたいに動いていないんだ。四・三の言動は非法ではないが、島民の感情なんだ。済州島は共匪の被害者も多いし、島民同士の、村が二つに割れて対立分裂しているのが実際なんだ」

「イェー。日本から来た私が言うのは僭越かも知れないが、公然と口にする人がいないじゃないですか。ソウルでも、『火山島』が話題になったことが大きいのですが、ようやく四・三は一部では公然と話題になっています。私は大学などの講演で四・三を話してきたんですから。明日の済州大学での講演会でも勿論話しますよ。さっき、共匪のことを言ったけれど、〝共匪〟はもともと日本語で、第二次世界大戦中中国東北、旧満州での抗日ゲリラに対する日本軍の命名です。済州島のゲリラが共産匪賊ですか。ゲリラやパルチザンでなくてもよいから、共匪、それはやめて、改めて山部隊とでも未来のために使うべきだと思います」

「去年の軍事政権の民主化宣言、それから十二月の大統領選挙で民主化運動が盛んになったが、済州島はソウルや光州とは違う。済州島にはいつまでいるんだ？」

「一週間から十日間ほどです」

「墓参りをどうするんだ？」

「イェー、それを考えているんですが、分からない。祖上《ジオサン》（先祖）の墓の管理はイングに委せてあるんです」

「イング……。Kが入島したら一緒に三陽洞《サミヤンドン》に行くからと電話してあるんだが、イングは居留守を使うよ」

「居留守？　何ですか。三陽洞へ来るなということですか？」

「きみを避けているんだよ。きみが訪ねて行く時間にはイングが家にいないということだが、その墓参りのことは考えるな。どこか遠いところだよ。私は昔、オモニに連れられて母方の祖父、それから伯父さん、私のオモニの兄さん、きみの父だよ。それらの墓は一回や二回行って分かるところでない。中山間地帯の山あいのところだ。墓参りは考えないほうがいい」

「……」

「それが、四・三だよ。さびしく思うな」

「さびしく思うも何も……。そんなことではないでしょう。サ・サム（四・三）、四・三……」

「ここでは、あんまり過激な話は注意したほうがよろしい」

「イェー、日本から来た人間が何を必要以上のことを言えますか。話す必要があること、故郷の人たちがはっきり口に出せないことを話しますよ。チョントゥルのことも」

「なにッ、チョントゥル？　飛行場のことか？」

「イェー、あしたの講演でも済州新聞のインタビューでも、これはだれかはっきり形のある発言をする必要がある。戒厳令は昔の話で、私は日本から来た一過性の客人なので無責任な立場かも知れませんが、明日、済州大での講演会でKの話すことを当局は大体予想しながら、禁止は出来ないんです。そこまで時代は来ているんでしょう？」

過激なことば……。帝国ホテルでの韓国大使館ハン参事官のこのことば、過激なことばを話されるときはこの私の顔を思い浮かべて下さい。オンギ従兄の過激のことと、参事官のそれとはどう違うのか。帝国ホテルでの参事官の手にはKの韓国入国許可証明書があった……。

済州島では一般的なことであって、その代りになることばが無いのだろうが、オンギは共匪、暴動、暴徒……。Kの耳障りなことばを残して、八時過ぎに東部行バスで隣り村に当る禾北洞《ファブクドン》へ帰って行った。仕事は公務員ではない。市内にあるゴム製品協同組合の顧問だと言う。停年が過ぎたところらしい。公務員だったら、済州道庁か市庁の職員だったら、西帰浦市庁のヨング同様、埠頭などへ出てくることはないだろう。埠頭には遠望のハルラ山にカメラを向けるKを遮った公安がいたが、他にも複数の私服が張っていたはずだ。金浦空港での歓迎横断幕をひろげた歓迎集会で空港警察と衝突があったように、埠頭の旅客ターミナルのまえで歓迎集会をやっていたら、たちまち警官出動、催涙弾が飛んでくるかも分からない。辛いにおい、メウン・ネムセ。済州島でいまそれはあり得ない。あってはならないし、静かでなければならない。

海に面した部屋に戻ってから、隣室同士のKの部屋で冷蔵庫から取り出したビールで、大変な弾丸タクシーと普通でない爆発エンジンの快速艇の旅の果てからの解放の乾杯をしてから、それぞれの部屋へ戻って行った。

Kは連日の睡眠不足で疲れ切っていた。よく持ちこたえたものだと安堵しながら、ソウル到着後、初めて心身が解放された時間に入った。それは眠りだった。外は海、夜の海。静かな海だ。風のない、風多の済州島。


翌朝、十時半に迎えに来てくれたコウ・チャン教授の計らいで、ホテルを新済州市の山手地区の傾斜地帯の単独に建っている瀟洒《しょうしゃ》なPホテルに移した。海側には済州国際空港滑走路の全体は見えぬが、滑走路の北東部の末端の広大な敷地の辺りがかつての集団死刑場で、無数の千は下らない虐殺死体が埋もれたままになっている。その辺りへ視線が行き当ると、胸がぎくりとして咽喉元から酸っぱい苦汁が沁みてくる。

こぢんまりした白亜のPホテルは街の中心部から離れているせいか、昨夜泊った豪華観光ホテルとは違って日本人観光客がいないのがよかった。埠頭からのタクシー運転手はKたちを観光客並みに扱ってくれたのだった。四十二年ぶりの故郷へ、虐殺の島へキーセン観光で来る人間もいるだろうか。旧市内の豪華観光ホテルが並ぶ界隈には特別料理店があって、そこで女性と食事をともにしてからホテルへ行くことになるらしい。観光地として開発中の済州島はとくに日本人客にはビザなしで出かけられるところで馴染みの手軽な遊興地であり、特別料理店は彼らを対象にしている。関係女性は七、八百名、ほとんど本土からやって来た女性であり、済州島出身者は本土へ出て行くらしい。キーセン観光、売春観光だ。南の島、楽園、春の新婚旅行の島……。かつての虐殺の島。観光客とか、一般に出入りする人たちは虐殺の島などということは知らない。豪華ホテルのロビーのシャンデリアの輝きの下につながるところの地の底には虐殺の死体が埋もれたまま。

エレベータで、Kが同乗しているのに日本人観光客が相手女性の〝品定め〟を笑いながらしたり、ロビーを日本人客が女の腰に手を廻して、よく聞こえるざれことばを交わしながら大股で歩いて行くのは見苦しい。

グリーンの絨毯が敷かれた、豪華ホテルの何分の一かのロビーの観光客のいないPホテルの空気はすがすがしい。

Kの部屋は五階の南向きの一室だった。その南向きの窓を開いたときに、アイゴッと驚いたのは、何とはるか彼方にハルラ山が見えるではないか。真正面の彼方の青い天空を背景に、ハルラ山がはっきり稜線を描いて雄大な美しい山容を見せているのだった。一年中、雲に隠れていることが多いというハルラ山が北面の切り立った渓谷の深い影を見せながら聳えていた。Kはしばらく突っ立ったまま視線をしぼる。あの中腹辺りにある観音寺が頂上への登山口になるのだが、その観音寺への径の登山口が山泉壇《サンチョンダン》。

シゲタ、タヤマはそれぞれ五階の部屋を取って残り、Kはコウ教授の車で済州大へ向った。二人は市内見物の予定。車はハルラを横断する山越えのアスファルト道路を走って、高原地帯の素晴らしい自然環境の大学のキャンパスへ向う。コウ教授は体制色の強い大学で数少ない民主化闘争を続けてきた少壮政治学者。

「……山泉壇。そうですか。遠い昔の山泉壇なんだ。余り遠くないから、先に山泉壇のほうへ案内致しましょう」

「昔はこんなアスファルト道路は考えられなかったんだけれど、石だらけの山道でね、この道を山麓のほうに上って行けば、山泉壇村があったんだけれど……」

「山泉壇村ですか、村ですか？」

「農家が十軒ほど集まっていたけれど、四・三のときの政府軍の焦土化作戦で焼かれてしまったんじゃないか」

「……」

車は高原地帯の横断道路を真っ直ぐに走ったが、しばらくすると停車。

「ここが山泉壇です」

「なに？」

鬱蒼とした巨木の群れが深い影を落としているが、辺りは広大な野草地帯のひろがりだった。

「ここが山泉壇だと……」

「イェー」

「私が訪ねる山泉壇ではない。山泉壇が新しく出来たのかな。松の巨木が立っているけれど、何もないところだ、ここは。ここは山泉壇ではない」

昔の山泉壇を知らないらしい。いや知らないコウ先生は、これは山泉壇でないと不思議がるKを不思議がっていた。不思議なことだ。

山泉壇は城内《ソンネ》――旧市内から上ってくる場合のハルラ山登山、そしてハルラ山中腹にある観音寺へ行く途中の中継地で、辺りは樹木に蔽われた崖地になっていた、崖の下は崖っぷちの村道になっていて、その道端のさらに低い傾斜になった平地は十軒ほどの農家の山泉壇村だった。

崖は岩山の岩壁があって、村道から分かれた崖際の細い坂道を上って行くと、八株の高さ二十数メートル、樹齢七百年の黒松が鬱蒼と立っている平地の樹林へ出てくる。かつて岩山の洞窟に一人の老人が住んでいた。背の低い筋肉質の軀の石頭。寝床は洞窟の入口のそばの岩床の上に筵一枚を敷いたのがフトン代りであって、雪深い厳冬のさなかでも粗末なチョゴリ、バジ（ズボン）穿きで起居していた。しかも裸足だった。ひび割れを重ねた足裏が靴のように固くぶ厚い。洞窟にいるときは、いつも木鐸《モッタク》（木魚）を叩いて読経ばかりしているので、人々は老人を木鐸令監《ヨンガム》、木魚老人と呼んでいた。

『火山島』に山泉壇洞窟の木鐸令監が出てくるが、李芳根も、そして年下の友人南承之《ナムスンジ》とも老人は機会があるごとに会っていて、李芳根の妹の有媛《ユウォン》も兄に同伴、この怪異な雲上の老人と手を合わせたこともあった。城内の李芳根家から歩いて上りが六時間、下りが四、五時間かかる。

古代朝鮮、さらに新羅時代から、ハルラ山神祭、天祭をハルラ山頂の火口湖白鹿潭で行なう代りの場としての祭壇を、朝鮮朝（李朝）時代に山泉壇に設けられた神域であり、八株の黒松の巨木は神木である。

いま茫漠としてひろがっている野草地帯に聳えているのは、その辺りだけが鬱蒼とした八株の黒松の巨木の茂みだけで、小高い丘と谷も岩山も、山泉壇村は四・三当時、政府討伐軍による全島焦土作戦で焼却されたとしても、洞窟がある岩山が消え去るとは……。

車外に呆然と立ち尽くしたままのKのまえにひろがる茫漠とした草原地帯はやはり山泉壇ではなかった。どうしたことだろう。どこへ来ているのか。これがもし山泉壇なら、ここにいるKはKではない。Kは自分の過去が、この地に立つ足もとから自分の存在が否定されるような眩暈に襲われた。

頭上高く天を蔽わんばかりに枝を張る鬱蒼とした茂みは何か。これこそ山泉壇の神木……山泉壇。Kは頭を二、三度左右に振りながら、最寄りの黒松に近づいた。そして蔦に蔽われている巨大な幹に上半身を寄せて両手をひろげて抱く恰好をした。幹の半径の部分にも達しない。アイゴ、やっぱり、これだ。山泉壇だ。調べたことがあったが、人の胸の高さで幹の周囲が数メートル～六メートルあるという。巨大な鱗の群れのような樹皮をした幹の一方は、蔦が反対側の幹のほうに巻きついていなかった。Kが接したほうの樹皮が露わなのは、北に面していてつねに風多の島の北風に吹き曝されているからだろう。海岸地帯の樹木が山の方向に折れ曲っているのは強い風のせいで、それらの樹木を風傾樹と呼んでいる。

「アイゴ、行きましょう。ここを立ち去りましょう」

「先生ニム、どうかしましたか?」

「どうも、昨夜は眠りすぎて頭がちょっと呆けたのかな。旧城内から山泉壇まで六キロはあるでしょう」

「イェーッ、先生ニムはよく存じていますね。呆けてなんかいませんよ」

「昔は石だらけの、石の突き出た道を歩いて城内から六時間かかったんだ。半日ですよ。今どき、そんな人はいませんがね。昔はみな歩いていた……」

Kはこれ以上話さないことにした。互いに変になるだろう。十年経てば江山《カンサン》も変ると言われるが、四十二年……。山泉壇の消滅。いや、眼のまえに聳える八株の黒松の巨木。樹齢七百年、高さ二十余メートル、幹の周囲六メートルの神木の存在こそ山泉壇。しかし昔の山泉壇ではない。山泉壇はどこへ、山河はどこへ行ったか。

山泉壇への道、このアスファルトではない石だらけのハルラの麓に向う険しい道を、李芳根が、有媛が、そして南承之が歩いたものだ。南承之はゲリラ隊員として、洞窟の外の松林にまで響いてくる木鐸令監の朗々とした読経の声を耳にしながら、李芳根は洞窟の入口に背を屈めて軀を入れる。

アッハム、木鐸令監の歓迎の咳払い。咳払いが洞窟内に響く。

山泉壇の洞窟のまえに李芳根が立っていた。Kが李芳根のように立っていた。Kが山泉壇に立っていた。Kのまえに『火山島』に描かれている、いや実際に存立している山泉壇が、山泉壇の岩山が、谷が、小高い丘が、高原地帯がひろがっていた。そこに李芳根の影が立つ。

李芳根は殺人を犯すかも知れない。そして現実に殺人を犯したときは、彼自身が岩山の洞窟のそばで自ら命を絶つかも……。

なぜ、殺人を……か。彼のなかでかすかに胎動しているようなものが漠然とした殺意の兆しか。それは『火山島』第一部の終りのあとがきに書いたような漠然とした予感である。

「……小説が終ったいま、登場人物たちの何人かに小説の世界からこのあとがきのなかまで出てきてもらうことにしたい。（略）この小説の終りまでソファに坐って酒を飲みつづけている李芳根は、ユダは柳達鉉《ユタルヒョン》ではなく、どうやら親戚の一人である鄭世容《チョンセヨン》の形を取って身辺に現われてきた感じになるのだが、そのとき鄭世容の周りをでんぼう爺いと朴山奉《パクサンボン》の影が互いに絡み合いながらまといつき、まるで巫夫のような異様な舞をするのを見て、李芳根は慄然とする」それは巫夫のような異様な舞。黒い頭巾をかぶって太刀を振り廻す首斬り役人の姿ではないか。

「李芳根は、第十二章六節の梁俊午《ヤンジュノ》の下宿で南承之と会ったときの会話のなかで、殺人を否定してこう話している。『……しかし人間は人を殺すまえに自分を殺さねばならない。従ってもっとも自由な人間は人を殺すことはないだろう。殺すまえに自らを殺して、つまり自殺するってことだから……』。とすると、李芳根のなかの殺意と、そしてそれの実現は彼の論理に矛盾し、それを崩すことになるのではないか。もともと私はこの小説を書きはじめるとき、李芳根については、彼はいつか自殺をする男ではないかと考えていたが、もし彼が殺人を犯すことで自殺をせずにすみ、そして生き延びるのであれば、それはそれで小説の世界のそれなりの進展を望めることになるだろう……」

「先生ニム、納得しましたか？」

「サンチョンダン、変ったんだな。天空に聳えている八株の黒松の樹に会っただけでも幸いです。これらの八株そびえた黒松の大木は山泉壇の他にはありません。カムサハムニダ（感謝します）」

群立する黒松の大木の樹間を抜けて向う側へ出て行かなかった。小さな雑木林が影を作り、背の高い雑草が茂っていた。

太陽は中天に昇っていて、ほとんど風がない暖かい日だった。「走石飛沙」、風多、石多の島にしては珍しい。この二、三ヵ月、韓国で続いている旱魃のせいらしい。石が走り、砂が吹っ飛ぶ風が吹きまくり、荒れる海は日夜咆哮する。冬場の海の風は刃となって人の頬をえぐる……。その風がないアスファルトの路上は陽炎が燃えたちそうだった。

「行きましょう」

Kはハルラ山に向き合って、立った。ぐっと近くに迫るハルラ山をしばらく仰ぐと、心が鎮まる。二人が乗り込んだ車はバック、ハルラ山に背を向けて講演会場の済州大へ向った。まだ昼まえ。講演は午餐を挟んで午後になる。車中の後部座席でKは、いやいや、うん、首を横に振り、縦に振っていた。山泉壇の岩山の洞窟、住人の木鐸令監、茫漠とした野草地に立って、ここに洞窟がある岩山が聳えていた……。これはまるで夢のような話であり、実際夢を見たのだが、夢に岩山の洞窟がある山泉壇が出てきたということは、その岩山の原型があってのことだった。夢のなかで、無から山泉壇の創造はむつかしい。あり得ないのだ。

車は途中でアスファルト道路を右折、東へ一直線に大学のキャンパスへ向う。

講演はソウルでもあった。講演のために韓国へ来たのではない。四十二年ぶりに、長すぎる歳月のために、そして故国故に、故国へ来たのだ。そして「火山島」の取材のために。個々に対する取材ではない、韓国の地を踏んで、山野の、海の匂いを嗅ぎ、山泉壇の神木の樹皮に触れるのが、感じるのが、ことばではない取材。

済州島にはことばがない。観光開発都市、カジノの都市西帰浦副市長のヨングのように、ことばが出てこない。全島の地中に散らばった無数の虐殺死体のように、ことばは半世紀この方地下に沈んだままだ。豪華ホテルのロビーの明るいシャンデリアの光のように、ことばが蝶のように飛び交う。音楽が流れる。精液が垂れ流される。

済州島にはことばがない。記憶が抹殺されてことばがない。虚偽のことばが羽ばたいて馴染みのことばになった。パルゲンイの種だと妊婦の腹を割き、虐殺をほしいままにしたジェノサイド。四・三の事実は恐怖のために記憶されない。記憶が抹殺されたところには歴史はない。歴史のないところに人間は存在しない。強大な権力による記憶の他殺。他の一つは恐怖に戦く島民自らその記憶を忘却のなかに放り込んで殺す記憶の自殺。

ことばが出ない。ことばが軀から離れない。ことばが離れようとしても恐ろしい苦痛で、ことばが軀から取れない。済州島東端の牛島《ウド》の絶壁の蔭の砂浜で、討伐隊に輪姦されて死んだ女たちの、死んでも忍び泣くその声が海風に煽られて村に届いてきた。血まみれの半裸、全裸の女たち。月光を反射した波打ち際で海藻か、髪の毛のように揺れている長い陰毛。月光に照らされて顔が露わになった美しい女たちが殺された。生き残って一人で帰ってきた女は口を閉じた。そして啞《あ》になった。ことばが出ない。絶壁の下の砂浜で殺された女たちの、一人の生き残り。その老女が、討伐隊の輪姦のただ一人の生き残りの老女が、もう何十年も前のことなのに体験の証言を、心身の痙攣を起こして話せない。話せない、話せないともがき、胸を掻きむしりながら失神する。

かつての女体への拷問の暴力が、いま時空を超えたその身体で苦痛を再現させるために、ことばが肉体を離れずに拒絶する。

ことばを放て……ことばがへばりついた肉体からことばを離そう、ことばを子供が生まれるように軀から取り離しましょう。トゥタン、トゥタンタン……。巫女が歌い、巫女が踊る。月光が反射する海辺で巫女が踊る。ことばを放て……。

まだ地中深く、限りなく死に迫り行く深い忘却のなかで、記憶は凍てついたままだ。ようやくいま、徐々に民主化の進展とともに陽光まぶしい地上に、記憶はことばを乗せて噴き出しつつある。集会は講堂を埋めた二百余りの学生たちの「眠らざる南島」の大合唱の熱烈な歓迎のなかで、コウ教授の司会で開かれた。ソウルの新村の深夜の大学路界隈での大合唱が轟くこだまのように重なってきて繋がる。

Kは故郷の地で、若者たちをまえにした会場で、咽喉が詰ってすぐには話を切り出すことが出来なかった。唾を嚥み込む沈黙が必要だった。四十余年ぶりにやって来た故郷の禁忌の土地に両足を立てて四・三事件について語るなど、一年まえまでは考えられぬことであり、そして韓国で、まして済州島で公然と口にすることなどは出来なかった。これまで徹底して隠蔽されて来た大虐殺が民主化のたたかいのなかで、ようやく少しずつ明るみに出るようになって来たが、禁忌のヴェールは取れていない。

講堂は学生たちで満たされていたが、ところどころ空席が見受けられた。どの集会も立席になって溢れていたソウルの講演会とは温度差がはっきりしていた。それだけ参加学生は意識的だった。

講演会には反共連盟幹部や、反共イデオロギー宣伝雑誌『観光××』社長等、極右たちも参加。講演後にKをとらえて、執拗にあれこれと話しこんで来て離さない。まずはインタビューの約束の要請ならぬ強要、離れない。ようやくインタビューならぬ、話し合いをかねて一両日中にPホテルで再会ということで引き揚げて行った。民主化の進展とともに反共の最後の牙城の済州島の反共連盟が危機感に追われているようだった。相手は席を立ったとき、握手のための手を差し出した。Kは一瞬戸惑ったが、握手に応じた。いやな感じだった。

ソウルの集会ではこのような反共分子は参加もしなければ、会場で公然とその言動を披露出来ないだろう。彼らは一両日中に是非とも道知事と済州市長に会ってもらいたいと、それこそ懇願せんばかりに話したが、彼らのシナリオというのはKが道知事と済州市長の招きに応じて道局長の迎えの車で行くのだが、しかも反共連盟事務局長や右翼団体幹部が同行するということらしい。Kと同席したコウ教授によると、その迎車運転の済州道局長というのは、済州道ではなく、反共連盟事務局長、四・三当時の警察出身討伐隊の反共闘士ということ。山部隊――ゲリラを赤魔《ジョツマ》と叫んで島民を虐殺したかつての反共平和十字軍。彼らと一緒に大統領任命の知事たちと会っていたらどうなるか。そこへの道を済州島の反共連盟らの組織はKを誘導しようとしていたわけだった。それをパルゲンイであるKの転向の印しとして反共雑誌などに特筆大書、書き立てるところだったのだ。道知事たちがKの訪問を待っているのはありがたいが、私は韓国政府の忌避人物だ、民選知事なら表敬訪問するだろうと、一言言い添えた。

エ、エッ、何だと？　民選の意味が分からないのか、よく聞き取れなかったが、二人は顔を見合わせていたが、明日Pホテルに電話をする、一両日中に「コーヒーショップ」で会うことを確認して立ち去った。

講演会、そして学生総会長室での懇談会があってからコウ教授の案内で旧市内──城内の外へ、左隣りの禾北洞へ出る。Kの二人の同行者は新市内の済州郷土料理店街辺りに行っているだろう。

禾北洞の海水の生簀に放ってある魚の刺身を食べに連れられた。海に突き出た高床式の店の窓際で夕暮れの穏やかな海を眺めながら、これが四十余年ぶりの故郷の海かと、ぼんやりと海のうねり、沖合の波を想像しながら、静かで美しい海が不思議で、その不思議な気持ちを贅沢な不安にする。強風に根こそぎえぐられては盛り上り盛り上る大波のうねり。沖合から迫る海岸への突進、岩場で大きく砕け散る荒波の破片の白煙……。いま、静かな海だ。でなかったら、立ち去らねばならない。

済州海で獲れた甘鯛や鋭い酸味混りの独特の臭気が鼻腔から脳天を突き抜けそうな雁木鱏（ホンオ）の刺身を醋醤《チョジャン》（酢味噌）につけて頬張る。そして済州名物のアワビ、水深二十メートルの岩陰にへばりついたアワビやサザエを探して剝ぎ取るために海女は肺のなかの空気を全部費して生死の境目にもがきながらさまようと言う。

卓上の海のものはまさにこの島の海女たちの働きの手によるものなのだ。

甘鯛は胡麻油を少し塗って塩焼きにすれば格好の酒の肴になるもので、『火山島』の李芳根は書斎のテーブルを囲んだソファで若い友人たちと酒を交すとき、ブオギが炭火で焼いた甘鯛の本体とは別に、エラ、そして尾びれを好んで食べる。南承之や梁俊午は勿論、妹の有媛お嬢さんまでも甘鯛の尻尾をカリカリ音を立てて齧って食べる。

Kも李芳根の真似をするのではないが、日本の魚屋ではなかなか甘鯛が見当らない。妻がデパ地下などで買ってきたときなどはまず、おうッと歓声を上げる。料理は妻がするのだが、塩焼きで尾びれが半月形に反り返るほどにこんがり焼けて胡麻油が沁みて香る白身とともに済州島の海を思いながら酒の肴にする。

海岸の高床での刺身に焼酎を飲む夕暮れの、乾杯は反共十字軍戦士——反共連盟幹部との対面の不愉快な気分を一掃してくれた。赤魔掃蕩の反共十字軍戦士、反共連盟××……。名前だけで嘔吐を催すのである。

それにしても、海が美しく、余りに静かだ。海岸に立てば沖合いから巨大な牙を剝いて襲いかかってくる怒濤のうねりが消えて、これはまるで海の山泉壇だ。夕陽になじんだ静かな海の輝きは、Kをちょっと調子外れのような気分にしていた。風多の島に風がない。風波が立たない、大きくくるんで包んでくれるような大気のたたずまい。女や漁夫たちは、この穏やかな海で久しぶりに危険のない海の仕事が出来るだろう。海底十メートル、十五メートルの魚場は日常の潜水エリアで、もっと深く潜るときもある。生死の境目の二十メートルの海底まで胸が破裂せんばかりの大きな息を吸いこんで三分間、無呼吸でサザエ、アワビを求めてようやく岩陰にへばりついたアワビと出会う。それをビッチャン（貝起こし）で起こすのだが、そこがあの世の入口になって、アワビと一緒に吸いこまれるかもと言う。

かつて四・三蜂起当時、政府討伐軍による陸上封鎖をくぐり抜けるため海岸部落同士のレポ役を海女たちが油紙に包んだ秘密文書などを軀の衣に縫いつけて、海を泳いで組織間の連絡を取りつけたと言う。海女たちは陸上に上れば、海岸部落から中山間部落さらにハルラ山へとゲリラ（山部隊）のアジトへ食糧運搬の役割を果たしていた。そして四・三当時の犠牲者は虐殺と同時に女性に対する「西北」討伐隊の強姦、陵辱は四十年後の今日も、四・三病がそれだが、死者だけではなく、生者に深く刃が刺されたままなのだ。「西北」が主体の反共平和十字軍――反共連盟の、いまどれだけ組織員がいるのか、年輩者のなかには当時の犯行者があまたいるのではないか。彼らは韓国の民主化の進展に危機感を抱きながら、最後発悪《チェフバラク》（最後のあがき）的な行動をしているところだろう。

彼らがKに向って握手をする……。おっほっほっ……。それは待ってくれ……。いや、実際に、これは挨拶だろうが、相手のほうから手を差し出してきたのだ。

※西北（西北青年会）。西北は江原道を除いた北朝鮮地方の呼称。解放後「北」から越南した反共極右勢力テロ団体、李承晩の「親衛隊」。軍、警察に編入。とくに済州島四・三事件当時、島民に対するテロ、虐殺に猛威をふるった。

4

夜、夢を見た。済州島で、実際にそうだが、山泉壇へ案内される夢を見た。昼間の若いコウ先生ではないホテルの玄関に立っていた白い韓服を着た年輩の案内人だった。山泉壇は歩いていくんだが、遠いところで……。杖をついた白い韓服の案内人は言った。道はアスファルトであったり、途中で石の角が突き出たでこぼこの道であったり、石垣に囲まれたわら葺きの家があったり、やがてずんべらぼうの草だらけの平地に出てきたりした。そこはコウ先生に案内されたアスファルトの道と同じだった。八株の黒松の大木が見えない。ここはそうでない。杖を持った案内人もそうだ、サンチョンダンはまだ向うだと言う。やがて、案内人が杖を突き出した向うにこんもりした林が、そしてその向う側に岩山の影が見えた。サンチョンダンだと言う。なるほどサンチョンダン……頭上から声が聞こえた。道は上り傾斜だったが、下りのように軀が軽く浮いて。すぐそこにサンチョンダンがあるように進む。岩山の角がとれた円山のようになったサンチョンダン……。ところが、すぐそこに見えたはずの岩山に向っているのに、岩山は近づいてこない。なかなか進まないと思ったら、下り坂でない坂道を喘ぎ喘ぎ上っていた。ああ、坂道があったのだ。いつの間にか円山のような丸みが取れた昔のままのごつごつした崖岩山のサンチョンダン……。サンチョンダン……。夢の天井で、夢の外、天井の向うからのような声が響く。山麓の一角に谷をそばに控えた岩山が迫っていて、ここは何十年も四十年以上も昔に何度となく来たことのある山泉壇……。

ずんべらぼうの野草地に黒松の巨木が聳えているだけが山泉壇だったら、夢に岩山や谷や坂道が出てこないだろう。ここはどこだろう……。夢のなかか……。いま夢のなかから軀が抜け出ているのか。ここはどこだろう……。夢の外へ首が出ていたのか。自分の覚めた手が首筋に触れたのが分かる。首が夢の外へ出ているらしい。暗がりのなかにフトンをかぶった自分の肩の盛り上った影が岩山の影のようで、いや岩山が見えるここがサンチョンダン。深い記憶があったからこそ夢に昔のままの姿で出てくるのであって、岩山や谷や坂道は夢がかってに作り出したのではない。あれはサンチョンダン。そうだよ、あれが、そう。あれが、ここがサンチョンダン……。Kは懐しい気持ちが蘇ってきて、木鐸令監が住んでいた洞窟、あの岩山の下の洞窟なんだ……。四十年よりさらに遠い昔、山泉壇洞窟に立ち寄ったKの頭を撫でながら、日本はこの戦争に勝つことはないぞと、蒸し薯を食えとKの手に持たせた洞窟の住人木鐸令監――ディオゲネス……。山泉壇は決してハルラ山麓の高原地帯の野草地に立つ八株の黒松の巨木の茂みではない。

　Kが夢で山泉壇の現実に会ったのは、過去の復活の現実なのだ。夢に現実、事実が蘇った。夢が現実に変ると、いつの間にか白衣の案内者の姿が消えていた。

　夢の天井で、夢の外の天井の向うからのように響いた声、サンチョンダンは天の声。消えていない岩山の洞窟がある実際の山泉壇。木鐸令監の崇拝者李芳根は実在の岩山とともに蘇った。山泉壇とともにある彼は夢の現実に必ず現われる。おう……。たしかに前方に夢の念力が形になって李芳根の影が、後ろ姿が見える。山泉壇の崖際の洞窟のほうへ曲がらずに、そのまま村道を行けば近くに渓谷があって、水が流れて……。そうだ、Kは夢を見ていた。夢と現実のあわいのすれすれまで来た。夢の洞窟から外へ、ベッドの上へ出てきた。二つの眼をしばたたきながら指を持って行くと涙で濡れていた。イ・バングン……。夢のなかの李芳根らしき遠くから背中だけを見せて消えた男は李芳根だったのか。夢から出てきたとき、眼が涙で濡れていたのは山泉壇への道を行く長身の男はイ・バングンだった、なぜかそのように感じ取ったからだろう。李芳根が夢の外へ出てきた。『火山島』の世界から、山泉壇ではない、城内の茶房の二階から観徳亭広場を眺めている李芳根の視線を辿ってみよう。

「……李芳根は殖産銀行の並びの喫茶食事の店玄海《ヒョネ》の二階窓辺にオーバーを着たまま腰を下ろし、テーブルに突き立てた右肘の掌に顎を乗せて窓の外のひろがりを眼に入れていた。

広場を距てた向いにある郵便局の二階建てのペンキが剝げた白亜の建物のドアは開かれていたが、しばらく出入りの人影がない。向かって左隣りの仕事のない消防署、そして武装警察の屯ろするバリケードのさらに左に見える警察のコンクリートの壁沿いにずらりと並べられた生首の列。観徳亭のまえに、人間の顔の面影を残して干からびた顔面をこちらに向けて並んでいる首の群れ。風に蓬髪が石に生えた髪のように逆立って波打っているのが分かる。

大量の首が転がっている広場の一角は積み上げられた土のバリケードで、警官たちが町の通りに向けて、ここ玄海のほうに向けて銃を構えている。左右のバリケードも中央出入口の石柱が正門の奥の道庁に至る、かつて日本皇民化政策の所産の桜並木の根元にも死体が転がっている。

桜並木の通路の左右に地方裁判所や、チョントゥル米軍基地内の死刑執行の出発点、拷問致死の現場の済州警察留置場、日帝の有用な遺物である畳敷き武道館。これが毎朝トラックでチョントゥル米軍基地滑走路東北端の死刑場へ留置者たちが積み出される出発場所だ。

城内の外れの新作路《シンジャンノ》（一周道路）の電柱を繫ぐ電線に人間の首をぶらんぶらんに吊るした提灯のような死者の行列もさることながら、女の首は長い髪の毛が乱れて、さすがに通行人はその下を避ける。

ガラス一枚を距てて李芳根はコーヒーを一口啜り、たばこをくゆらしながら、窓の外のひろがりを眼に入れる。開いた眼のひろがりをしっかり支えねばならない。観徳亭広場がその血を吸い込んでいる首が数を増しながら広場の周囲を埋めて行くなかで、風が運んできた黒いヴェールが広場の全体を蔽って、そこは大きな闇の空間、盆地となる。人通りのまばらな、ジープとトラックが通り抜ける広場の空白に、四方の道路、路地から人々が列をなして姿を見せはじめ、何やら旗を立てた一団もあり、そう、すでに雨が降っていた広場はぬかるみの空白地帯。広場の周辺は動員の群衆で埋まった。やがて警察のある道庁構内の正門から竹槍の先に突き刺した生首を担いだ敗残のゲリラたちの列が鴉たちの啼き声に追われて出てきた。肩に担いだ青竹を伝って雨に打たれながら滴り落ちる同じゲリラの生首の血。それらは円陣を張るように広場の周りを乱れた歩調を揃える、白昼の幽鬼の行進を繰り返す。鴉たちが竹槍の先の首の上に舞い下りる。その動揺で首もろとも竹槍を肩から外してぬかるんだ地面に落す行進者もいる……。

李芳根は一旦眼を閉じて乾いた地面の広場の空白を見渡す。それらの群衆のなかに李芳根はいなかったが、下女ブオギが号令をかける『西北』や警官たちの動きをよく見ていた。

この島での日常化したこれらの光景。公開処刑、互いに全裸の舅と入山ゲリラの息子の妻である嫁を村の広場に連れ出して、強制見物の村民たちのまえで、性交させる陵辱の拷問。中学校の校庭の演壇に裸の女教師を立たせて、生徒のまえで、この女はパルゲンイ（アカ）、人間の屑だと鞭打って、なお銃殺に処する『西北』たち……。このようなことを日常の当り前のことと受け止める感覚でなければ、この島の人間は耐えて生きて行くことが出来ない。降り注ぐ雪のように内へ内へ沈む悲しみ。殺害者の神経に勝る無感覚を身に備えねば、人間の心の結構がばらばらになってしまうだろう。豚のようになっても生きて行かねば、殺戮者に打ち勝つことは出来ない。

李芳根はちり紙を出して、口中のねばい唾を取った。吐気からではない。嫌悪感か。底冷えのように足もとを麻痺させながら這い上ってくる恐怖か。胃液ではない酸っぱくねばる唾を噛みきれずに、口の外へ出すのは吐気からではないが、嫌悪感でもなかった。そして恐怖のせいでもない。恐怖で凍っていた精神に嫌悪感の動きを判断する能力はないのだ。悲しみの故だ。人々の発散しようのない、内へこもって凍てつくだけの悲しみ。内へ内へ降り注いで底へ深い海の底へ無意識のなかへ積もって行く悲しみ。灰皿に丸めたちり紙を入れた李芳根はコーヒーを啜り、舌の先にニコチンが溶けた苦みが沁みて走るたばこをくゆらす。

牛や豚なら食用にもなるが、存在しなくなってもよい無価値、いや有害なもの、米占領軍が口にする害虫類の駆除《デストロイ》。神聖なる大韓民国の存立に、三十万島民の存在の必要なし……。

恐怖の分泌する体液が透明に凝縮して、そして徐々に空気より重たく気化しながら盆地の広場を埋めた。広場のヴェールを一枚めくり取れば、そこにあるのは凍てついた恐怖の光景。凍てついた精神の光景。血糊のこびりついた首の列は、人々の気を吸い取りながら地に放つ。恐怖のまえでは精神は不能になる。憎しみも怒りの感情も正義も何もかも情熱が萎えて、殺意も消える。

生首をキャベツ玉のように路上に放り出して死者を殺戮する彼らは自ら〝赤魔〟を倒す反共平和十字軍戦士、反共・民主主義立国、反共社会秩序の正義・具現の名分で、殺戮を果す。殺す欲望、犯す欲望を限りなく果す。それは銃弾を撃ち込まれて死ぬという物理的現象となる。なぜ殺すのかは、呵々大笑、足もとに踏みにじられ霧散する。はるか遠くで、銃声が鳴る。『玄海』二階の窓ガラス越しの向うに見える警察のバリケードの銃口、李芳根の視線をかすめて動く……」
日本で山泉壇への夢を見ることはないだろう。そして李芳根の影を。山泉壇は現実の、Kの肉眼で見廻して野草地のなかの八株の黒松の大木……。そして夢のなかの谷を控えた岩山がある山泉壇……。Kは二つの山泉壇に腹が立ったが仕方がない。イ・バングンは後ろに山泉壇を目指す人間の気配を感じなかったのか。夢で気配は通じないのか。ともかく夢にしろ、実際にしろ済州島で山泉壇への道を踏んだのだ。そして実在する山泉壇の夢を見た。

ホテル三階の食堂で朝の食事のかたわら、ビール一本の軽い迎え酒をしたが、南向きの窓から見える青天ながら靄の薄いヴェールをかぶったハルラ山の姿に胸を撫で下ろす。アイゴ、きょうもハルラ山が見える。山頂近くから大きくえぐれて隆起するのは耽羅《タムラ》渓谷だ。ハルラは神聖なる山。済州島民の信仰の霊山であり、渓谷の静寂を破って大きな声を上げたりすると、たちまち霧が湧いてきて、人は山中で道を失う。頂上から中腹へ下って行けば観音寺、その観音寺への登り口になる山泉壇。洞窟のある岩山の背後の雑木林の傾斜の登り口の険しい山道……。いや、夢のなかの現実の延長だ。いまの実際は、消えた山泉壇。実在した跡を消すように洞窟のある岩山も山泉壇跡も消えていた。チョントゥルの国際空港の滑走路の下に埋もれた虐殺死体はそのままだ。それでもいま民主化が現在進行形で進んでいて、やがて滑走路の地殻変動が起こり、地表にひび割れを引き起こすだろう。

朝鮮朝時代、文武修練場だった観徳亭は、二十世紀文明の光の下で虐殺の場と化したが、いまは広場の地形も変っていて、周囲が三階段の円形劇場の空間は演劇や音楽会などの催し物の場だった。

隣接したかつての警察や道庁があった官公庁構内は、朝鮮朝の官衙が復元されていて、昨日、大学での集会後、コウ教授の車で海辺の高床の料理店へ行く途中でしばらく下車。朱褐色の大門を入ると、周囲は一変の異世界。何百年昔のまさしく城郭内の無人の官衙区へ迷い込んだような錯覚に陥った。着ているのは朝鮮朝の官服ではない。洋服だ。しばらくすると、眩暈がしてきて、蘇えった往昔の官衙の歴史の息吹く巷に嵌った足を抜くようにして、大門から、出てきたのだった。眼のまえは観徳亭の円形劇場の階段の入口への道だった。

海辺の高床料理の翌日の午後、同じ新済州市内のホテルへ車で迎えに来たヤン・フン記者の案内でKの故郷で旧市内のなお東方の三陽洞の親戚のところへ寄る。歓迎されないことを知りながらの儀礼的な訪問だった。オンギと同行。予想していたことだが、イングは不在、その母たちとしばらく話し合って辞するところへ帰ってくるという始末だった。一時間後、新聞社の車が迎えに来る頃に外に出ると、ちょうど海辺のほうからふらりふらり昼酒を引っかけたらしいイングに出会って、立ち話をした程度で、四十二年ぶりの再会。Kは車に乗り込んだ。新聞社でのインタビューではだれもこれまで触れることのなかったタブーの国際空港の地下に放置されたままの虐殺死体に話が及んだとき、同席していた四・三担当記者や編集局長たちは互いに顔を見合わせてうなずきあったものだった。

ヤン・フン記者は四・三特別取材チームを編成、来年四月から数年にかけて四・三虐殺被害者遺族、隠れた被害者、犠牲者の追跡調査で関係者たちの聞き取り調査をしながら済州新聞に連載を開始する。そのためにスタッフは緊張しているんですよ。これは新聞社としても画期的な事業で社運を賭けています。警察の露骨な弾圧とか、白昼テロはいまありませんが、反共勢力の最後発悪があり得るのでね。そして緊張の持続と恐怖をも話した、深酒をしたり、夜、なんども金縛りに襲われて恐怖の叫び声をあげてベッドから転落したり……。呵々大笑、互いに笑い合ったりしたが、Kは大きくうなずきながら握手をしたものだった。

島民自身が八・一五解放後、何十年間も軍事政権の恐怖政治で萎縮、政権寄りの反共立国の精神で保守化しているのがいまの済州島です。それを基盤に反共連盟などが生き延びています。済州島民は左傾の理念には背を向けています。苛酷な殺害の歴史のなかで、延命するだけで大変だったのです……。

シゲタが日本へ先発してから、タヤマと二日間にかけて済州島一周をする。初日は晴天が崩れて、雨が降っていた。運転手（韓国では運転手と言わない。技師《キサ》ニムと尊称をつけて呼ぶ）は日本語がよく話せて、四・三当時はゲリラ討伐隊の道案内役の経験者で、観光案内を兼ねてゲリラと関係のあるところをゆっくりは出来なかったが、立ち寄ってかなり反ゲリラ的な説明をした。ゲリラのことを共匪と呼ぶ。このコンビの呼称は島民たちの身に沁みこんで馴じんでしまったのだろう。それがまだこの社会では身の安全、免罪符でもある。

まず山泉壇へ、かつての岩山も崖も洞窟も小さな村も八株の黒松の大木を残して消えてしまった山泉壇で下車した。夢に出てきた山泉壇は幻影が固まった記憶化したものなのか。その幻影はどこから来たものなのか。夢の山泉壇は過去の現実であり、山泉壇実在の証明だとKは繰り返し考える。

群立する黒松の樹間を抜けてその裏側へ出ると、辺りの地形が平地ではなく、雑草に蔽われたなだらかな傾斜になっていた。ああ、これ、ここだな……。どこかで見えない地形同士が当て嵌った形として、眼に入ってきた。地形に高低の起伏があり前方に見憶えのあるような小高い台地の雑木林が見えたが、岩山の崖はなかった。崖があれば立派な山泉壇だ。

「八株の黒松の大木が立っているここが山泉壇ならね、この辺に昔は岩山の崖があってね。それに、洞窟があったんだがな」

運転手はきょとんとして、何のことか意味が摑まえられなかったようだ。いままで、このような質問に出会わせたことがないのだ。

そこが、崖や洞窟があった場所なのだろうか。草地の傾斜をじっとみつめていた運転手が、アイゴ……と小さく叫んだ。

「そう言えばだな、そうなんですよ。そうなんだ。そう、そこに岩山の崖がありましたよ。洞窟もあったんだ……」

Kは運転手の血の気が引かんばかりの顔を見つめた。運転手は繰り返し、崖があったし、洞窟があった……。大きな穴があったよ……。

「えッ？　崖も洞窟もあった……」

崖も洞窟もあった。Kは意外な突然の、眼のまえに崖と洞窟が現われたような興奮した話に、そのことばの向うから何か恐ろしいものが飛び出してくるような風圧を感じながら声を上げた。

運転手の話では、太平洋戦争末期、この辺りに陸軍病院が建てられたが、後年日本軍撤退の病院跡に埋まっているという金の代りになるらしい砲金の発掘のために岩山を爆破、地形も変って洞窟も無くなったということだった。何とも呆気ない、気の抜けた話であり、信じがたいが、否定する根拠もない。

ただ陸軍病院があったというのは、充分にうなずける話である。当時、沖縄上陸の米軍の北上を予想、済州島で迎え撃つべく全島要塞化が進められて、七万五千の日本軍が済州島に配置されたのだから、二、三の陸軍病院があって然るべきだろう。

いつ爆破されたかは不明だが、日本敗戦、日本軍撤退後だろう。済州島日本陸軍病院のことは後日調べてみる必要があるが、あって当然、その有無は無いほうがおかしい。金の代りになるらしい砲金発掘のために地形が変ったというのはショックだったが、しかし、山泉壇が消えた事実の証明であり、Kはこの何日間の自分の精神状態に対する疑惑、不安、岩山の崖や洞窟のあるハルラ山神祭の場でもある山泉壇が、彼方の歳月からKの頭のなかで作り上げられた幻想でも、恐ろしい錯覚でもないことを確かめ得たのは救いだった。

二人はかつての崖の後ろ、雑木林の奥の観音寺への登り口まで、ほとんど人が歩いた形跡がない草茫々の野草地まで行ってみた。そこから山麓につながる傾斜の細道になっていた。済州大学のコウ・チャンの車でやって来たときは、黒松の巨木の影の下までで、岩山の崖が消えていたことに心を奪われて、半信半疑、崖消滅の事実に頭が混乱した状態でその場を離れたのだった。ハルラ山横断道路をしばらく走り、三叉路を観音寺のほうへ右折、東へ向けてハンドルを切って上って行ったが、工事中で通行禁止。

ハルラ山登山口の城板岳《ソンバンアク》へ向う。城板岳は桜の原生林の密生地帯だが、数日前に山火事があって、登山道へ入ることも禁じられていた。勿論雨天でもあり、登山道へ入るつもりはない。三人は休憩所でタヤマと運転手はコーヒーを、Kは柚子茶《ユジャチャ》を、そしてそれぞれにサービスで出してくれた美しいルビー色の五味子茶《オミジャチャ》を飲んで、冷えた軀を温めた。標高千メートルに近い上に雨天の冷気が軀に沁みる。客はKたちの三人のみ。おや……？　音楽が……ここはどこだろう。ラジオ、有線放送か、レコードなのか、どこからとはなく音楽が澄み切った山の空気のなかをショパンの静かなピアノ曲が流れていて、Kは緊張、しばらくうっとりしていたが、ああ、ここはハルラ山中なんだ、はっと気がついたように眼を開き直した。ショパンの何番かのノクターン、四十二年ぶりのふるさとの山のなかでノクターン。窓の外は雨天にけぶったオルム（側火山）が聳える山麓の高原地帯、そのさらにはるか彼方は海のひろがりだが、水平線も雨天にけぶって見えなかった。Kは眼に涙がにじんでいるのを感じた。

それは、もう一つのノクターンはどこからとなく聞こえる。頭を持ち上げると、ラウンジの中二階のベランダのカーテン越しの部屋から、そのショパンのノクターンが流れていた。

韓国入国許可証明書を持参してくれた韓国大使館ハン参事官と会った帝国ホテルのラウンジから三、四段の階段を上ったところでの参事官の挨拶。

「あのう、お願いがあります。韓国へ行かれたら当然インタビューや講演をなされると思いますが、お話の途中で過激なことばが出そうになったら、どうかいま入国許可証明書を手渡したハンの顔を思い浮かべて下さい……」
　そしてハン参事官は改めて握手を求めたのだった。Kは相手が伸ばしてきた右手をじっと見つめたまま無視した。握手は約束だった。

　韓国入国以来、ソウル、光州、済州でも、〝過激〟な話をしながら、参事官の顔をちらりとも思い浮かべることはなかった。帝国ホテルを出て雑踏のなかを駅へ向いながらKは、ホテルの中二階のバルコニーのカーテン越しの部屋から聞こえてきたショパン曲は忘れないだろうと思っていた。いまハルラ山中腹の城板岳の休憩所で同じ二つのショパンのノクターンが一つの流れになって参事官のことばを洗いのけていた。Kは別れ際の、約束を意味する握手に応じなかった。約束をしなかった。そのときすでに、折角入国許可証明書を持参して来てくれた参事官と敵対していた。敵対すべきでない人間に敵対していた。そのようになった。

　三日後、『観光××』社長と反共連盟幹部たちが、ホテルの「コーヒーショップ」へやって来た。そしていま道知事と済州市長がKの訪問を待っているので迎えの車が来たら是非同行するようにと、このまえの焼き直しを強要するので話が違うからと怒りを抑えてようやく退けてから、『観光××』とはインタビューならぬ雑談程度に応じて別れた。Kは地元の作家オ・ソンと同席していたが、まといついて離れぬ彼らとの対応にひとかたならぬ苦労をする。
『火山島』はベストセラーになって、その印税五百万ウォン（二百万ウォン未払い。残高）を二民主団体、キム・ミョン詩人関係二百万ウォン、他百万ウォンの金額を寄附に廻した。公表していないが、必要のないこと。それを『観光××』社長のパクがどこかで嗅ぎつけたのか、「コーヒーショップ」で、印税がかなり入ったらしいが、いくらなのか、と執拗に訊いてくる。その話しぶりは発行部数などもかなり追求しているらしく、五百万ウォンだと答えると、大金だ、それでそのカネはどこへ使ったのか問い詰めてくる。警察の誘導訊問式だ。もし民主団体に全額寄附となれば、たちまちどのような形でこれが拡大誇張、本人の承認なしに『観光××』その他に、政府忌避人物左傾K作家、左傾団体に資金提供など……とデマ記事を作り上げるだろう。ともかく正面衝突をせぬようにしてこれら反共勢力圏から出て行かねばならない。

わたしを金持ちと思っているらしいが、そうではない。日本で住んでいるマンションの支払いもあるし、借金もある……。こういうことを余りあれこれ訊くのは日本からの客人に対して失礼になるよ……という程度に穏やかに応じて相手を退けねばならない。ともかく適当に対応しながらこれら反共連盟関係者を遠ざけねばならない。彼らはそばに形をもっていなくとも、影のように付きまとう。四十年続いてきた秘密警察国家の体質がすぐに消えるはずがない。足元に気をつけねばどんな罠に嵌まるかも知れない。

二十日朝、タヤマはKを一人にすることを非常に気にしながら日本へ向った。Kに予定を繰り上げてタヤマと一緒に出発するか、タヤマが出発を延ばすかして、Kを一人にすることを非常に懼れたが、Kはその必要はないから日本での仕事を優先しろと、予定どおり空港で見送った。

韓国の反共風土のなかで、相手を葬るのに「共産主義者」、「赤魔」のレッテル張りをするのが四十余年の伝統であり、政治手法だが、それがまだ生き続けているということだろう。済州島は反共風土が重たい空気のように濃厚に残っていた。「共匪」、「暴動」、「暴徒」、「赤魔」などが日常語として使われていて、市民間でそれをおかしいと指摘しない。おかしくないんだから。おかしいと言うのはパルゲンイだからだろう。

ともかく、早く済州島を出たい。おれは革命をするために来たのではない。四十二年ぶりのふるさとだから。そして「火山島」の取材に来たのだ。明後日、この島を出る。

Kはソウルへの出発日二十二日の前日、済州到着の夜一泊した塔洞海岸通りの豪華ホテルの近くから観徳亭辺りを見収めに歩いたとき、二人の青年にK先生ニム……と声をかけられた。布製の大きなショルダーバッグを肩からぶら下げていた二人は自分たちはある研究サークルのメンバーで、昨夜の市民会館での集会に参加して先生ニムの話を聞きました。……どうして先生ニムは日本に住み続けていて済州島へ帰ってこないのか。済州島は年輩の年取った人たちが政府主導の時勢に順応して、若い者たちがやろうとすることには尻込みをして、一切関与しようとしない。先生ニムは済州島へ帰ってこられて、ここで生活して下さい。そして自分たち後進の指導に当ってほしい。……半時間ほど道路の真ん中で立ち話をしているうちに辺りはすっかり暗くなってしまったが、Kはただうなずいていただけで、答えを出すことは出来ない。済州島が保守的で年輩者たちは政府寄りだとは日本にいる済州島出身の留学生たちから聞いていたが、城内の町の夕暮れの道で出会った二人の青年から、是非済州島へ帰ってこられて……と言われたときは耐えがたく胸が疼いた。このまま不幸なこの故郷の土地に留まるべきではないのか。それが答えなのだ。Kは明日午前、済州島を離れると話した。

「イエー、先生ニム、お元気でいらして下さい」

Kは、固い握手をした二人の青年が薄暗い道を表通りの観徳亭のほうへ向って消えて行くのをしばらく見送った。

ソウルへはオ作家が所用があって同行することになった。彼は空港の搭乗ゲートで、きのうの私服がわたしたちが検札口に並んでいるところまでついて来たんですよと言った。

「そうですか。テレビ局のワゴン車を追いかけて来た私服のことでしょう。最後までご苦労さんだな。でも、これでさようならなんだ」

最後までと言うのは、昨日午後、城内の東側に隣接する沙羅峯《サラボン》オルムを背景に「四・三」特集テレビインタビューがオ作家の司会で行われることになって、ホテルのまえから七、八人がテレビ局ワゴン車で出発しかけたとき、一人の男が運転台に強引に乗せろと割りこんで来たのを押し出してドアを閉めてしまった。Kは何事かと思ったが、尾行の私服だった。すぐ別の車でワゴン車を追いかけて来たらしい。ワゴン車は予定を変更。私服たちは耳にしていた最初のインタビュー予定地、焦土作戦で焼尽消滅した無人のコヌル村へ行って、Kたちを探したらしい。

きのうの私服とはそのことで、オ作家の顔見知りだと言った。オ作家は検札口までついて来た私服の腕を摑まえて、さあ、これから一緒に行ってK先生に挨拶したらどうかと言ったところが、私服は仰天、どうしてそんなことができるのですか、とんでもありません。わたしは帰りますから……と作家の手を力いっぱい振り切って走り去ったと言う。

ホテルで毎日朝から晩までずっと、担当の私服一人が張っていて、済州一周のタクシーの運転手もその私服にチェックされていた。ホテルの「コーヒーショップ」へKと会うために出入りしていた反共連盟のメンバーたちとも私服は〝ツーカー〟の関係であり、Kは完全に包囲されていたことになる。逮捕も殺害も出来ない厄介者のKを済州島から追い出して私服たちも、上部の当局自身もやれやれと思ったことだろう。

5

二十二日十一時すぎの飛行便でオ作家と一緒にソウルへ。約一時間で金浦空港へ到着。

ソウルの国際空港の滑走路の下に四十年前のソウル市民の虐殺死体がそのまま葬られたままだったらどうなるか。あり得ないことだろう。ソウルではあり得ないことが、済州島で四十年間島民の虐殺死体が、一人二人ではない何百か何千か不明の死体が滑走路の下の地中に放置されて今日に至る……。四・三事件はなかった。虐殺はなかった。それは共産主義者、アカどもが作り上げた大嘘、デマだ……。長い年月、長いあいだ権力の嘘が道理としてこの島を支配してきた、観光の島として大量虐殺の屍の上に復活しつつある済州島。その歳月のあいだ、Kはこのふるさとの地にいなかった。

そこに歴史はなかった。あるべき歴史は抹殺され、記憶を失った屍体同様に、済州国際空港の滑走路の下に放置されたままの無数の白骨になって埋没された。そして何事もなく、つまり四・三事件などなかったような生活の現実が過去から続く歴史となってきた。

忘却に歴史はない。化石化した記憶――死に近い忘却からいかに脱出するか。それは人間の再生と解放と自由への道である。民主化闘争の道へ入った韓国。Kは再びソウルへやって来た。

おかしい。他に荷物のない空のベルトコンベアーに乗ってごとごと揺れながらやって来たのは、KのカバンだったのだKのカバンだった。そのカバンだけを特別扱いにしたのに違いない。電話をかけて来るからと荷物受取り場を離れていたオ作家が戻ってきて、Kがその話をすると、カバンのなかを調べたのではないかと言う。Kが改めてズック製のカバンを見ると、チャックの握りが毀れているのに気がついた。ジャンボ機の何百人かの満員の乗客中で、それもソウル―済州の国内線でKのカバンだけが目をつけられていたわけだった。すでに済州空港で別扱い、出発直前に調べていたのかも知れぬし、済州空港の警備当局からソウルへ連絡されていたのだろう。

一方でKの韓国滞在以来、韓国の新聞雑誌から、反共団体を除いて、四・三「暴動」が無くなり、「事件」、「民衆蜂起」、「抗争」などと表記が変りはじめたのは、民主化とともに、ジャーナリズムの歴史の真実への接近の姿勢をより明確にしたといえよう。

「(共産) 暴動」、「(共産) 暴徒」が日常の生活語になっていた済州島は、それだけ「四・三」虐殺の後遺症、「四・三病」から島民が未だに解放されていないことの印しでもあった。

観光の島として、虐殺死者の屍の上に復活しつつある済州島。虐殺死体の埋まったままの畑は実りがよい。その長い歳月のあいだ、Kはこのふるさとの地にいなかった。日本は安全地帯なんだ。まさにいま済州島を離れて、ふるさとの山、ハルラ山に背を向ける。

第二次世界大戦後、最初の大量虐殺ジェノサイドが、東アジアの朝鮮半島南端の孤島済州島、米軍占領下の閉ざされた密島で、世界に知られることなく行なわれた。四・三の歴史は地の底に、海の底に埋葬、抹殺されてきた。虐殺者を人道上の犯罪として、国際法廷に引き出すのはいつの日か。

空港から地下鉄明洞《ミョンドン》駅近くのPホテルへ寄って荷物を置いたKは、済州島へ出発前に約束した日本のA紙記者と、明洞の坂の上の大聖堂の広い石段の上で会った。四十二年ぶりの祖国、故郷訪問についてのインタビュー取材だったが、敢えて冷たい石段に尻を置いて頬を刺す寒風にさらされながら話し合う。韓国滞在二十二日間、三日後に日本へ発つ。朝鮮語の出来る記者と半分は朝鮮語で話し合う。기가《キガ》 막히다《マキタ》……。息が詰まる。息ができない。言語に絶する、凄まじい、ばかばかしく呆れる……。기가 막히다……が充分に通じた。記者はうなだれた。なんで四十二年だ。振り返ろう、振り返っても過去はない。四十二年がいまだ。韓国滞在の二十二日間と四十二年間のひろがりの何かがはっきり摑めない。四十二年の結果として二十二日間が生まれてきたのか。それとも二十二日間のために四十二年があったのか。この時間感覚の顚倒がKの頭を混乱させて、坂の上の明るい太陽の光のなかへ眩暈とともに誘いこむ。眼のまえは、連日のデモで破裂した催涙弾のメウン・ネムセ、辛いにおいが、昨日のにおいが消えず、漂うなかの雑踏する明洞通り。

新聞記者とのインタビューを終えて、安国洞《アングツトン》の禅学院を探すつもりで、催涙弾のにおいが水を打った道路に沈んでいる明洞通りを歩いて行ったとき、ア、あれは「西北」……いや、そうか、南山の麓のテロ団の巣窟の邸宅の応接広間で瞥見のコーヒーを運んできた女……文蘭雪《ムンナンソル》。薄いあずき色のワンピースを着た後ろ姿の形のよい女が李芳根の視線……いや、おれ、Kの視線を引っ張って数メートル先を歩いて行ったが、雑踏にまぎれて見えなくなった。あれはムン・ナンソル、後ろ姿がそっくりな女。Kは呆然としてその場に突っ立っていたが、雑踏を離れて車道へ出た。『火山島』からここへ出てきたのではない。Kの錯覚なのだ。錯覚でも胸がときめくのか。あれは文蘭雪、李芳根の運命の女、文蘭雪なのだ。しかも眼のまえの遠くないところに、実感として現実の文蘭雪をKは見たのだ。その瞬間、Kは李芳根になっていたのだったか。

八月十五日。李承晩――大韓民国成立の当日午後、済州島からソウルに到着した李芳根は、反政府ビラを撒いて逮捕、鍾路署に拘留中の妹有媛の身元引受けのために、南大門通りの食堂で李健洙《コンス》叔父と会っていた。大韓民国、アメリカ帰りの李承晩を首班に親日派で政権の土台を固めたアメリカの傀儡売国奴政権。李芳根は叔父と待合わせをした嬰鶏《ヨンゲ》（若鶏）湯《タン》の食堂へ向う途中の南大門通りの路上で、偶然に羅英鎬《ナヨンホ》と会ったのだ。日帝時代、東京留学時の学友であり、西大門《ソデムン》刑務所の同じ獄歴者である文学青年。そのとき彼の後ろの通りの端に彼を待っているらしい白い洋装の女に李芳根はぎくりとして、視線を釘付にされたのだった。あの女だ、あの女、あのときコーヒーを運んできた不思議な感じの美しい女。口もとにかすかな微笑を浮かべてやや斜め向きの姿勢で李芳根をじっと見つめてから横を向き……、それは充分に意識した所作だった……。文学者の羅英鎬は彼女を自分のファンだと紹介、彼女は文蘭雪氏、李朝の女流詩人許蘭雪軒《ホナンソルホン》と同じ字だ。口もとが一瞬動いて結んだ表情と同時に異様に黒く光った眼の動きは李芳根をはっきり意識していた。しかし彼女は初対面のように振舞い、李芳根も同じだった。実際が初対面と変らない。あの、抽象画まがいの薄地のワンピースを着た彼女の豊かな腰の線の後ろ姿……。南山東麓の住宅街の邸宅の応接広間。

Ｋは明洞からのタクシーを坂道があるのを確認してから降車、安国洞の坂を上って行った。この辺りの、いまはすっかり町の形が変ってしまったが、この辺りに一九四八年当時、健洙叔父の家があったのだ。八月十五日当日南大門通りで、羅英鎬と同行の不思議な美しい女、文蘭雪と会うのだが、李芳根は改めて何か運命的な、宿命的などこかからのテレパシーのように感じていた。うん、まさかね。坂道が無くなることはあるまい。でも済州島では山泉壇の洞窟のある岩山や坂道が消えていたんだから。いまは舗装されている坂道を上って右側の横丁のほうへ入って行けば、妹の有媛が寄宿している李健洙叔父の家である。坂道と辺りの町の様子はマンション、高層住宅が建っていたり、全然昔の韓屋《ハノク》の並んだ町並みとは違っていた。土塀が続いている坂道の左側は昔も同じく建物が無かったが、土塀越しの空間は広場か運動場だろう。前方左側、土塀が切れた辺りに大きな朱塗りの建物、近づいて行くとそれがかつての禅学院だった。昔は木造の禅寺だったが、眼のまえに聳えているのは四階建ての朱など原色の塗りを施した鉄筋の伽藍で自動車一台が通るくらいの入口の通路を入ると、大勢の正装の婦人たちが正面の高い階段を降りてきていた。仏供養が行なわれているらしい。昔は仏供養とは関係がなかったところだが、いわば禅学院の名前は同じながら俗化、禅寺ではなくなったのだろう。禅学院は、太平洋戦争末期にKがしばらく寄宿していたところだった。かつての広い庭は隣接のマンションか学校に切り取られて、塀で仕切られた狭い庭の左の隅に、枯れ枝を寒天に突き出した銀杏の喬木が立っているのが眼に入った。ああ、あの木なんだ。夏には庭いっぱいに涼しい木影を落していた。Kはしばらく木影のないその枯木のまえにたたずんでから、そこを離れた。Kは日本敗戦の一九四五年夏、銀杏が中庭に濃い影を落していた七月にそこを去った。禅学院はかつて朝鮮独立運動の地下組織のアジトでもあり、同年三月日本から中国へ脱出を志して京城（ソウル）へやって来たKのその志を知ってかくまった奇先生は地下組織××同盟の幹部だった。禅学院には僧侶に変装して居を置いていた。寺の住持も僧衣の下に朝鮮独立の闘志を秘めていた同志だった。

Kは戦争末期のその頃、禅学院で出会い、一夜、夜を徹して朝鮮独立を語り合って別れたのが、奇先生の弟子のチャンだった。

当時流行の発疹チフスで入院、退院後日本へ逆戻りしたKは日本敗戦後、再び独立祖国へ引揚げてきて、チャンと再会する。そしてともに数人の学生たちと共同生活をしたところが南山西麓の厚《フ》岩洞《アムドン》だった。かつての三坂通り。日本人社宅の平屋一軒。

Kは厚岩洞を、かつての住居があった辺りを、当然朝鮮戦争による廃墟化があり、さまざまな変貌をとげてきたソウルの街のその一郭、そのままの姿であり得ないことを承知の上で地図をたよりに厚岩洞を訪ねて行った。

昔の住居の辺りとおぼしき坂道の十字路の角に、ああ、これは、こんなところに……。消防署の監視塔がそのまま残っていて、西麓のその辺りのすっかり変ってしまった町の風景を見ながら、その場に立ちすくんでいた。かつての裏山は無くなり、山の中腹の上まで削り取られた一帯は住宅街、高級住宅が建ち並んでいた。

八・一五解放から一年の一九四六年夏。Kは一ヵ月の予定で夏休みを利用、学資金を工面するために日本へ逆戻りの密航、そのまま日本に滞在。そしてついに一ヵ月後の帰国の約束が四十二年、チャンは二十余通の手紙をKに送り続けて、一九四九年五月、多分李承晩テロ警察に逮捕されたのだろう。五月四日付け手紙が最後になった。……Kよ、おまえはいつまで日本にいるつもりなんだ。いつ祖国へ戻ってくるのだ。もう祖国へ戻らぬのか……。手紙の文面のワンフレーズ。チャンよ。敵の銃のまえに立った友をそのままにして、おれは背を向けた人間か。チャンよ、おまえは二十二歳で李承晩の銃剣に殺された。おれと同じ年齢だった。

おれはいま六十三歳になって、かつての厚岩洞の四ツ角の坂の辺りに立って、おれたちが住んでいた住居の裏山の緑林に囲まれた石段を上って行った辺りを頭のなかで探している。二十二歳のチャンよ、韓国は解放されてから四十年、ようやく民主化の段階に入った……。

おれはきみと別れて四十二年ぶりにソウルへ、虐殺の済州島へ、祖国故に、ふるさと故に、「火山島」取材故にやってきた。人は祖国へ帰ってきた、帰国だと言う。胸が痛む。二、三日後には日本へ旅立つ人間だ。チャンよ、おまえの手紙の声が聞こえる。繰り返しこだまのように聞こえる。Kよ、おまえはいつ祖国へ戻ってくるのだ。もう祖国へ戻らぬのか……。

Kが立っているのは南山西麓の厚岩洞。かつて四十余年前、チャンたちと共同生活をしていた住居のあった界隈。当時の消防署の遺物の監視塔の向いの四ツ角に植民地時代のままの赤い郵便ポストが立っていた。二十歳のKは、坂の上から四叉路を渡ってポストのまえを通るとき、円形の頭と筒状の胴体をしたそのポストの頭に片手を乗せて撫でてから通りすぎるのが癖だった。そのまま通りすぎてから、途中で何かの忘れ物をしたのに気がついて、それがポストの頭を撫でることだったと思い起こすと、必ず逆戻りしてポストの頭を撫でてから、同じ道を歩き出すのである。坂を下り切ると路面電車の停留場で、それで予定が遅れるときがある。

Kは監視塔のある四叉路の坂の頂上に聳える南山タワー（かつて日本の明治天皇が祭神の朝鮮神宮があったところ）を目印しに坂道を上って行って、四ツ角の電柱のそばで南山を見上げた。山の中腹まで建物が積木細工のように建ち並んでいて、森林に蔽われた山の形は見えないが、依然タワーは見えるので、Kたちが住んでいた住居の裏山に踏み石の階段があった辺りまで、大体の見当をつけて上って行った。裏山の石の階段を登って四百メートルの頂上へ行くと、前方北の彼方にかつての朝鮮総督府、現米中央軍政庁の石造りの荘重な建物が北漢山、三角山を背景に建っている。

南山第一峯放糞
香震長安億萬戸

朝鮮朝末期の放浪詩人金笠《キムサッカ》の詩。詩の南山はソウル——漢城でない開城の南山だが、それをソウル（漢城）の南山にかこつけている。

チャンは辺りを見廻してから、米軍政庁へわが放糞のにおいよ、届け、ぶーんと、一言添えて二人で大いに笑い合ったものだった。

森のにおいがしてくる。いまKのまえにある南山は、建ち並んだ住宅を払いのけて森林に蔽われた深い緑の南山の麓だ。昔の住居の裏山の踏み石の階段の辺りから大きく外れていないだろう。タワーの麓を陰らせた森の緑が見える。

辺りに人気がない。裏山の緑のなかではないが、静かだ。耳が静けさに呼応するかのように、じいーんと耳鳴りのような響きがしたが、その向う、遠くの向うでメロディが、何かのメロディ……が、ああ、トランペットの響きが届いてきた。聞こえる。南山の裏山で、踏み石の階段の上で聞いたトランペットの、南山の中腹辺りからトランペットの夕暮れの空気を引き裂くような響き。かなり遠いが、はっきりその張りつめた響きが消えて行きながら聞こえてくる。

いま南山の西麓の町の坂道の四ツ角の界隈に立って、「火山島」の李芳根とともにトランペットの響きを耳にしたのだが、Kが一九四六年春、南山の森の踏み石の階段に立って、ふと耳にした響きのようでもあった。はるか四十二年の彼方、雲の彼方より聞こえるトランペットのメロディ、トランペットの澄み切った空気の層を切り裂いて響いてくる氷の光のようなメロディにびくっとして立ち尽くした。ああ、Kは五、六秒、いや十秒、二十秒、音の世界に消えた自分の存在を確かめるように、ここはどこだ。ソウル、ファㇺドン。そうだ、南山西麓の厚岩洞、どうしたんだ。どうもしない、ここに立っている。八・一五解放の翌年一九四六年であり、一九八八年のいま。ここは日本ではない、朝鮮。

おらい、李芳根、南山東麓の「西北」の、詰所らしき洋館の邸宅へ行くんだろう。「西北」の〝呼び出し〟を受けて。李芳根は芝生の庭で炎のように天を焼く夕焼けの陽の光を全身に浴びながら、「西北」への憤怒に身を慄わせていたのだ。それは邸宅の出入口の敷居を出たところだったか。

李芳根が「西北」詰所の邸宅へ足を踏み入れたのは、南山東麓、筆洞《ピルドン》の辺りだった。朝鮮総督府の高級官吏たちが住んでいたのだろう、高級住宅が建ち並んだ界隈の洋館風の建物。李芳根が黒塗りの外車で連れてこられたところ。

李芳根が「西北」に理由不明の呼び出しを受けて高級車の迎車で南山へ連れて行かれたのは四八年四月中旬。五・一〇「南」だけの単独選挙、単独政府樹立を控えて騒然としていた頃で、李芳根が所用で安国洞の、妹有媛が寄宿している李健洙叔父宅へ済州島から上京、落着いた頃だった。「西北」高永相《コウヨンサン》事務局長代理の男から理由不明の呼び出しの電話があり、意外な黒塗りの外車で南山東麓、「西北」合同合宿所だというところへ向った。脱北、南下、反共テロ組織、済州島四・三蜂起のゲリラ討伐の先鋒部隊、共産主義完全打倒、反共十字軍、李承晩直系の青年テロ組織。高永相はかつて日帝時代の特高出身、日帝への徹底した忠誠分子……。李芳根は日帝時代、西大門刑務所入獄中にも高木特別高等警察刑事――特高の猛名を耳にしていた。当時、東京の朝鮮人留学生のあいだでも、済州島でもその名は知られていた朝鮮人特高。

そこへ一人で出かけるのは、猛獣たちがうようよしているジャングルへ単身素手で入って行くようなもの……。行ったきりでそのままになることもある。その確率が大きい。

車は南山の東端に近い小高い丘の麓にひろがった住宅街に入ったが、どれも庭園樹の緑豊かな瀟洒な邸宅が並んでいる砂利が敷かれた緩やかな曲りくねった勾配を小石を弾きながら進み、山麓際の洋館風の邸宅の門をくぐった。

ここで李芳根は高永相と対峙するのだが、テーブルで向き合った李芳根は〝呼び出し〟の用件は……と切り出す。ここまで来ていただいて恐縮です。李先生がソウルへ来られたついでに一度お目にかかりたいと思って、お呼びしたわけです。どうして自分の上京を知ったのかの問いには、それは分かると事務的にことばが返る。分かる？　どうして分かる？　尾行ですか？　われわれは尾行はしない。必要によっては分かるのです。

李承晩大統領の親衛隊でもある反共テロ団員たちが応接広間を囲繞する殺気立った空気のなかで、高永相は雑談を混じえた愛国演説を十数分のあいだしゃべった。反共十字軍、共産主義完全打倒。反共立国、反共南北統一のスローガンが繰り返し出て来る。

テーブルにコーヒーを運んできた李芳根が一目惚れした美しい不思議な女。李芳根はよくも恐ろしきテロ組織の詰所か、幹部合宿所かへ一人で行ったものだ。あの応接室での殺気の揺れる空気だから、あの女の姿の輪郭が絵画のようにはっきり脳裡へ焼きついたのではないか。三十歳前後の洋装をした軀の線のすらりとした美しい女がコーヒーを淹れてきて、李芳根を内心戸惑わせた。抽象画まがいの花模様を配したあずき色の薄生地のワンピース着の彼女は軽く腰を折って微笑さえ浮かべて客への挨拶に替えたが、教養ありげに見えるこの女は何者か。コーヒーを運ぶ彼女が応接室の広間に現われたとき、一瞬、高永相たちが姿勢を正して改めたのだから、単なる接待係りの女ではなかった。李芳根は女が去るその豊かな腰の線の後ろ姿を眼の端に捉えた……。

「……さすが李先生は立派です。長官級の人間でもこちらに一旦足を踏み入れると、軀が痙攣を起こしたりするのだが、李先生は堂々としている……。ゆうべは、夜更かしでもされましたか？　瞬間だが、うとうとされましたがね」

「そうでしたか。それは失礼しました……」

李芳根は首を横に振ってから、たばこを一本銜える。高永相がライターを鳴らし、腕を伸ばした。

昨夜、夜更かしとは何だろう。昨夜は何をしていたのか。そう、妹有媛と一緒に市公館へ高麗交響楽団の演奏会を聞きに行った……。それから、何の夜更かしか……。おれは何かの誘導尋問に乗っているのでは……。李芳根は軽く首を横に振りながら、尾行が……。周囲の応接広間の壁際にはテロ団の連中が肩肘を張って、五、六名が突っ立っている。

〝呼び出し〟の電話をかけて迎車を運転してきた高永相事務局長代理の男の話では、一時間で終るとのことだったが、ここを五時すぎには出発したい、こちらへ来る予定はしていなかったので、他に所用が控えていると運転手には話してあった。

夕方の予定時間に帰宅しないときは、叔父と相談。妹有媛に話して、それなりの手順を取るようにしてあった。

李芳根が五時に席を立ちたいと言ったとき、突然壁際から複数の笑い声が弾けた。やいッ！　イ・セッキ（この野郎）！　一人が怒声を上げた。

「ここをどこだと思って、手前勝手なことをぬかしてる。おまえが帰る、帰らんはこちらが決めるんだ。おまえの思想が直らねえ限り十日でも一ヵ月でも帰れんぜえ。ひとつ味を見るつもりか……。

おん、カァーッ！」

済州島の「西北」幹部との接触から彼らの暴力性は察していたが、本部のこちらも同じようなものだ。

男は自分の掌に唾を吐きつけた。

「おまえは、じっとしていろ！　おまえの出る幕じゃない。こちらはお客だ、たまには拳を隠しておけ……。おまえのその拳のなかの唾は何だ。これらは教養が足りないんで、その分だけ余計にすぐ手を突き出したがる。だが、共産主義侵略から祖国を守る情熱と愛国心だけはだれにも劣るものではない……。わたしは日帝時代から高等警察をやって来て共産主義者たちとも多く接してきたが、彼らは不思議な人種で、主義とか思想とかの観念のまえでは、血と肉を持った人間であることを忘れてしまうんだ。ふうん、拷問のまえでは人間になる、悲鳴を上げるよ。正直に……。なかには拷問の棍棒が折れてしまう強者もいますがな、これには頭が下るというもんだ……」

そして高永相は北系の面識はあるが、李芳根とこれと言った関係がないある人物の名をあげて逮捕されたと念を押すようにして一言付け加えながら、反共立国の長口舌を打ち切って李芳根を丁重にドアロまで送って出た。不思議な感じの美しい女は見えない。このテロリストの巣窟に何となく心残りがするのは、その美しい女のせいか。

邸宅の庭に溢れる天を満たした炎の光の反射、まるで火事の反射のように赤く映えた夕焼けが、李芳根の頬を照らし、手を赤く染めていた。どこかで張りつめたトランペットの響きが、かなり遠いがはっきりその張りつめた響きが夕焼けのなかに聞こえてきた。李芳根はしばらく真っ赤な夕焼けの天を仰いだ。なぜ、大きな怒りが、炎の火柱となって、天に立ち昇らぬのか。

後部座席のドアが開いて、運転手が車外で待っていた。

ソウルを離れる最後の夜、Kはキム・ミョン詩人、チョン・ユン教授に誘われて、新村の芸術劇場ハンマダンで公演中の「大統領おじさん、そうじゃないんだよ」を観劇。「誤《オ》（五）共和国の道徳的廃倫」、銭《ジョン》（全）家、利《イ》（李）家、つまり銭、利夫妻（全斗煥夫妻）が企んだ政治、社会的陰謀の罠に自ら陥るという喜劇仕立ての政治風刺劇。二百数十名収容の半月型のコロシアム式の小劇場。立見の出る満員。ゴーゴリの「検察官」風の高次の作品で、出演者たちの熱演に場内は緊張と爆笑の連続、抱腹絶倒、涙が出るほど笑わされた。済州島の鬱屈した晴れない政治的風土とは対照的だった。Kは連日の晴天に珍しく山容を見せ続けていたハルラ山の下の島の人たちの憂鬱を感じる。

明日は帰る。どこへ、日本……。日本へ行く。日本のW市にある家へ帰る。明日は四十二年ぶりであるこの土地にいない。二十二日と四十二年。これを数値として比べるのはおかしい。ソウルの四十二年のKといまのK、この繫がっている開きは何なのか。いや開きはないのだ。現在で。その一体になった四十二年前の現在が消える。開きが消える。いま消えつつある……。これまでの存在が消える。どうすればいいのか、分からない。分からないままに消える。レールが敷かれている。レールは夜を通って、明日になる。明日、ソウルを離れる。そうだ、眠りのなかを通るのだ。

何かが恐ろしい。この眼のまえの現実が、明日の晩にもう無くなる。この最後の夜の現実が明日の夜に繫がらない。明日の夜はおれの周囲からすべてが消えている。四十二年も消える。

明日は確実にジャンボ機に乗る。断絶への明日へと、時間をつなぐ。新しい断絶が動いて行く。ジャンボ機の小さな窓から下を覗いたら、あの宝石の輝きのようなきらびやかなソウルの夜の街の光がない。何もない。ただ空《くう》に浮いて飛んでいる、辺りは果てなき遠くまで真空のような空《くう》……。頭がふらついて眼があいた。夢を見ていたか。

「先生ニム、疲れているんですよ。明日は出発《チュルバル》なんだ」

「チュルバル？　出発……。そうだな、済州島へ行ってきたんだ……」真空《ジンゴン》のような空の向う側は済州島だった。

風多、走石飛沙、怒濤の磯の岩場を噛む島に滞在中のKは余りに穏やかな気候に恵まれはしたが、半面、わがまま勝手な願いだったが、荒れる海、頬を打つ風が欲しかった。

Kは観劇後、新村界隈のアバイ・スンデ屋で会食、歓談しながら激しい虚しさに襲われた。二人はKを明洞のPホテルまで送ってから、それぞれ帰って行った。

Kは酔っていた。椅子にしばらく軀を沈めてから、坐り直してそばの冷蔵庫からビールを取り出して、グラスに注ぐ。手にしたグラスを首と一緒に大きく傾ける。二十二日間、朝まで飲み続けの飲み収め、アンニョイ、さよならよ、ソウル。

ここはホテルの一室。酔いが海の波になって揺れる。上下の目蓋が重なる。無言のつぶやきが酔いの揺れに乗る。……死者をして死者を葬らしめ、汝は行きて神の国を弘めよ……。違う。これは聖書に出てくるイエスのことば。死者は、すべての死者は生者のなかにのみ生きる。李芳根の南承之や梁俊午、そして妹有媛にも話したことば。死者は生者のなかにのみ生きる。何のことだ。Kは李芳根のことばを思い出して慄然とする。イ・バングンよ、それはどういう意味なんだ。済州島の虐殺された人間は、記憶も殺されてすべてが消えた。生者のなかに生きるのは記憶されるということでないのか。つまり死ぬということなんだ。死んで生者の記憶になって、そこでのみ生きる。ところで死者は、この死者はだれのことか。もしかしたら遺言、ことばの本人がその死者になるのか？

これはKが考えてきた気味の悪いことだが、李芳根は梁俊午と会ったとき、会話のなかで殺人を否定して、こう話している。

「……人間は人を殺すまえに、自分を殺さねばならない。従ってもっとも自由な人間は他者を殺すまえ、自殺する……」と。つまり死者、死者になるということだろう。済州島でコウ教授に案内されて行った山泉壇、洞窟もろとも崖岩山が消えて野草地になった山泉壇の八株の黒松の巨木の茂みの下に立ったとき、Kはかつての崖岩山の山泉壇に思いを至し、殺人を否定しながら殺意を抱いてその枠を越えようとする李芳根について考えていた。まずは四八年八月、李承晩政権成立後の十一月、済州島は政府軍による虐殺の圧政下にあったが、李芳根は日本へ向う腹心の韓大用《ハンデヨン》船主の韓一号に乗り込んで釜山に寄港。日本へ留学密航させる妹有媛を見送るためだった。同時に変装変名の密航者、城内組織キャップ柳達鉉が警察の鄭世容の手先のユダ、スパイとなって組織を売り、大金所持で日本へ逃亡の密航を企てて乗船していた。それを嗅ぎつけた李芳根は船上で柳達鉉を審問。柳達鉉の正体を知って激昂した船員たちによって荒れる夜の海上の密航船のマストに宙づりにされたままの柳達鉉を放置、結果的に殺害に至る。しかし鄭世容殺害へは向っていない。殺意だけなのだ。だけか、踏み留まっているのか。全島は島民殺戮を展開する政府討伐軍の殺意にみなぎっていた。

釜山に上陸の李芳根は日本へ密航の妹と別れたあと、文蘭雪との再会を果すべくソウルへ向うのだが、この辺りまでは現在進行中の「火山島」に出てくるのではないか。それからはどうなるのか。Ｋは「火山島」のなかに李芳根の影として入っているが、李芳根はまだ殺しをしていない。なぜ殺すのかと問答する。鄭世容殺害の根拠は柳達鉉をスパイとして彼がキャップの城内組織を全滅させたこと、四八年四月末、四・二八平和協定破壊の陰謀を企らみ、再び戦闘開始。大虐殺の端緒を開くのだが、鄭世容殺害は多分予想されるゲリラ側が計画中の鄭世容拉致、山中のゲリラアジトでの人民裁判の死刑判決に委せればよい。その人民裁判には李芳根が証人として立つはずなのだ。『火山島』第一部の「あとがき」に出ているように李芳根がたとえ殺人を犯しても自殺をせずに生き延びるなら、それはそれなりで小説の進展を望めるだろう。自由な人間は殺人のまえに自殺せねばならない、李芳根は果して自分のこの論理の矛盾に耐えられるのか。殺人をして、なおそれを踏みこえて生き延びるのか？　死者は生者のなかにのみ生きる、その死者が李芳根当人ではなくなるのか。

李芳根は繰り返し考える。罪状があるのに殺せないのであって、そこに道徳的な理由はないはずだ。法の名で死刑を宣告する裁判官の殺人に裁判官自身が正義を顔にさらして持ちこたえられるのは、名分の傘のしたにいるからに他ならない。それはときには逃避にもなる。殺人が悪なら、裁判だろうが、戦争だろうが同じことだ。

殺せない理由は、殺人の結果に耐えられないから。生命への畏敬か。バカな、戦場の修羅場で、殺される側の、こちらの生命への畏敬は？　殺人の結果に耐えがたい堂々めぐりの理由、殺人を避けよう、そこから逃げようとする意識の深部の恐怖を伴った影の動きなのだ、道徳的なものに働きかけながら……。

全島焦土化作戦。大虐殺の恐怖から脱するためにと対抗軸として殺害、四・二八平和協定破壊者鄭世容の殺害が必然として迫ってくる。殺害の結果はどうなるか。大義名分があり得るか。残るのは殺人者の存在の重さに耐えられるか。殺人者を否定出来るか……。

李芳根はこうして眼に見えぬ時間のベルトコンベアーに乗って、後ろ向きであろうが、前へ進む。殺害を越えて踏み留まるか。それとも生者は死者のなかでのみ生きる、それは自分の死ではないか。「火山島」の世界に、そして現地の済州島に踏みこんだKは、それを追求せねばならない。その場がソウルであり、済州島であり、山泉壇……。八株の樹齢七百年の黒松の巨木の群れ。一九四八年秋、済州全島の焦土化作戦の戦禍をくぐって来たのだ。

四十二年ぶりの故国、分断朝鮮半島の南半部、ソウル。Pホテル宿泊。最後の夜、観劇の翌日十一月二十五日午後六時、Kが乗ったKAL機は金浦空港を飛び立った。ダイヤモンドではなく、極彩の無数の宝石をちりばめたような限りなく悲しいほど美しい、遠ざかるソウル。

6

きのうソウルにいたんだが、またソウルから済州島へ戻ってきたんだな。昨夜は昔おれが住んでいたという家に泊ったが、その家の形は分からない。ただ家というだけか。草深い野草地を出てきたところが、石の突き出た田舎道で、細い道に沿って火山岩の砕石を積み重ねた黒い石垣がずっと続いている道の向うは、背の高い黒松の群れが立っているその下につながっていた。そこは何やら人の行列が動いて騒いでいた。何を騒いでいるのか分からない。でも石垣に沿って歩いているおれを呼んでいるらしい。先頭の白衣の人間は挽章の旗を担いでなびかせている。サンチョンダン、サンチョンダン、エー、エーラ、サンチョンダン。人が騒いでいたのは挽歌の響きか、トゥタン、タンタン、トゥタン、タン……。喪輿《サンヨ》はどこだ、まさか李芳根が入っているのではないだろう。喪輿はない。見えない。田舎道の突き出た石の角が引っかかって軀を持ち直したが、足もとのそこは踏み石の階段で、そのまま倒れこんで動かない。軀がばらばらに分解するように階段が消えた地面に吸いこまれる。ここはどこ……。ナムサン……。ナムサン、Kはサンチョンダンでないことにほっとする。サンチョンダンに挽章の旗なら……だれかの葬式。まさか、イ・バングン……。葬列はどこかへ消えたのだ。軀は動かない。金縛りではない。手が動く。手が動いて地面をさする。石だらけではない、フトン……？　寝床らしい。どうなったことだろう。ソウルにいたのは昨夜なんだ。それから済州島へ行っていたらしい。それが夢だったら、その夢は忘れているが、いま覚めた夢はその続きでないか。

手の動き、首の動きと一緒に頭が動き、呼吸をしている。ソウルのホテルか。海の底のような半透明な空間に浮かび上ったのは、これは自分の部屋、ホテルの自分の部屋ではない。自分の部屋らしい。この混沌とした頭の空間。恐ろしい勢いの夢のかたまりが動き、雷雲を孕んだむら雲が湧き上っていて、とんとん走るように動いて行く。映画のフィルムの早廻しのようにどんどん動きながら夢の網から抜け落ちずに乗っている夢の現実が圧倒的なので、覚めたとき、夢から覚めるその動きの内と外、夢の外の現実が何なのか。その境目が溶けて朦朧……、いま実際に眼を開いているのだが、その現実と夢の現実の断絶、認識の眩暈。海の底で目覚めて浮かび上るような不思議な感覚……。夢のヴェールをかぶって夢の外なんだ。

それを妻が実証してくれる。Kは故国行の一ヵ月ほどまえに、近隣の町からこちらのマンション六階に引っ越していた。Kが寝ていた玄関脇の六畳間にも未整理の荷物が壁際に雑然と積まれていた。四十二年ぶりの故国行が迫る日程に追われて、充分に整理する余裕がなかった。引っ越しの荷物、とくに書籍やそれに類するものの整理は大変なことであって、留守番の妻一人で出来るような仕事ではない。

その荷物の現実のまえで、幻影でない妻が、現在の現実が夢の残像でないことを実証してくれる。「……変なことを言わないでよ。ゆうべ、ソウルから成田着の飛行機で帰ってきたんでしょう。家に着いたのが十一時頃ですよ。ソウルで六時発と話していたから。真っ直ぐに帰ってきたんだ。疲れた、疲れたと言いながら、洗面所で顔を洗って、それから着替えてすぐに寝たんだから。珍しく酒を飲まなかった……」

飛行機で成田着、空港バスで京成成田空港駅へ。九時十五分発特急はがら空きだった。ニッポリで乗換え下車。京浜東北線でW市。なるほど、それで無事に帰ってきたのだ。朦朧とした頭の考えに筋道が出来てきた。その通路を辿ればよい。それでベッドでないフトンの上か。

これが第一夜の夢が通って行った足跡が消える間際に夢の外へ出てきた夢の形だが、Kの眠りのなかを駆けめぐる夢の跳梁はその日の午後も消えなかった。眠りのなかへ入ると、そのまま夢路のなかへ入って行くのだが、そこで耳にし、口にするのは朝鮮語であり、そして済州島らしい土地で見知らぬ人とわら葺き屋根の家の石垣のそばで、済州ことばを交えながら話をしたり……。

一切ことばも風景も日本がなかった。

夢から覚めたあとが疲れ切っているのである。夢のあと、眠りのあとは心地よい安らぎの旅のあと、夜全体がそうであるように、でなければならないのに、Kの頭のなかは夜の眠りのなかで掻き乱される。夢の通路らしきところを通ってから、そこに夢の形が現われて、人であったり、わら葺きの村の家であったり、大きな名の知らない無数の枝を四方に張った大木の影であったり、影のなかで動く男女の姿。糸のように互いに引き合う朝鮮語の話し声、その声が途切れて夢の外へ出てきて、声が聞こえて眼が覚める。

夢が覚めたとき、そこは自分の部屋のようだが、夢が現実で、部屋らしいところの自分がその夢の部屋のなかから出てくる。そこが夢でない現実の空間だが、現実感がない。夢の膜が取れていないのだ。しばらくぼうっとしているのは、この現実と非現実のギャップ、断絶を埋める作用だった。夢の膜が取れていな

二、三日が経ってから、初めてテレビをそして新聞の見出し程度を、洞窟から外の世界へ出たように、拾い読みしたが、テレビも家での妻との会話も日本語であって、夜の夢のなかの朝鮮語だけの世界との断絶が甚だしく、頭のなかのどこかにヒビが入るようでかなり辛いものだった。

韓国では電話もテレビもタクシーに乗っても、どこへ行っても朝鮮語、何十年ぶりに朝鮮語の世界にどっぷり浸って過ごし得たのは、どれだけその心身を満たし得たことだろう。しかし毎日のそれをKは望んでいなかった。夢は強制的に背後に何かの力があって、義務的に見ているのだった。

Kは引き続き、毎日夢を見た。見せられていた。その毎日が最初の一日を含めた十日間、韓国にいるだけの、そこはソウルであり、済州島であったりするが、他の土地が一切出てこない夢を見続けた。夢の大半は湧き上がるような夢の勢いが溢れて消えてしまうが、そこはソウルであり、済州島であった。そして朝鮮語だけの言語空間から目覚めたそこが韓国でないことが、毎日夢を重ねるにつれて大きな裂け目を見せ始めた。

夢の終り、目覚めの直前か、電話のベルが激しく鳴り響いた。枕もとの受話器を取る。ヨボセヨー（もしもし）ジョナエヨー（お電話ですよ）……の甲高い聞きなれた女の声。なんだ、朝早くから、つぶやく自分の声を聞いたKはソウルのホテルのベッドの上で眼を覚ましながら、あ、いまのが夢だったのに気がついた。

「ヨボセヨ、ヨボセヨ、……」Kは朝鮮語で続ける。「ヨボセヨ、どなたですか?」

「ナヨ（わたしだよ）、ナ（わたし）……」

「アイゴ、オモニ、どうしたんですか？　オモニ……」

オモニが電話などを使うのか。どうしたんだろう。オモニの家は日本の大阪の田舎で、一人暮しをしているはずなのに、Kは夢うつつのベッドの上で受話器を握りしめたまま眼を覚ますと、そこはホテルの部屋ではなく、自分の、ソウルから帰ってきた部屋のようで、受話器を握っている感触だけが残っていた。電話のベルの音にソウルのホテルのベッドの上で眼を覚まして、オモニと一言、二言の遣り取りで電話が切れたが、それが夢だった。夢のなかで夢を見て覚めたのだった。

Kは枕もとの座机の上のスタンドの明かりをつけた。部屋の半分が未整理の引っ越し荷物で占められているのを、ホテルのベッドでないフトンの上で見廻した。窓のカーテン越しの光が薄明なのは夜明けらしい。

夢のなかで夢を見て、その夢から覚めるのだから、それを思い出して反芻するだけで全身が伸び切って参っている状態であって、夢を思い起こすのも夢自身のようであり、昼も夜も夢の海に漂っているのか。夢の底のない空洞の闇へ吸い込まれる……。夢のなかで夢を見る。夢自体が自ら表現、夢が重層するので、夢が溢れて逃げている。覚めたときは夢を忘れている。

十日間の昼夜連続の韓国にいる夢は韓国二十二日間の圧縮であって、しかしその二十二日で故国不在の四十二年間の帳消しにはならぬということの表示だった。夢の、夢の枠を外れた跳梁は、Kの生命の夢に托された呻きならぬ叫びだった。夢ははっきりした意志を持っていた。

韓国にだけいる夢の連続は六十余年の日本にいる現実に敵対していた。夢自体が現実だった。深く深い闇をくぐって夜を出てきたより真実なる現実。夢にこそ事実、おまえの、致し方なく生きてきた仮象だとその光のもとにはっきり照らし出した……。

夢見の十日目に初めて日本の町並みのようなところが、そして日本語が出てきて、夢が覚めてから、そうなんだ、ここは日本だ、おれが住んでいるW市なんだと再確認、不確実な現実とのつなぎ目がようやく出来た感じだった。

友人の一人と会ったのもそれからである。互いに顔を見合わせて、そして握手をしてから、まるでKが敵国へ行って来たような具合いに話を持って行く。友人、知人たちはKの韓国行きを思想的裏切りと見なしていた。

「久しぶりだな。わたしは韓国へ行ってきたんだ、その間。南朝鮮、韓国へ行ってきたんだ。何十年、四十二年ぶりだから、このまえ会ったのは、もう何ヵ月にもなるんだろう」

「四十二年ぶりで韓国ボケをしているのか。きみが南朝鮮へ行くまえに会ったじゃないか。二回会った。最初はわたしと二人で。続けて翌日は四人で会って、分断祖国、北と対立している南の韓国へ行って、とにかく無事に帰ってきたわけだ。日本の新聞にもソウルでのインタビュー記事や、光州抗争、光州虐殺の犠牲になった人たちの望月洞墓地参拝の韓国の新聞報道も読んでる。きみの韓国行を変節者だと批判した人たちもちょっと考え直したんじゃないのか」

「うーん、韓国へ行くまえのことだな。四面楚歌、みんなおれをそのように言っていたな。これからも変らんよ、組織は。それ見ろ、堕落分子の末路は。反統一、反共国家韓国行だ。このKを反共革命、反『北』共和国、民族反逆者だと大騒ぎなんだ。わたしの兄となると、おまえがいつまでも組織との対立をやめなかったら、自分は自殺すると、おれを脅かしたもんだ。兄は在日商工会。組織に対する忠誠分子だったからな……」

Kは久しぶりに香りが鼻に通るコーヒーを飲んで、頭がつーんと冴えながら、眼のまえに膜を張った薄いもやが左右に開いて消えて行くような感じがした。

友人と話をしていると、会話のことば、ことばの分節がはっきりしていて、相手の顔や、全体の輪郭、陰影がはっきりしてくるようだった、Kは眼をしばたたいて、目覚めたばかりのときのように大きく開いた。その眼は友を見ていた。

「きょうは、はっきり見えるな」

「何がはっきり見えるんだ?」

「外の風景……」

「外の風景?」

「ずっと家のなかの部屋に閉じこもっていたから、外の空気を吸っていないだろ。眼もそうなんだ。狭い部屋のなかの天井と壁との向き合いなんだから……」

「天井は何だ?」

「天井……? それは、夜、寝ているときのこと。たまに昼寝のときにも天井は眼に入るだろ。はっはっは……」

「どうしたんだ、ひとりで笑って……」

「二人で笑うのか。話しているうちに自分がおかしくなって来て、何か正気に戻ったようで……」

「……正気？　何かおかしいことを言うな」

相手はKを見返した。一緒に笑った。苦笑いをしているようだ。

友人と別れて駅前から帰途についたKの足取りは駅前に向った一、二時間前とは違って、踵が、足の裏が、つまり靴の底が地面をしっかりと踏んでいる感じが頭に伝わってきた。なんだ、これが十日間連続の夢以前のこの両足の状態なのかと、何度か立ち止まっては動き、また立ち止まってから動いて、まるで病後の歩行練習でもしているように町の人たちと足並みを揃えている感じで、晩秋の午後の陽光を背に浴びながら歩いて行った。足もとがしっかりしているような感じだった。

十日間の夢の呪縛から解放されて日常に戻ってから、改めて韓国行を思い返したり、「火山島」連載の執筆の一方で、故国訪問の紀行文執筆を始めなければならない。人と会うことも多い。

夢から覚めて白昼の外へ出ると、俄然忙しくなるわけで、そのまえにまず韓国大使館の韓国入国許可証明書を出してくれたハン参事官と会わねばならない。大いに機嫌を悪くして連絡を待っているだろう。

7

ソウルから済州島へ入島するとき、当然父や祖父母の山所（墳墓）参りをすべきであり、そのようにKは考えていた。城内から東方面の中山間地帯に座するそこへ、墳墓の草刈りなど山所の面倒見を委せてあるイングに案内させるつもりだったが、西帰浦市副市長のヨングの態度や、三陽洞を訪ねたときのKを避けたイングの意識的な不在に墓参りは諦めていた。新聞社の車が迎えに来て、オンギ従兄と庭から外へ出たとき、海岸に通じる緩やかな傾斜の道を、昼酒だろう浅黒い顔を赤くしてイングがふらりふらり、彼の父親もそうだったが、春風駘蕩、やって来るのに出会わせた。村の会議ということだったが、Kを避けるための口実だろう。五十歳で村の長老格。

イングの父は漢方医で、部屋の一方は壁沿いに天井に達する漢方薬剤の引き出しの戸棚が並んでいる。半時間ほど坐っているだけで、漢方薬のにおいが軀に沁みこんでしまう。そこで、医事以外は一日中客人と碁盤を挟んで碁を打つ。碁を打ち終ると、客人ともども酒杯を傾け、風の音、海の音を聞き分けて、海辺に出て歩く。年中赤ら顔の医療費には無頓着の漢方医であり、四十余年昔の、イングが十歳頃の、いまのイングと同年配の父親。Kには従叔（父）に当る。

「いま、帰るところか」

「イェー、遅くなってすみません」

「わたしは用事があるんで、これから帰る」

「イェ……」

オンギの話では、Kの済州島入りに先立って、警察が何度もやって来て、Kとどのような関係なのか、最後に別れたのはいつで何歳の頃なのかとしつこく調べたり、この何日間かは、いつKが済州島へ到着するのかと警察や新聞社の電話が鳴り続けるものだから、いい加減にイングは頭に来ていたらしいということだった。

そうだろう。それでいいのだ。インタビューをした済州新聞によると、電話はしていないと言う。兄ニム（兄さん）、サ・サム（四・三）、サ・サム、若い連中が騒いでいるときに、兄ニムはまるで火付け役に海を渡ってきたようなもんですよ。なんでわたしはこんなことで、警察や新聞社からあれやこれやで、気持ちを掻き乱されないとならんのですかね。村の人たちは何と見ますかね。わたしをパルゲンイ、赤魔の親戚だとね、この村は共匪の襲撃を何度も受けているんですよ……。

そうだろうよ、そうだとも。Kはイングが口に出しても返すことばがない。そうだとも、そうだとも、うなずくだけだろう。ただ、若者たちを煽動するために故郷へ来たわけではない。四・三の講演をするのが煽動ではない。空港の滑走路の下の虐殺死体を発掘するために……。四・三の声を地に埋めてはならない。

墓参りはいつかまたの日に、赤魔、パルゲンイの呼称がなくなったときにしよう。韓国再訪はむつかしいだろうが、いつかまたその日は必ずやって来る。それは空港滑走路の下の地中の虐殺死体の遺骸を掘り起こす日でもあり、その声はもうすでに上っているのだ。ソウルだけではない。済州島でのKの新聞インタビューでも当然のこととして語られている。沈黙はタブーに栄養を与える。

石垣に囲まれた庭の入口に榎木の古木が昔のままに大きな影を落して立っていた。樹齢百数十年くらい。

Kたちの曾祖父が隣接の朝天《チョチョン》から三陽へ移ってきたときに植えたということだから、大体の計算でもそのようになる。Kの父は破落戸《パラッコ》、没落名門の道楽者で三十数年で生涯を終えているが、少年の頃、この榎木の樹上で詩を吟じ、文章を諳んじていたんだよと、生前の父の妹の叔母が日本から来た少年のKを連れて歩きながら榎木のまえで立ち止まり、二股に分れた蔦が這っている大きな枝を指さしながら話したものだった。祖父が四兄弟だから、父の代の従兄弟たちはかなりいたが、実の兄弟は妹一人だったし、Kの祖父は三十代半ばに至らない早死だったので、少年の父は孤独だったのだろう。

済州きっての名門一族だったが、旧韓国の滅亡、植民地化とともに没落、守旧派の一族は新時代に適応の道を知らない。教育も旧態依然、気位は高く、働くことを知らない。みながなるのではないが、父は道楽者になった。働いて稼ぐわけでないので、いつも手許にカネのありようがない。有りガネは蕩尽、破落戸の道楽者。

一時は書堂《ソダン》（寺子屋）の訓長《フンジャン》――先生をしていたが、自分が漢文を教えながら、紙榜《チバン》――祭祀《チエサ》（法事）に使う紙位牌の書き方を学べばそれで充分、いまの世の中にそれ以上の漢文の素養は必要ないとして、生徒たちに教えなかったものだから、親たちの反発で長続きがしなかった。訓長を真面目にしておれば授業料の代りに、村人たちが月に一斗、二斗の穀物を持ってくるので生活は充分に出来たのに訓長を辞めてしまったんだと、叔母の息子のオンギが日本へ来たときに話してくれたものだった。

こうして道楽者の生活に入るのだが、賭け碁で大負けした代償に、門中所有の土地（畑）である宗田《ジオンジヨン》の一部の譲渡証明を書いて相手に売り渡してしまった。そして家に帰ってこない。

それを親戚たちが買い戻しながら、国が亡びていなければ科挙に応試でもしただろうに、そうならず、大丈夫《デジャンブ》たる者、酒を飲まねばならぬだろうし、生活するにもカネがいることだろうからと、時代のせいにしてKの父の伯父、叔父たちの親戚が父を許したという。

二児の母親だった寡婦のKの母と知り合ったのはその頃だろう。朝鮮に、朝鮮だけではない儒教の教えに基づく七去之悪《チルゴジアク》、男が一方的に妻と離別出来る七つの理由の訓があって、その一つが子無きは去る。つまり男子を生めない妻、女は家を出る、いわば女は男子を生むための物であり、男は種播き役ということ。

父と知り合って、Kを孕んだ母はそれから半年くらいの後に世間の目を避けて、日本の大阪へ郷里を捨てて旅立つ。そしてイカイノの故郷の人たちが住む一郭の長屋に身を寄せKを生み落とす。済州島でのことか、大阪へ移住してからか、夢でKを孕んで脹らんだ腹に気絶するくらいの恐ろしい音の落雷があったんだと母から一言、少年の頃に聞いたことがある。

Kの父は母が日本・大阪で男子を出産したという伝聞に狂喜、妓生のソン氏と生活していたときはなかば病弱だったが、それでも何とか自ら日本渡航を考えていたらしく、それを察したソン氏が必死に止める。そしてK出産から、二、三年で父は祖父より、一、二年長生きして数え三十六歳で死去。ソン氏もその後を追うようにして間もなく世を去る。

父は日本へ行かなくてよかっただろう。日本行を強行していたら、ソン氏はさて措いて、到着早々病床に臥してKの母に雪上加霜《ソルサンカサン》、さらに二重、三重の苦労をさせたことだろう。父の日本行は実現しなかったが、彼のK母子への思いがいかに超現実的に強力なものだったかは、父自ら発する死の声が海を越えるテレパシーがあるのか、大阪へ届いたということだ。

晩春のすでに暑さが迫る路地の日蔭で、まだ二歳にならない子供が、しゃがみこんで跪いている。アイゴー、アイゴー、悲しそうな声で、可愛い声で空泣きをしている。木片で路地の土を掘ったり、掻き寄せたり、小さな土饅頭の山を造って二つの小さな手でとんとん土饅頭の山を叩いて固めながら、アイゴー、アイゴー、大人の真似をして泣いている。路地の長屋の一軒からチマ・チョゴリ着の母親が子供の奇妙な、聞いたこともない作り泣きの声を聞きつけて外へ出てきた。アイゴッ、おまえはいったい何をしているの？　母親の声も子供の耳に入らない。子供は無心に小さな土饅頭の山を作りながら、アイゴー、アイゴー、とんとん、すぐ崩れてしまう土饅頭に土を盛っては小さい手で叩いて固めながら、幼ない声で大人の泣き真似をする。不思議なこと。まだ乳呑み子が死者の土饅頭型の墓――山所の形を見たこともないのに、胎教、腹のなかででも見たことがあるのか。不思議でならない母は不吉な予感に打たれて、急いで子供を抱き寄せると家のなかへ連れて入った。

二十歳のKが母のまえに坐っていた。八・一五解放後祖国へ引き揚げてから、翌年の夏休みに一時日本へ来ているときだが（その一時が永遠に、四十二年ぶりになってしまったのだが）母は一言、イカイノの路地裏での幼ないKの墓作りの話をした。

母の予感はそれから何ヵ月かして、当時の大阪―済州島間の定期航路船に乗ってやって来た同郷人が父の死を母に伝えてくれたのだった。子供のKが土饅頭の山所を泣き真似をしながらとんとんやっていたちょうどその日（陰暦六月×日）に、父が亡くなっていた。憐れな父は二歳の乳呑み子によって、異郷の地で手厚く葬られたのだった。母がその後、故郷に残した二児を連れに帰郷したときは、父と顔を合わすこともなかった。

狂蝶莫探花
三春今三過
運来附鳳翼
風順過鴻毛

狂蝶よ、花を探すことなかれ。三春はいますでに過ぎ去る。運は鳳翼とともに来り、風は鴻毛を乗せるが如く順なり。

「探花狂蝶」は花から花へと飛び交う蝶。女から女へと求めて歩く漁色家を指す成句であって、自らを自嘲している趣も見られるが、また「探花」は科挙試での甲科及第者の呼称であって、一門の宗子である父の従兄が旧韓末の売官売位、貪官汚吏の時代に裏ガネを使わずに科挙に応試、落第したことにかけている。名門の宗子としてその失意は測りがたく、二十代半ばで得病（鬱火病《ウルファビヨン》）、死去した。「莫探花」は亡国の貪官汚吏への道、当世の科挙及第者になるなかれ……とかけているのだろう。鬱憤の従兄の死であり鬱憤の詩一首である。

Kの父は、参判公、従二品、工曹参判、漢城府右尹、経筵特進官等々の歴任者の曾孫であり、その他一族は高位顕位者を擁した済州島で最たる名門だった。

国亡びて山河あり、植民化、開化文明に適応出来ない没落家門だった。親戚のイングたちには守旧保守の家風が残っていて、それに四・三蜂起当時はゲリラの三陽洞襲撃の際若干の被害もあって、反共立国、北進統一の李承晩政府以来の国是の影響、四・三虐殺の恐怖が四・三病として生きているだけに、Kの済州島入りに対してK本人が思っていたよりは抵抗のあるのが分かった。父祖の墓参りの案内どころではない。当局同様に早いKの出島、出国を願っているのだった。オンギ従兄が言っていたものだ。何の接待もしないだろうが、淋しく思うなよ。

またの日、赤魔、共匪の呼称が消えて無くなるときに墓参りをしよう。一門親族意識の強いイングは、そのときは笑顔でKを迎え、率先して墓参りの案内をするだろう。いままでも祖父母、そして父の墓の管理を委せているのだから。それでいいのだ。再度の韓国入国は依然むつかしいだろうが、またのその日は必ずやって来る。それは空港滑走路の下の、虐殺死体の遺骨を掘り起こす日であり、その声はもうすでに上っているのだ。ソウルだけではない。済州島でもその声は出始めている。

李芳根が観徳亭広場のまえの玄海の二階の窓から、広場の周りに並べられた血まみれの汚れた生首の列を眺めながら感じる恐怖の光景がある。一九四八年一月三日。そこには凍てついた恐怖の光景。……恐怖のまえでは精神は不能になる。憎しみも怒りの感情も正義も何もかも情熱が萎えて、殺意も消える。生首をキャベツ玉のように路上に放り出して死者を殺戮する彼らは自らを、〝赤魔〟を倒す十字軍戦士、反共・民主主義立国、反共・社会秩序の正義具現の名分で、殺戮を果す。殺す欲望、犯す欲望を限りなく果す……。

恐怖……。その四・三（精神）病の癒えていない済州島での親戚たちのKへの対応も当然。ソウルなどで民主化の熱い勢いがひろがっていることだから、永遠に四・三当時のように絶海の孤島、封鎖された密島ではあり得ない。

済州島を出発する前日の夕暮れ、旧市内、城内の町で会った二人の青年。……市民会館で先生ニムの講演を聞きました。どうして先生ニムは日本に住み続けて済州島へ帰ってこないのか。済州島では年輩者たちは政府主導の時勢に順応して、若い者たちがやろうとすることに怖じ気づいて一切関係しません。先生ニムは済州島へ帰ってきて下さい。そして自分たち後進の指導にあたって下さい……。何ヵ所かの講演会に参加の大半が青年たちだったことが、四十二年ぶりの故郷の土地を踏んだＫに、李芳根の深い怒りと悲しみのつぶやきを押しのけるだけの喜びと力を与えた。これが済州島からソウルへ発つ日の前日、十一月二十一日夕暮れのことだった。

それから数日後に金浦空港から日本へ出発。四十二年ぶりの故国、朝鮮半島の南半部。飛行機は天空の闇を飛ぶ。樹齢七百年、樹高二十数メートルの黒松の群れの茂み。済州全島の焦土化作戦の戦禍をくぐり抜けてきたのだ。Ｋは突然頭を振って、二つの眼を開く。隣席は同じ日本人乗客、ＫＡＬ機は成田空港行。済州空港行の上空と錯覚していた。眼を閉じる。エンジンの轟音が響く。

成田到着。私鉄、ＪＲ乗換えで約二時間後に家へ到着した夜の眠りから、徹底した現実否定の、夢と現実の境界の分からなくなる異世界に入る。四十余年の年月を越えて六十年の在日を否定する、身体的にも投げ倒されて熨されたような夢の十日間を過ごしたのだった。

そして何とも自分自身に説明のしようがないのだが、まだ整理されていない引っ越しの荷物のなかの行李の一つを引っ張り出して、長年そこに仕舞われているだろう母の写真を外の明るい空気のなかへ取り出さねばならない……と思った。

行李のなかの母の写真、何だろう。我ながら首をかしげる。済州島へ行ってきたからか。済州島の海風、山風、野の風に当った体感が、いまは次兄が管理する大阪郊外の小高い丘の麓の、風水の地相に適した家族の共同墓地を兼ねた母の墓所に思いが至ったのである。

額縁に入れて、なぜ壁にかけないのか。行李のなかに雑多なものと一緒に詰めこんだその写真を故国、済州島行の煽りで光のなかへ取り出すのか。

妻の部屋の押入れから、下積みになっている重たい行李を外へ引き出した。そして目礼をしてから、ちょっと厳粛な気持ちになって行李の蓋を取ると、写真の母の視線にふれるかと思ったところが、そこにあるのは昔の年賀状、手紙類が茶封筒に詰めこんであり、何かの書類などの束が重ねられていた。そこに母の写真の額縁があると思っていたのだが、全然違っていた。雑然とごっちゃになった荷物の上に母の写真が……と思っていたのだが、何となくほっとしていた。

「なんだ、これは。ないじゃないか。オモニの昔の額縁に入ってる写真があっただろう。あれはどこに行ったんだ」

「オモニの写真はここにないよ。何か、昔の書類でも探しているのかと思って。写真は別にあるんだから。写真だけがあるの……」

「なんだ、どこにあるんだよ」

妻は居間の書棚の下段の隅から、大判の部厚い写真アルバムを抜き出した。家族写真など大小の写真が嵌めてあるページの一ページ全体を占める母のチョゴリ着の上半身の写真が現われた。意外にふっくらした、まだ若い美しい顔立ちだった。還暦といえば、息子の自分と同じ年齢になる。髪の毛が黒い。Kはしばらく見つめていた。

「オモニ……」

Kは一言つぶやいて、重たいアルバムのページを閉じる。

「額縁のまま行李のなかへ入れたんじゃなかったのか?」

「あなたは、おかしいことを言う。なんで額縁のままのオモニの写真を、いろんな書類がいっぱいの行李のなかへ入れるの?」

「……そうだな」

錯覚にしても、錯覚の対象がおかしい。

「額縁の写真は壁にかけていたけれど、それを下ろして、下ろしたのは覚えているでしょう。それから写真だけをアルバムに場所を替えたんです……。あの簞笥の上のモノクロの百済観音の写真の額縁はオモニの写真の額縁ですよ……」

「うん、そうだったか。あの百済観音の額縁はそうだったと思う……」

よくもまじめくさって、オモニの写真を額縁に入れたまま行李のなかへ閉じこめていたと思いこんでいたものだ。Kは、ほっとしていた。そうだろう。行李の他の荷物と一緒に詰めこむなんて……。行李を開けて見ると決して詰めこんだりはしていない。土のなかの母の墓は墓として、壁から下ろした額縁の写真をそのまま静かな暗所、行李のなかに鎮座という気持ちだったのではないか。このことがすべて錯覚だった……。Kは一人笑っていた。

「何を笑っているの?」

妻も笑う。

写真は還暦祝いのときの母を中心にした家族写真の母の上半身を引き伸ばしたか、母だけの写真だったかは忘れたが、四十余年前のものだ。

それから十余年後に母は亡くなった。

通夜の夜、二階の一室の寝床に母は横になっていた。Kは予めスケッチブックと4Bか6Bの鉛筆を用意していた。

長兄は端正ないま眠ったばかりのような静かな臨終の母の額から顔にかけてやさしく撫で、冷たい手を軽く握った。

Kは母の左の肩のそばに坐って、落着いて持ちがいのある太芯の柔らかい鉛筆で、老衰の眼窩のくぼみ、鼻と額の下が天井の電灯の位置で陰っている母の顔のデッサンを始めた。どれほどの時間が続いたのか、三十分くらいか、分からない。そばにいた次兄は席を外して二階長屋の二軒隣りの自宅へ戻ったが、そこの母の部屋で泣いているかも知れない。いいデッサンだった。この地上を去った直後の不思議に生者を落着かせるような静寂をかもす死者の顔。

「アイゴ、オモニ……」

Kがつぶやいた。

突然、そばに坐って出来上った母の肖像をしばらく見つめていた兄が、いきなりKからスケッチブックを取り上げて、母の肖像の一枚を引きちぎると、それを真っ二つに引き裂いて、さらにそれを重ねて破り捨てた。Ｋは呆然としていた。そして破り捨てられた肖像画の無残な紙片をしばらく見つめていたが、猛然と怒りがこみ上げてきた。一足先に席を立っていた次兄の家をめがけて階段を駆け降りると、一軒を措いて隣りの母が一緒に住んでいた二軒続きの次兄の家へ飛んで行った。勢いよく玄関の戸を開いて入ると、ちょうどすぐそばの台所にいた義姉に、火を吐くようなことばを投げつけた。

「姉さん、包丁を下さい。兄貴のやつを殺してやる。オモニの死んだ顔を折角描いたのに、そばで取り上げて破ってしまったんだ……」

突然のことに呆然としながら義姉は両の掌を胸のまえで小刻みに振りながら、ダメ、ダメ、そんな包丁なんか無いんだから、これ一体何のこと……。

次兄が眼のまえに立っていた。

「バカなことをするな。おまえ、気が狂ったのか。落ちつけ。ほんとうに何ということを。おまえ、オモニが亡くなったんだぞ……」

Ｋはその場にへたり込んで、声を上げて泣いた。アイゴッ！　アーイゴッ……。

その後、長兄は東京へ移住、江東地区でビニール工場を経営、一方で、組織の地区商工会顧問役をしていた。

Ｋは当時、現在の埼玉・Ｗ市ではなく、隣接のＫ市に住んでいた。組織の新聞記者だったが、長兄とはときどき会っていた。ある日、長兄宅へ行ってみると、兄の部屋に母の肖像写真がかけられていた。

　年一度の陰暦八月の母の祭祀（法事）の夜に祭壇に紙榜（紙位牌）とともに母の写真を安置するのはいいのだが、部屋に写真を掲げてあるのは、一般的なことで別に咎めることではないのだが、Kは兄に向って言った。

「兄ニム、オモニの写真を部屋に飾って、オモニと顔を合わすのは平気なんですか？　どれだけオモニがこれまで苦労をして来ましたか？　わたしはオモニの還暦のときの写真をしばらく飾っていたけれど、オモニの顔を見るのが辛くてそれを下ろしたんですよ。写真は他に仕舞ってあるんだ……」

　流民、ディアスポラである在日朝鮮人は一般的に苦難の生活は免がれなかったが、Kの母はとくに長兄が若いときから労働運動に身を投じ、大阪から東京にわたって組織活動に奔走、留置場や刑務所暮しを重ねていて、東京で逮捕、留置されたときなどは単身汽車に乗って日本語も片言しかしゃべれないのに面会に行って来たりしたものだった……。

　その兄に母の写真云々の一言がこたえたのか、次に訪問したときに兄の部屋を覗いてみると、母の肖像の額縁が消えていた。Kは胸が疼くのをおぼえながら、兄を偉いと思ったものだが、何となく悲しい話である。

　十日間の夢の跳梁は、なぎ倒された後の心身の回復のような自由をもたらせたが、夢の跡は消えるのではなく生きていた。それは身体性を越えた思想化だった。十日間連続の夢ではことばも人間も景色もすべてが韓国済州島であり、ソウルであって日本の片鱗も出てこなかった。

いわば在日の、Kの六十年の在日生活、存在の自分による、見えない自分による否定だった。最初は夢で韓国が全身に沁みていて気がつかなかったが、何度か繰り返し夢を思い起こしているうちに全く当然のようにすべてがそれらしきところ、そして済州島、海……とぎっしり詰っていた。どんどん夢の網の目からこぼれ落ちて消えて行きながら息苦しいばかりに隙間がない。

この自分が見続けた夢が、自分が現在生きている、自分自身である在日の否定。これは一過性の夢で消え去るものではなかった。睡眠中は夢の牢獄に入れられたように、強制的に見せられる夢を離れて考える余地がなかったが、十日間が過ぎて一応日常の自分になってから夢を想起、考えていると何となく腹が立ってきた。

在日の否定、自分の存在性の否定、夢見る自分を否定する睡眠中の出来事。夢の外の自分がどうとも出来ぬ夢のなかの出来事を、自分がやっている。確信犯なのだ。夢の外の自分か。夢のなかの自分か。夢自体そのものなのだ。

それが夢から出てきて、夢の発生源であるKの存在を脅かす。

……夢ははっきりした意志を持って日本にいるKを犯し続け金縛りにし、いまある現実の日本との亀裂をクレバスのようにひろげる。

韓国にいるだけの夢の連続は六十余年の日本にいる現実に敵対していた。夢自体が現実だった。深く深い、長い闇をくぐって夜から出てきたより真実なる現実。夢こそ、真実、おまえの存在の欲求なのだ。夢はこの六十年の現実が望まざる偽りの致し方なく生きた仮象だと、そのライトのもとにはっきり照らし出した。

十日間の夢は意識化された欲望——深層の朝鮮の表現、欲望が浮上して意識化されて認識となる。仮象、Kの存在が、在日の存在が仮象だと刻印した夢はそれ自体が真実の現実だった。Kは人生六十余年にして深い自分、夢のなかの自分、真実と出会った思いが強い。現実の自分とそれを仮象だとする夢の自分の分裂、この分裂と夢が表現に向う。夢はKの深層にひろがった個——Kを越えた普遍、朝鮮の地脈の根に触れる。

仮象は日常のKの現実とKの深層の夢の分裂、ユーレイのように実体を離れたものではない。それでも仮象の認識が転化してのイメージ。それは実体からの分裂であり、Kの存在の二分化、一種のニヒリズムだろう。ニヒリズムは生の無価値、無意義の認識から始まるが、「火山島」の李芳根はそのように見えないニヒリストである。イ・バングンの裏切り者を核とする虐殺者に対する恐怖を越えた徹底した憎悪、そして個に対する殺意への移行は彼のニヒリズムがあるだろう。若い友人に対する限りない愛と対比される憎悪。

壊滅のハルラ山の若いゲリラたち、何百名か分からぬゲリラ、山部隊救出のために全財産を投入して手に入れた十数トンの機帆船で反革命と批判されながら日本へ脱出行の密航をさせる。これは島の青年たちに対する李芳根の愛の献身であり、そこに虐殺者に対する憎しみと復讐があるだろう。復讐、李芳根はこのことばを好まない。しかし虐殺と壊滅の島における憎悪とその殺害の実行は、李芳根の生存と同根のニヒリズム、悪魔的ニヒリズムの表現である。

虐殺された少年のまえにニヒリズムは立ち得るか。

胎児までパルゲンイとして、妊娠の女性の腹を割き、アカの種を滅種《ミョルジョン》させる。ガス室や爆撃で短時間に殺すのではない、俎上の鮮魚や肉を切り刻むように生きた人間の肉と心を、存在を巨大な俎上で乱切りにする殺戮、自由民主主義擁護の大義名分を掲げて、個々人の心身を細分化しての大量虐殺、斬首した島民の首を気分晴らしのボールのように蹴り合う討伐軍。

　村民を村の広場に強制動員、数百名の子供、老人を含めた人たちのまえに連行されて出てきたのは、ハルラ山に入山したゲリラの父親、そしてもう一人は息子であるゲリラの妻。二人とも全裸。銃剣を突きつけられながら二人は広場の真ん中まで連行されて、地面に横たわり、性交を強制される。嫁の軀の上に舅が乗らねばならない。縄の囲いの外の群集のざわめき。氷のような沈黙。泣き声でも笑い声でも洩れるなら、広場へ引き出されるだろう。

　百名の死は悲劇だが、百万の死は統計にすぎない。一九六〇年アルゼンチンで逮捕、二年後イスラエルで絞首刑になったナチス残党アイヒマンのことば。

　李芳根は済州島におけるすべてを目撃しているわけではない。観徳亭広場での討伐軍によるゲリラ捕虜に対する死の行進、竹槍の先端に同じゲリラの生首を突き刺して肩に担いで雨天の下を行進する。その見物のために強制動員された城内の住民。そのなかには必ず李芳根家の下女ブオギの姿が見られた。

　政府討伐軍によるハルラ山ゲリラ包囲作戦が進み、一九四八年十一月、戒厳令、全島焦土化作戦、海岸から五キロ以上の中山間部落焼却、山泉壇村、そしてハルラ山中腹にある島民の信仰の本山である観音寺全焼、海岸部落の随所が焦土化作戦の対象となって全滅。済州島は天空も炎で真っ赤に染まり、済州島の海はその照り返しで血の波濤の海となった。

第二次世界大戦後最初のジェノサイド。封鎖された孤島で、アメリカ軍指揮下、李承晩政府軍によって行われた。

大韓民国存立のためには済州全島にガソリンをまいて火を放ち三十万島民没殺《モルサル》——皆殺しにすべし。

李芳根は済州島の虐殺、ガス室のように空爆のように見えない殺戮ではなく、一人一人の死が見える個の死を見る。李芳根の殺意の対象は虐殺者たちの集約である個に向う。城内組織の名簿を警察に売り渡したユダ・柳達鉉は夜の海の密航船のマストの上に宙吊りにされて死んだ。そして柳達鉉を警察のスパイ、手先として使った鄭世容に李芳根の殺意が向う。

鄭世容は何よりも四・二八（一九四八年）ゲリラと駐在軍の停戦平和協定を陰謀工作で破壊、双方の戦闘再開、虐殺、全島焦土化作戦の端緒を作った李承晩大韓民国の功労者。母方の親戚であり、母が生存していれば不可能な行為へ向うのはなぜか。李芳根は鄭世容を殺す個人的な理由はない。

李芳根は虐殺の島で人間の、自分の殺人行為について考えざるを得なくなっているが、殺人と自由、自由な精神は殺人をしない。他者を殺すまえに自らを殺す。故に殺さない。これは一旦殺害となれば、李芳根の存在にかかわる問題であり、その彼が自分の内部のテーゼを越えて、殺意の領域に入っている。領域から殺人への飛躍、自由な精神は殺人のまえに自殺する。自殺をしない。出来るか。

自由な精神は崩れる。殺人は自らの殺害へ向うのでは。

死者は生者のなかに生きる……。李芳根が南承之や妹有媛たちに話したこの死者に、自分の死のことを考えてないはずがないだろう。死者は生者のなかに生きる。有媛も南承之も、そして梁俊午も何かを感じなかったたか。

梁俊午は李芳根の意に反してゲリラとして入山するだろう。やがてのゲリラの壊滅へ。妹の有媛や南承之は。

李芳根は済州島の現場にいる人間であり、敗残ゲリラの救出作業をやりながら済州島を離れようともしない。

ソウルを離れて済州島で李芳根とともに暮したいと願う文蘭雪に、ナンソリよ、済州島はナンソリが海を渡ってきて、ともに住むところではない……と斥けて、自分はこの壊滅の島に残る。

8

Kは一九四六年夏一ヵ月の予定で、その約束のもとでチャンと別れ、ソウルを、祖国を離れた。そしてそのまま、おまえはいつ祖国に帰るのか、もう帰らぬのか……のチャンの手紙に応ずることが出来ないまま日本で生き延びて、このたびの四十二年ぶりの故国、ソウル、済州島行となった。ソウル、南山西麓、厚岩洞、かつての住居の裏山の石段を登って行くと、間もなく四百余メートルの南山頂上、ソウルは一望のもとに四方にひろがる。前方、北に聳える北漢山の麓には旧朝鮮総督府、現アメリカ中央軍政庁、間もなく迫る一九四八年五月の南だけの単独選挙で李承晩を大統領にした大韓民国政府が、旧朝鮮総督府の豪壮な石造の殿堂へ移る。右手、東に大河漢江の流れ。

米占領軍支配下の韓国ソウルで、チャンは同志たちとともに南だけの五・一〇単独選挙反対闘争のさなかに死んだ。何度か祖国を離れてKと同じく渡日を志しながら、最後まで祖国に踏みとどまり、そして斃れた。祖国を離れて、約束どおり、一ヵ月後に帰国しないKに送った二十二通のどれも長文のチャンの手紙は四九年五月四日付けが最後になった。多分、彼の二十二歳の命とともに。

たまらなく会いたい。君と僕が離れてからもう四年。分別なく飛び廻っていた頃がとても懐しい。あの頃、同じ釜の飯を食っていた仲間たちもばらばらになり、ソウルに残っているのは永善《ヨンソン》兄と潤《ユン》と僕だけだ。すべてが夢のようだ。

……ところでKよ！　僕は君に告白せずにおれないことが一つ。いったい何だろうか？　良心的に君に告白しなければならぬのか？　僕はどうしたって罪悪のような気がして、口に出して言わずにおれない。この忙しい時にある女を愛しているのだと！　長々と書かない。

それほどでもない女性ではあるが、僕を愛してくれて、僕と同じ考えを持っているが故に、僕も人知れずに惹かれたのだが、おそらく、今後……分からん。

いまはこれだけ伝えておこう。いつ来るのか？　一度、戻ってこないのか。愛する者の腕のなかへ。故国は待っている。数限りなく、君のような情熱の青年を……。
また書こう。では。
ソウルにて　三月二十八日
遠程行人　白鹿雅兄前

（第二十一信一九四九年）

……それから、僕の渡日の件について本当に感謝している。何とも言いようがない。だがKよ！　夢から覚めよ。祖国は僕のような者も、ひとり残らず呼んでいる。なのに、いま、どうして日本へ行けるだろうか。これ以上は書くまい。推して知るべし。昨年とは、一年前とは大きく変ったのだ。君のその心情と僕のためのすべての苦労は実にありがたいことだ。しかし祖国のことを考えてくれ。犬や猫の手を借りても建設をする時だ。いま、僕が数多くの同志を置いて、どうしてひとり行くことが出来ようか。それは全民族に対する罪だ。昨年とは違うのだ。大韓民国……。わが国を建設するのは、わが大韓の青年の他はない。ともかく行きたい心を抑制して、君にこのような手紙を書いている、いや書かずにおれぬ僕の心情と祖国を思ってくれ。
長々と書いてもしようがない。僕の代りに多くを学んで戻ってこい。ともかく僕自身がいま猛烈に駆けずり回っていて、本当にそれこそ、眼鼻莫開（目も鼻も開けている暇がない）なのだ。……それから僕の恋人の件、僕は心から愛しているのだ。あの女を。しかし彼女は出身階級からしても、あまりに大事にされて育ち、さして苦労を知らぬ女人。本当に難しいこともしょっちゅうだ。だが思いを一つにし、その心情はまことに美しい。そして僕の代りに彼女が君のもとに行こうと言うのだが、どうしたらよいのだろうか？　もちろん経済的に君の力をたくさん借りねばならぬだろうが、そう難しいことでもないから、多少の金なら持って行くことも出来るだろう。ある高女に五年通ったのだが、成績は国民学校からずっと一等で卒業、現在某音楽学校に通っている。さて、どうしたものか！　だが、この問題についてはまた書こう。あまり心配するな。僕のことだけでも全く言いようのないくらいすまないのに。また今度にしよう。いまはかなり深い関係になっていて、切るに切れない状況、だがこれは二人だけのことではなく、父母立会いのもとで話し合って成立したことだ。とはいえ、結婚したわけでもなく（時代が時代であるだけに）、ただ僕と彼女の間に愛の曙光が行き交うだけだ。東午《トンオ》は二十年、永善は元気だ。それではまめに飛行便で消息を伝えてくれ。お願いだ。元気で。東午を思ってくれ。いや、すべてのわれらの仲間を。では、また。君の返事を受取ったらまた書こう。返信が遅かったこと、許してくれ。

五月四日夜

（第二十二信一九四九年）

Kは返事を書いて送ったが、当時は大阪からソウルまで一ヵ月、本人が受け取ってすぐ返事を送っても、往復二ヵ月を要した。

Kはその返信の内容をほとんど忘れたが、事業にも失敗した兄の家に居候していたKにはチャンの恋人を迎えるというのは考えも及ばぬことだった。恋人がどうしても渡日を決行するとなれば、何とかやり抜こうとでも書いて返信の飛行機便を送ったのだった。

チャンの返信が到着する頃の二ヵ月が経ち、さらに一ヵ月、二ヵ月が経って秋になっても、チャンからの手紙は届かなかった。一九四九年五月四日付けの手紙が最後の手紙となった。その手紙には東午が二十年とあったのだが、二十年というのは懲役のことであり、それは死刑を意味していた。チャンも逮捕されて、彼の音楽学校の恋人も二人ともどこかの刑場で銃殺されたのだろう。

9

十日間の韓国だけの夢の実体は、在日を仮象と見なす深層の真実の存在の欲望だとの認識をもたらしたのであり、その十日間の夢の源泉の韓国行の入国許可証明書を手渡したのがハン参事官だった。かりにハン参事官に韓国入国許可証明書の副産物として十日間連続の夢見の話をしても信じるはずもないが、そういうこともあるんだと認めても、意味が分からないだろう。これはKの妄想としてしか受け入れられないものだ。

妻は昼間韓国だけの夢見を続けているのを何かの病気かとも考えたが、食事など日常生活に異常がないのでKの言うがままに不安の十日間の経過を待っていたのであり、Kの夢の内容は知りようがないものの、その夢見をKのことばどおり受け入れていた。

二十二日間の韓国行がなかったら、十日間の夢見はなかった。Kの深層、夢のなかの朝鮮が真実で、在日が仮象だとの実存的認識が出てこないだろう。なぜ、在日存在を否定する仮象の認識が出てくるのか。夢を満たして溢れるソウルと済州島は、失われた祖国の代償としての植民地朝鮮であり、そのかけらとしての在日ディアスポラである。四十二年ぶりの故国行、韓国大使館の入国許可証明書、その代弁者ハン参事官。帝国ホテルで彼から手渡された入国許可証明書にすべてがかかっているのである。それこそ一日千秋の思いの韓国行が実現。その延長としての十日間の夢、もし彼にこの話をすれば、四十余年ぶりの韓国行のショックの白昼夢的な妄言と受け取るだろう。苦笑いをしながら。入国許可証明書の効果がこれほどとは。

こちらは在日――駐日韓国大使館。仮象の存在。仮象が存在するか。こちらは仮象を相手に管理しているのではない。十日間の昼夜連続の夢をまともな顔をしてしゃべること自体がおかしい。自分でおかしいのが分からぬのがおかしい証拠。作家というのは眼に見えない変なことを考えるのか。Kはユーレイの存在を信じているのではないか。かりにハン参事官がKをそのように考えても無理ではないだろう。逮捕、拘禁した反政府分子の頭のなかまで監視するという朴正熙軍事独裁政権のKCIAの後進、安企（安全企画）部直系のハン参事官。

Kが二、三日中にでも会うことになる参事官に夢見の話をしなくても、何か雑誌に書くことになる韓国――故国には、韓国を離れてからの夢見のことも出てくるだろう。口頭では荒唐無稽なことを、文章には書く。

十日間の夢、二十二日間の韓国行の延長の夢の空間から出てきて一週間、初の遠出。バスに乗り、電車に乗り群衆が動く大きな駅の大きな階段を昇降し、ネオンサインの点滅、旋回する寒天の光の矢に突き刺されながら辿り着いたところ。

夢の非現実の空間の見馴れない不透明感で夢の階段を行くように駅の階段を上り、下りて地上から改札口へ何かに押されるように通過、雑踏の構内へ入る。沸騰するような群衆が渦巻いてうごめく池袋駅構内の外は、夜の寒天。ネオンサインの点滅、旋回する光の放射。夢と違って、物の、人の顔の輪郭が見開かれた二つの眼にはっきり入ってくる。視線が擦れ違うと、反応の波動がある。現実だな。混雑、騒音の波に足を踏み外して、雑踏に巻きこまれて、倒れたら踏み潰されるよ。

眼のまえ、握手の距離に達したときに相手の姿が立体像として、新しい眼に合った眼鏡を掛けたように輪郭を引き締めながら見える。眼が豊かになる瞬間だ。満足する。

韓式食堂の壁際の四人掛けテーブル。Kが約束の五時定刻前に暖房のきいた店に入ると、ミングが会釈をして腰を下ろした。近視者の癖でもあるが、対面の際に相手を覗きこむように見る。かすんだ輪郭を戻すためだ。

Kが韓国行のまえに帝国ホテルでハン参事官と会ったときと違って、ミングの顔が強張っていた。街頭の寒風に当ったせいではない。Kはコートをハンガーに吊るしながら、内心そうだろうとうなずく。怒りを押し込めた表情なのだ。ミングのこんな露骨な表情を見たことがない。

「ハン参事官は来るんだろう」

「イェー。来るんじゃないですか」

ミングは答えながら、入口のドアへ向って立ち上った。Kは振り向いて立ち上りながら軽く会釈をして、ハン参事官がKと向き合った席に着くのを待ってから、腰を下ろした。

「スゴハムニダ（ご苦労さんです）」

「イェー。ジャル、タニョオッショッナヨ（無事に行ってこられましたか）」

「イェー、おかげさまで、無事に行ってきました」

互いに握手の手は伸びなかった。

ハン参事官はコートなし。秘書兼ボディガード運転の黒塗りの乗用車で来ているのだ。すぐそこの広場の一角に駐車しているのだろう。

まずビール二本。幾皿もあるミッバンチャン——前菜を運んできた店員のまえでKはミングに向って適当に注文するように言う。

Kがビール瓶を持ってハン参事官に注ぎ、そしてグラスを退けようとする……ミングに、いいから受けろとビールを注ぎ、そして自酌するところを、慌てたミングが両手でKのグラスにビールを注ぐ。そして互いに泡立ち揺れるビールのグラスを手にしながら、乾杯をしないで口に運ぶ。酢醤——酢味噌をつけて食するセンマイの皿がテーブルの上に置かれて、スペアリブなど、焼肉がコンロの金網の上にじりじり脂を弾きながら並べられる。

ハン参事官は無表情でことばが無かったが、ミングのように引き攣り気味の緊張感もなかった。重たい怒りが心を鎮めているのだろう。戸迷い。S誌メンバーを相手に全員転向させたときとの違い。東京の大使館に入ってくる韓国でのKの言動追跡報告。他者の邸宅へ入ってきて勝手気ままに動き廻っている乱入者。韓国でない朝鮮籍。保証付きで韓国へ送り込んだ駐日韓国大使館ハン参事官。大きな鯨《クンコレ》の獲り逃し。……過激なことばが出そうになったときは、私の顔を思い浮かべて下さい……。伸ばした握手の手を振り払った……。無視したのだから、振り払ったと同じでないか。人の真情を踏みにじる人間だ……。懇願のことばも、ハン参事官の全体を思い浮かべなかったことも知らない。Kは多分、紀行文にそのことを書くだろう。

焦げ臭いコンロの上の焼肉にせかされて、ミングは箸で取って各自の皿に載せる。

Kも話すことばがない。グラスのビールを少しずつ傾け、肉を食べる。ハン参事官の期待を全的に裏切ったのだから。Kのほうは相手と約束をしたわけでないのだが、それを相手は期待していたのだ。改まって四十二年ぶりの韓国行の話は一言も出てこない。二十二日間の韓国行の豊饒の海の話は沙漠と化した。

二十二日間の韓国滞在の延長バージョンの十日間の夢の話でもしたら、バカげた、あり得ない小説家の作り話でも面白いから、白けた場の空気をちょっとは動かすだろう。

「あのう。K先生ニム。お伺いしますが、こんど韓国へ行かれたのはハン参事官の努力が大きいのですが、四十二年ぶりに行って来られたわけです。韓国へ行くまえの新聞の消息欄に、韓国旅行の紀行文を書きたいと出ていましたが、紀行文を書くのですか?」

ミングの話しぶりが詰問じみていた。

「まだ書いていないが、書くよ」

Kは断定的に言う。

「はあ……。どんなものを書くんですか?」

「どんなもの? それは何の、どんなもんなんだ?」

「いや、長いもの、連載か短篇かという程度の意味です」

「程度……。私は小説を書くんじゃないよ。なんだ、短篇とか連載とか。多分、長いもんだろう」

Kは斜めに視線を向けて言った。「それから?」

「それから……というのは、何ですか?」

「話は終りかということだ。話を続けなさい」

「……」

「きみはハン参事官の代りに、代りのつもりで私と話しているのか?」

「違います。私の意見です」

「ミング氏、やめましょう」

「ハン参事官ニムはK先生を信頼されて、わたしがK先生の代理になって書類を準備、それから手続きや、領事館の窓口、窓口ではなく、直接ハン参事官ニムにお願いして、めでたくK先生ニムの四十二年ぶりの韓国行が実現したのが現実です。そうではありませんか。ハン参事官ニムはK先生ニムを信頼されて入国許可証明書を出されて、自ら帝国ホテルまで出向いて行って、わたしがお伴をしたわけですが、K先生ニムに手渡されたのです……」

うん、そうだよ……と言わんばかりに、Kはうなずく。

「ミング氏、やめなさい」

ハン参事官が右隣りのミングを見て、やや心外と言わんばかりに言った。ことばの運びが何となく浮いている。

何のために会ったか。四十二年ぶりの韓国入国許可証明書発行のハン参事官に対する感謝を兼ねた挨拶が、相手は完全に裏切られた立場であり、ミングは裏切り者を斡旋した当事者だった。反韓反政府的言動で現地の反政府民主勢力を勢いづけながら、ソウル、光州、済州島を廻ってきた「忌避人物」だった。多分S誌メンバー一挙取り込みに成功、そのときに取り逃がしたKの韓国行をKの転向と踏んで、大きな鯨を捕えた勲章物だと期待していたところが、どんでん返しの結果となり、ハン参事官は職責追及から逃れられないことになるのか。

Kの再びの韓国入国の道は閉ざされたのだが、かりにK自身が韓国籍取得を申請、忠誠宣誓をすれば、Kの韓国での前途は泰平、大きく開かれ、同時にハン参事官の昇進の道はさらに大きく開かれるだろう。

間もなく三人は席を立った。六時になっていない。卓上にどれも三分の一ほど残ったビール瓶が二、三本、そして注文した料理の大半が残されていた。

Kがレジのまえで会計を済ませた。当然のように会計をしたが、礼、お返しとして当然だったが、これがKの転向を明示した韓国行だったら、この当然は起こらない。異変が起こる。Kは二人と別れて帰れない。Kが当然の会計をする余地が無くなる。当然は相手側に変る。十日間の夢以後、酒を飲んでいないKを六本木辺りの二次会の場へ、さらに高級クラブ……。それらの束縛から離れたいまが、どれだけありがたいことか。

Kは駅ビルのほうへ、二人はその手前を広場駐車場のほうへ行く。

Kはハン参事官に向って右腕を伸ばした。相手は一瞬Kの腕を見たが、ためらいなく腕を伸ばし握手をした。

Kは帝国ホテルでの別れ際に相手が伸ばした握手の手を無残なほどに拒否したのだ。

「カムサハムニダ」

「ご馳走さまです」

Kはミングに手を伸ばした。ミングは後ずさりして頭を下げながら手を伸ばして握手に応じた。

Kは広場を渡ってビル際の歩道に立ったが、少し離れたタクシー乗場に向きを変えた。

W駅から池袋までの電車は乗換えとともに坐ることが出来たが、帰りの北上の電車は退勤時間で超満員、夢の殻から出て間もないKは押し潰されて一つの物のかたまりになってしまうだろう。Kは四、五人の後に並んでタクシーを待ちながら、ミングの二つの顔を思い浮かべていた。

韓国行のことで、彼に手続きについて相談したときがそうだった。

韓国へ行ってきたいんだが……。韓国へ、韓国へですか？　K先生が……。先生、それ、わたしを何か引っ掛けているんじゃないですか？

あのときの、驚きのあとの徐々に浮き上る輝くような笑顔になって行ったミングの表情が忘れられない。

朝鮮籍の韓国入国許可後、二回まで朝鮮籍のまま出入国が可能であり、その後は朝鮮籍を放棄、韓国籍に変えるのが暗黙裡の前提、誓約になる。いわば政治的転向への道である。その相談、手続き、韓国大使館との交渉……。ミングの眼のまえで考えられないことが起こり、彼がその一切の世話役を引き受けることになった。あのときの喜びの顔と、先刻の頬骨がとがって引き攣った表情の、二つに分かれた顔を思い浮かべながら、すまない、仕方がない……。Kは苦い唾を呑みこんで、タクシーの開いたドアのなかへ軀を乗り入れた。

10

Kは一九九一年十月に韓国再訪の入国許可申請をしたが、二ヵ月近くあれやこれやと引き延ばされた挙句、土壇場で入国拒否になった。二度目の韓国行は朝鮮籍のまま入国許可が慣例なのだが、担当領事は理由説明が出来ないままあれこれと逃げ廻った結果の回答なしの拒否となった。もう、それだけでうんざり、行く気を無くしてしまう。それでも行く、小説を書くためには行かねばならない。

Kに裏切られた思いのハン参事官はKには絶対入国許可は出さぬと断言していたらしいが、引責辞任、アフリカのどこかの領事官任命、遠地へ左遷されたということもかなり影響していた。

Kは朝鮮籍者の韓国再訪許可の意味が分かってきた。ただし再訪といっても、「自分たち（当局）の意見を受け入れる人」であって、Kの意見とは折り合わない。

南朝鮮を故郷とする在日朝鮮人は何年ぶりか何十年ぶりかに故国訪問を果たして日本へ帰ると、再び繰り返して行きたくなるのであり、いわば禁断の木の実、再訪問を重ねて朝鮮籍を脱するに至る。同僚だった「季刊S」誌のメンバーたちもそうであり、無難な転向案内である。南が故郷であるのに北系の組織関係者ならともかく、朝鮮籍に固執するのが、北とも対立しているKのようなのがおかしい、そうじゃないか、分からん……となる。

いろんな「包摂工作」に乗ってそれなりの口実を作って韓国籍への道を行くのか、あっさり自ら韓国籍取得申請をするか、二つから一つの同じ韓国籍への道である。

一九九六年十一月、韓国政府筋から入国要請があった世界韓人文学人大会もKからの入国申請でないのに、参加後の国籍変更の条件が韓国大使館側から出された。それは話が違う。無条件でなかったのか。Kは受けつけなかった。そして大会参加を優先すべきだとなって、八年ぶりに韓国再訪を果たしたのである。


「火山島」は終局に向っていた。「火山島」の虚構の時空間と済州島の現実の同時性。天地が炎に包まれ、水平線まで赤く映えた海に囲まれて壊滅、虐殺の終焉、死の島。未だに死の、廃墟の余燼がくすぶっている島、「火山島」の済州島の地に、炎の氷河の上に李芳根たちとともに立ちたい。そして荒れる海を背にしてハルラ山を望みたい。

十一月十日、文学人大会の二日間の日程を終えて、ソウルから済州島入り。

翌十一日から十二日にかけてマイクロバスで、ゲリラ戦跡の地、島民虐殺の跡地、島民が隠れていた洞窟に足を踏み入れる。ある洞窟は腹這いになって狭い入口の岩の狭間をくぐって入り込み、天井の高い洞窟の闇のなかへ降り立ったが、洞窟内で何十人もの村人が何ヵ月も穴居生活をしたという。当時の食器の破片などが残っていた。現地のスケジュールに追われて、これらの部分的な四・三遺跡との対面の衝撃を充分に内在化出来なかったのだが、済州島を離れて、時間と場所に距離を置いてから、遠く離れてしまってから、胸に疼きを感じていた。

疼きは一種の身体的変化とも言える異常な感じ。性欲ではないが、性欲の原形のようなものの膨らみが軀のなかで疼きを伴って揺れる。軀が底で燃えており、子供を孕んだように軀全体が熱をおびるその身体感覚から生まれるマンダラ模様のような揺れ動く空間のひろがりに、Kが対話する人たち、李芳根たちのなかに影のKが立つ。

ゲリラたちが骨を埋めた地の疼き、地霊が故国の地を踏んだKの軀に移ってやがてKのなかで灰をかぶった燠火《おきび》のように燃えつづけているのだろう。

ゲリラの遺跡、その骨、島民の骨が埋もれた故郷の地を歩きながら受けた衝撃。済州島の大地の魂、エネルギーのようなものがKさんを揺り動かしてある状態を作った……と知人が言った。沖縄の人たちと一緒にいると、そういう話をよく聞きます。それは個を越えたもの、魂というか、それが沖縄の踊りになり、唄になり……。洞窟のなかの死者たちの魂がわたしに乗り移ったということか……。乗り移ったというより死者たちが埋まった大地の魂、地霊といってもいいでしょう。地霊で地の魂、済州島の地霊。

四十二年ぶりの故国行を終えてから日本での十日間の夢の連続は、故国の済州島の地霊のKの存在の割れ目からの疼きか。

韓国での二十二日間、夢見る時間がなかった。連日の深酒、睡眠時間三時間前後の睡眠不足、忙殺、緊張の連続。小さな頭と心臓のなかに限界値に至るまでの、緊張の火花が散る故国の地との接触だった。四十二年ぶりの二十二日間に圧縮された時間からの解放の十日間の夢は、在日のKの深層の朝鮮の地の疼きだった。


一九四九年春、終末に迫る「火山島」の空間である現実の済州島は廃墟へ、虐殺の終焉とともに空無、ただ焼けただれた山あり、血に染まった海あり、人間の残像、魂が内に沈んで死んだ生き残りの人間たちの、島民たちの影が動いていた。廃墟に立つ李芳根も同じ生き残りだが、やがて自ら死に向う。全篇一万一千枚の最終巻の第七巻はすでに脱稿、ゲラの段階であり、「火山島」の世界は成立していた。

渡航が自由ならもう一度最後に現地の過去の空間の廃墟の上に李芳根とともに立ちたかったが、入国の可も不可も分からぬ面倒臭いことは却って「火山島」の空間の動きの妨害になるだろうから断念。ゲラでの「火山島」の世界の空間の動きを追う。季節は酷寒の雪深い二月。ハルラ山のゲリラアジトで南承之たちゲリラの面前で、親戚である警察幹部の鄭世容を射殺。そして四月、ゲリラ討伐隊の捕虜となった南承之を救出、強制的に島外脱出、日本へ密航させる。脱出を頑固に拒否する南承之に、豚になってでも生き延びろ、脱出が李芳根の至上命令だった。スンジよ、すべてが終ったのだ。梁俊午はどこへ行った。なぜいまスンジ（承之）とともにジュノ（俊午）は脱出出来ないのか。亡きヤン・ジュノを背負ったスンジはこの呪われた島から出て行くのだ……。南承之が敗残ゲリラの捕虜として下山、城内収容所に連行されたところを李芳根の工作で釈放。李芳根家で拷問の後遺症の治療中、ゲリラ入山した梁俊午の消息の有無を訊いた李芳根の問いに、心の準備をしていた南承之は一言、彼は処刑されましたと答えた。李芳根は処刑されたとの一言に頭が混乱、討伐隊に逮捕、処刑されたのかと訊き返したが、違います。自分がオルグで訪ねた城内を流れる屛門《ピョンムン》川《チョン》の上流の城内グループのアジトで梁俊午を探したが不在、アジト責《チェク》に訊き返すと、組織の食料確保闘争、村民に対する食料強制提供（掠奪）その他のゲリラの闘争方針を批判、責任者の反論に自己批判を拒否、アジトを離れようとした結果、反党的機会主義、投降、敗北主義分子として射殺されたとの返答に、李芳根はことばを失っていた。改めて処刑の事実を確認すると、李芳根は声を上げた。おう、天よ、崩れ落ちろ。鄭世容ではないんだぞ。組織とか言っておいて、一体党が存在しているのか。実在しているのか。実体のないユーレイ党が反党、反組織で同志を殺す。おれはあれだけ彼の入山に反対したのに……。梁俊午の入党を、米軍政庁内の秘密党員勧誘、工作したのは南承之だった。いま南承之は梁俊午の骨をこの地に埋めたまま、この地を離れて海へ出る。そう、亡き梁俊午を背負ってスンジは、この呪われた島から出て行くのだ。

　死者は生者のなかに生きる……は、南承之や妹有媛に対することばだったが、この死者は李芳根自身だったのではないか。だれもそうだと思わなかったかも知れないが、結果的には彼の自分自身に対する予言だったような気がKはする。そしてその予言への第一歩、踏み台、自殺のまえの殺人。そして最終段階に入った「火山島」の空間。済州島の現実の空間が一体となっての虐殺。

「……李芳根は討伐の終息と同時に、自分自身も徐々に終息に向っているような奇妙な感覚の日常のなかにいた。そして殺戮が終るにつれて、殺人者として虐殺の恐怖に拮抗し耐えていた平衡感覚が揺れて、崩れるのを意識した。新たな状況との関係の自己崩壊であり、あとは殺人者の存在だけが残っていた。それは鄭世容を射殺したあとの松林の雪の上の空白だった。おれはこのままでは殺人を繰り返してしまう。どうすればそれから抜け出すことが出来るか……」

李芳根は命乞いをする鄭世容をそばの南承之の手からピストルを奪い取った……親戚の兄に何ということを、人民裁判長の島組織責任者康蒙九《カンモング》の叱責、処刑はわれわれゲリラがやる……。それを振り切って李芳根は相手の左胸に弾丸を撃ち込んだ。雪上の硝煙のにおい。

手で首を絞め殺したのではない。撲殺したわけでないが銃弾は相手の肉体を貫通した途端、その血を噴く強烈な摩擦が李芳根の軀に伝わるのを感じた。それはその場だけではない。何日も経って、そして何ヵ月が経っても、殺人の感触は李芳根の軀から消えなかった。殺しを果したあとの空虚、足元が柔らかく崩れて底のない穴へ落ちる。耐えがたい。穴の崩れる縁を摑んで這い上らねば……。穴の周りの縁は摑んだ手とともに崩れ続ける……。そして山泉壇の洞窟に辿り着く。

殺人者の存在が自分。おれは殺人者か、結果として殺人者以外の存在でないのではないか。殺人のまえに自殺もしなかった殺人者……。それが人間存在の結末の来るところまで来た感じだが、済州島の地の疼きから湧き出した李芳根の動きに影としての同伴者のKに見えないところがあるが、李芳根の動きがそれなりの形となって出てくるだろう。李芳根は最後に、四九年六月の、四日後の二十二日の船便でソウルへ向う約束をしながら十九日に自殺するが、殺人者となった現在の自分は文蘭雪と会えぬままに、山泉壇の丘の上に立つ。何とか生き延びて文蘭雪とともに絶対的、唯一の生への道を殺人者の存在を自ら背負って踏み出すことは出来なかったのか。そして山泉壇の洞窟がある岩山への道を上って行けなかったのか。……李芳根よ、文蘭雪からの電話に四日後の船便でソウルへ行くと言ったのだが、ほんとうにおまえは行くつもりだったのか。ああ、行くとも。だからナンソリと約束をしているんだ。……わたしはどうして、このようになるのも知らなかったのだろう。いいえ、知っていました。同じ家に住めなくても、同じソウルに同じ済州島にいられるのなら、こんなに苦しみはしないだろうに、先生ニムは、済州島はわざわざソウルから来て住むところではないとおっしゃる。李芳根はこの土地に住むが文蘭雪は来てはならないと。まだソウルへいらして半月も経っていないのに、わたしはその先生ニムとお会いするのがこわくて、それでも先生ニムがソウルを出発なさることがはっきりするまでは、こわさが分からなかった。先生ニムはハルラ山が聳える済州島へ行く。そしてそこから離れない……。ア、ア、アイゴ……。……さあ、ナンソリよ、涙を拭いて、真珠のような涙を……。涙が真珠なら……。黄真伊《ファンジニ》の詩に倣ったのだと。昔、四百年の昔、いまの文蘭雪への詩、愛に今昔はない。涙が真珠なら、流さずに積み重ねておいて、十年後にまみえる背の君を、玉の城へ迎えんものを、涙のあとかたのなきを悲しむ……。ナンソリの涙が真珠なら、絹のハンカチに包んでわが胸に溜めおきたい。あとかたなく消えても消えたあとを胸に溜めおきたい……。

　文蘭雪はソウル到着予定の日の夜、姿の見えない李芳根の声を求めて済州島に電話をしたが、嘘か事実か、李芳根の死を知った。

李芳根自ら、豚になってでも生き延びろ。南承之に向けたことば。島外脱出を拒否する南承之を励ますためだったのか。

城内から山泉壇への六キロの傾斜の石の突き出た村道を歩いて洞窟がある岩山へ辿り着けば、そこに何があるのか。八株の黒松が茂る神木が聳えているからか。

李芳根は洞窟の住人 木鐸令監（木魚老人）が不在なのは知っていた。討伐隊の全島焦土化の作戦による焼却で山泉壇村の丘の洞窟に炎の噴射がなかったとは考えられない。老人はどこへ行ったのか。村が燃えるまえに山奥の深い渓谷の洞窟のある岩山へ上って行ったか。雲上の仙人。老人が山泉壇にいたなら、木鐸令監の大喝一声、李芳根は自殺出来なかったし、でなければ下山しなければならない。老人と岩山の洞窟でともに岩床の上の筵を寝床にして眠り、そして夜を明かしたなら、翌日は、死の廃墟のハルラ山の麓のスロープの高原のなお彼方はるかに初夏のぎらつく不動の海を見渡しながら、ピストルの曳きガネにからめた指を外しただろう。でなければ山泉壇を去らねばならない。

山泉壇の丘の上。それが行くべき道だったか。文蘭雪の声を振り捨てて。

「……洞窟のまえに戻った李芳根は、道端の石の上に腰を下ろして、いくつものオルムの群れが聳えている緑と焼跡のまだらになった高原のスロープの、広大なひろがりを見渡した。ここからは背後の崖の蔭になってハルラ山は見えない。はるか眼下に城内のくすんだ町並みが平べったくひろがっていた。右手の山地台から徐々に盛り上った沙羅峯の向こうは、削り立った断崖の下の海だ。

殺戮者たちが勝利者として都《ソウル》へ凱旋したあとの、廃墟の曠野を渡る風のなかに虚無があるか。島を蔽う死骸が虚無を否定する。死の廃墟に虚無はないのだ。はるか高原の、なおはるかに、初夏の陽光にぎらつく不動の海が見える。
青い虚空に、銃声が響いた」(『火山島』終章)

『火山島』は現実の歴史が無かったところに、無かった故に成立した一つの宇宙。過去を氷詰めにして死に近い忘却に押し込んだ現実に対峙する幻想の現実――歴史の無いところに書かれた歴史である。

一九九八年八月、済州島で「四・三」五十周年国際シンポが開かれることになった。済州島「四・三」五十周年記念国際学術大会。八月二十一日~八月二十四日。沖縄を含む日本、台湾、韓国からそれぞれ百十名、六十名、百三十名、計三百名参加のもとに開かれた。

Kは参加を考えていなかったが、前年一九九七年、韓国大統領選挙による金大中《キムデジュン》政権の実現で、八月シンポへの参加を決め、前回と同じミングを介して韓国大使館に打診をしたが、絶対にKを入国させぬということだった。実務担当は領事官だったが、上司がKのために左遷されていたアフリカから駐日大使館に復帰したハン参事官であり、Kの朝鮮籍の放棄、韓国籍取得、非政治活動の誓約が条件となった。つまりKへの復讐であり、Kの降伏である。Kは失笑したが、当然でもあった。金大中民主政権になってもこれか……の思いもあったが、新政権発足から間もないこともあるだろう。

入国拒否が現実となったKは、大会の前日の八月二十日、出席に替るメッセージを送った。

「……四・三が暴動であり、それに対する歴代政府の対応が正当だったとするなら、なぜその道理に合わぬ事件を半世紀ものあいだ闇に隠し続け、明るい光のもとに曝されることを恐れてきたのでしょう。

〈支配者たちは過去は永遠に消滅したものと考え、またそのようにしてきた。彼らは過去を氷詰めにして永遠に地中に埋もれたものと考えてきた……〉

これは『ショスタコーヴィチの証言』に出てくる、ソ連でスターリン時代を通して最後まで激しい芸術活動を続けたショスタコーヴィチの痛ましい告白の一節です。

人民に反対する支配者たちはそうだったし、過去に韓国においてもそうでした。過去は永遠に消え去ったのでしょうか。違います。支配者たちはそのように期待したでしょうが、そのようにはなりませんでした。いま四・三の過去が現在形として蘇えり、前進をしています。

記憶を失った人間は屍体と同じだといいます。支配者たちは人々の記憶を根こそぎ無くしてしまい、死に限りなく近い忘却へ追いやることで、われわれを記憶のない屍体と同様に取り扱い、そのように作ってきました。

しかし四・三半世紀。われわれは支配者たちがこの地中深く埋めてきた忘却から、われわれの記憶を蘇らせながら起き上りました……」

ところが、大会初日の八月二十一日初更、Kは現地事務局から意外な電話を受けた。Kの入国拒否に対する参加者一同の強い抗議の声が上り、政府外交部長官宛に抗議書翰「K先生入国拒否に抗議して」が満場一致で採決。即日大会参加の複数の国会議員たちが書翰持参でソウルへ飛び、政府に伝達された。

済州島からの電話連絡は、大会執行委員長をつとめる〝拷問大将〟が別名の詩人キム・ミョンによるもので、入国を諦めずに最後まで頑張れ、即時出発出来るように準備をしておけというものだった。

大統領官邸は、大統領府、入国許可の外交部、入国絶対反対の安企部との対立でぎりぎりの政府間交渉であり、入国は大丈夫、そのつもりで準備をと繰り返し状況報告をしてきた。

駐日韓国大使館の旅券担当領事から入国許可の鄭重な電話連絡が入ったのは二十三日日曜日の午後五時半。Kは翌日二十四日早朝、韓国大使館へ出向いて、臨時入国許可証を受け取り、成田空港午後一時五十分発の釜山経由便で、午後六時まえに済州空港到着。友人たちの出迎えを受けたKは、ホテルのレセプション会場へ向う。学術大会最終日の夜に遅れて到着したKは会議に参加出来なかった。

レセプション会場では、劇的な入国を果たしたKが記者会見をすませてから、参席者たちに遅れて到着の簡単な経過報告を兼ねての挨拶をする。学術大会宛に事前に送ったメッセージが大会でのKの賛助演説、スピーチの代りになっていて、何とか形を整えることが出来たようだった。Kはすべてが終ったような感じがしていた。昨夜は一、二時間の睡眠で玄海灘を渡ってきたのだが、疲れ切っていた。敢えて言えば、敗者でない、勝者の解放された疲れだった。

ホテルの大庭園に押し寄せる夜の海のにおい。防波堤の外の岩場に砕け散る怒濤の風に乗る音。潮香に満ちた夜。

Kが「四・三」四十周年に当る一九八八年十一月、四十二年ぶりの故国行の韓国での講演やインタビューなどで、チョントゥル済州国際空港の地中の虐殺死体の発掘を訴えてから十年、空港の滑走路の東北端のかつて死刑場だった空港敷地、集団死刑執行場、虐殺死体の穴埋めの場所から、一握りの土も掘り起こされていない。

四・三の歴史は消えたまま化石化した記憶のまま、陽の光を仰ぐことが出来ないままでいる。

学術大会終了後の翌日、Kはキム・ミョン詩人、ビデオ映画作家のキム・トンと空港のフェンスの海岸側の堤防の上を海風に当りながら歩いた。海を背にしてハルラ山を向いて立てば一望のもとに一八〇〇メートルの滑走路が延びる空港が眼いっぱいに入ってくる。海の上空から入ってくるジャンボ機の轟音。

「大体、どの辺りなんだ、死体が埋まっているのは」

Kが滑走路に視線を向けながら問いかける。

「滑走路の末端の広い敷地があるでしょう。……あの辺りが、当時の死刑場でなかったのか？」

キム・ミョンがキム・トンを振り向いて、指さしながら答える。

「イェー、そうなんです。当時は空港の全体がアメリカ軍基地で、キャンプがあったところなんです。その東北端の海岸に近いところに、毎朝早く済州警察監房から逮捕者を裁判もなしにトラックで運んできて殺したんですから。あの辺りの滑走路の下にも死体があるらしいが、何しろ三千坪の広大な敷地のどこに死体があるのか。あの辺りに死刑場があったのは間違いないようです」

キム・トンは空港の海岸側の村落であるチョントゥル村を取材を兼ねて何人もの知人を訪ねては、

その老父母や親戚たちからこれまで絶対に口にしなかったことを、一言でも洩らすことなく聞き出しているのだった。

「いままで絶対に死刑場のことを、地下に暗埋葬《アムメジャン》された死者のことを口に出来なかったけれど、いまはひそひそとあの辺りに死者が……と指さしながら話す人がいます。死者を……と言う人は、殺された人を穴埋めするのに動員された人のことです。空港の整備工事のときに人間の骨が出てきたんですよ。一九六〇年代初頭の空港滑走路工事の頃です。地中から多くの骨が出てきたんだけれど、軍事独裁政権の当時、問題に出来なかったんです。チョントゥル村は、日夜、死んだ人たちを抱えて眠り、生きているところです……」

チョントゥルの村は日夜、死んだ人たちを抱えて眠り、生きているところ。チョントゥルの村の人たちは眠れぬ夜、海の音、野を渡る風の音に乗って漂う死者たちの声を聞くだろう。

昔は、日本の朝鮮植民地の時代でも「四・三」のような大虐殺はなかった。

Kは私的なことながら、父たちの墓の伐草《ボルチョ》、草苅りなどの一切を委せている親戚のイングに快く会えたことが喜びだった。

十年前の「四・三」四十周年の八八年十一月、反共風土のど真ん中へ。パルゲンイのKが四十二年ぶりに帰郷を果たしたことが、イングたち親戚には大変厄介者の到来だったが、こんどはそうではない。連絡を受けてホテルへ訪ねてきたイングはまずKの祖父母の山所（墳墓）、どれも風水説に則っての中山間部の山あいの傾斜地に方形の石垣に囲まれた墓所へ、イングの息子が運転する小型車で案内したのだった。翌日のソウル行が控えていたので遠く距離が離れた父の墓へは、何れ再訪するだろうそのときに参拝することに。

再訪の入国許可は確実だろう。このたびのKの入国絶対反対、阻止の安企部が折れたのだから。ハン参事官にはすまないことだが、仕方のないこと。

入国阻止されたKがマンション六階の部屋のベランダに立って、はるか「四・三」五十周年学術会議の場である済州島の空を望むのを（多分そのようなセンチなことはしないだろうが）どのように見るか。ハン参事官はそれを快しとするだろうか。結果はそのようにならなかった。これをハン参事官とKのたたかいとするなら、Kが勝ったのだ。Kとハン参事官の背後の韓国政府権力とのたたかいである。

このたびの入国を果たして、八八年十一月、四十二年ぶりの帰郷の際に出来なかった祖父母の墓参りをすませただけでも、Kは五十周年の四・三の解放への前進とともに済州島へやって来たかいがあったと大いに満足していた。

海鳴り、地鳴りとともに済州島は四・三解放へと動きつつある。地鳴りとともに揺れる地中深く、沈黙の永久凍土は溶け、限りなく死に近い記憶のねじれたかたまりが、やがてほどけて火の玉となって噴出、チョントゥルの地は割れて裂けて、差し込んだ太陽の光とともに現われた白骨たち。互いに形をなしてつながり、骸骨が群れとなって踊り出すだろう。踊り出す。トゥタンタン、トゥタントゥタン、トゥタンタン……。

死者よ、踊れ、骨をつないで骸骨になって踊れ。死者は生きて地上にあるもののなかに生きる。踊れ、死者よ、語れ。ハンジャン　モッセグリョ　ト　ハンジャン　モッセグリョ……。

一杯飲まんかな　また一杯飲まんかな　花を手折り　算をおき　無尽無尽　飲まんかな
この身死すれば　背負い子に　筵かぶせての　野辺送りたりとも　流蘇宝張《ユソボジャン》に万人泣きて行く葬列たりとも
すすき　とくさ　柏　白楊生い茂り　行き果つるところに行けば　黄色き陽　白き月　こまかき雨　ぼた雪　つむじ風吹くとき　たが声ありか　一杯飲まんかな　ましてや　墓の上にチャンナビ(猿《ましら》)坐りて　口笛鳴らすとき　悔ゆるとも術なし

輓歌ならぬ勧酒歌《クオンジュガ》、酒を奨める歌、奨酒歌《ジャンジュガ》。ハンジャン　モッセグリョ　ト　ハンジャン　モッセグリョ……。

踊れ、踊れ、死者の、骸骨の踊りを踊れ。トゥタンタン、トゥタンタンタンタン……。

巫女がやって来る。死者たちの解寃《ヘウオン》、怨恨《ウオンハン》を解き放つために、解寃クッ(巫儀)の舞い。白いチマ・チョゴリの、赤い口紅をさした巫女が頭上高く天と地をつなぐ長い帯のような白布を翻し、死者の魂を解きほぐすために白いポソン(朝鮮式の足袋)の足で地を蹴り、舞いながらやって来る。ハルラ山の西のかたわらに聳えるオスンセン岳の谷は九十九谷、谷が一つ足りないばかりに王も虎も生まれぬという力のない民草が集い住む島でございまする……。神霊を呼ぶカンサング、憑代《よりしろ》を振りかざし、草地の地面をチマ風を起こして白いポソンのまま大股に踊るように歩きながら、唱えが続く。トゥタン、トゥタン、トゥタンタン、深い深い地の底の樹々の茂る森、大きな榎木の蔭の湖のほとり。話ができません。ことばが軀から離れない。やつらにされたことを口で話そうとしても軀だけが打ち震えて死ぬように痛んで、ことばが離れない。ことばが取れない。……おうほうッ、トゥ、タンタン　アイゴーッ、低い鳴咽の声を途切らせて汗ばんだ頬を赤く染めた巫女は軀を激しく揺すぶって、トゥタンタン、トゥタンタン……、チマの裾を大きく翻して廻転しながら、ぴたりと立ち止まると両足を宙に蹴り上げて、おほうッ、おほうッ、高々と跳び上る動作を三度繰り返し、トゥ、タンタン、さらに左右にぐるぐる旋廻を続け、めまぐるしい立舞の廻転を両手をひろげて何回も、さらに逆廻りの急廻転を繰り返し……。

　正房《ジョンバン》瀑布で死んだ人たち、集団虐殺された人たちの落下する死体で赤い泡を噴いて血がたぎる滝壺は海の満潮で膨れ上りました。太陽が沈んで夜の暗闇にも滝壺の岩壁や樹々は虐殺で飛び散った血で真っ赤に黒々と染まり、満月が何重にも染まった黒ずんだ血の色を照らしました。海は血の色をした満月が輝いて……。アイゴ、アーイゴ。

　ハルラ山のあちこちに葬られた人たちの肉は腐って鴉の食べ物になり、アイゴー、アイゴーッ、肉は腐って溶けて、土となり、骨となった魂魄よ、雲に乗って、風にさまよう魂よ。千々に引き裂かれて鴉の食べ物にもならない冤魂よ。虚空をさまよう魂よ。……血まみれの夢の歌、菜の花畑にまきましょう。新婚の夜のまだ熱き愛もみな失われ、死んで蝶になったという妹の涙で刻んだ、ハルラ山の荒野の野薔薇の香り。香を焚いて綴るいく文字かの招魂の歌……。戊子《ムジャ》年（一九四八年）四月、オルムごとに花咲き（ゲリラの烽火）、倒れた喊声。いま素足に破れた深い緑色のチョゴリ、薔薇色のチマ、妹の汚れのない血のような恨《ハン》のゆらめくサラン（愛）……。風につけ、歴史につけ、空しく……。

死者は生でも死でもない。死者はわれわれ生きて地上にある者のなかに生きる。そして蘇える。死者であって生者、幽冥をつなぐ。イオド　サナヤ、イオドサナ、イオドは海の果て、世の果て、行き果つるところ、イオドサナ、白衣の長い二つの袖を翻しながら巫女が高原を走って行く、白鳥が空へ駆け上って行くように、地を蹴って走って行く。

ジャラン、ジャラン……。人の背丈を埋める白いススキの森の風を呼んでざわめく錆びた鉄のぶつかり合うような音、ジャラン、ジャラン。島の人は四・三で死んだ人たちの悲しみの声だと、遠くでざわめく白いススキの森の風の音を聞く。ジャラン、ジャラン、ハルラ山の麓の白いススキの森を渡る風の音。ジャラン、ジャラン……。

地が割れて、裂けて、死者が地上に蘇える。死者が舞う。おほうッ、骸骨が手を組んで踊る。おほう、ハンジャン　モッセグリョ　ト　ハンジャン　モッセグリョ　イオド、イオドサナ、イオドサナ。

（了）

対談

これだけは書かなければ

金石範×岡本厚（岩波書店前代表取締役社長、『世界』元編集長）

朝鮮の歴史の「解放空間」を解放する

岡本厚　金石範さんが近年発表した三つの小説「消された孤独」「満月の下の赤い海」「地の疼き」をまとめた作品集を出版社のクオンから刊行することになりました。

石範さんの新しい小説を読んで感動したのは、デビューの頃から筆力、筆勢がまったく衰えていない点です。三十二歳のときに「看守朴書房」「鴉の死」（金石範『新編 鴉の死』所収、クオンより近刊）を発表してから六十年以上、緊張感をゆるめずにずっと書き続けていることが伝わってきて、いまなお「これだけは書かなければ」と噴出するものが感じられます。それは「書かなければ生きていけない」というほどの内部の熱です。これはいったい何なのかと思います。代表作『火山島』（全七巻、文藝春秋社、一九八三〜一九九七年。二〇一五年に岩波オンデマンドブックスより再刊）などのテーマである「済州島四・三事件」が起こったときに現地にいることができなかった痛恨の思い、それが石範さんの書く原動力であるように私には思えます。

　石範さんは今回、これで自分が書きたいことはすべて書き終えたと感じているようですね。


金石範　そうですよ。私がテーマにしているのは〈四・三〉だけではありませんが、今回の三つの小説でも、「これだけは書かなければ」ということは書いたと思います。

　私は音楽や絵画とも違う、評論とも違う文学という芸術で表現するのですが、小説を書くにはやはりパッションが必要です。理論なんて関係ない。そもそも若い人が持っているような火山のように爆発するパッションがなければ文学を書くことはできませんし、想像力を支えるのがパッションです。

　私の想像力が向うのは、自分が在日の朝鮮人として生まれたということ、そして日本の帝国主義によって抑えに抑えられた被圧迫民である朝鮮人や在日朝鮮人たちのことです。

　日本による朝鮮半島の侵略も憎いが、植民地期に支配者の走り使いをして同族を売り渡した「親日派」も憎い。親日派に対する私の憎しみは強いですよ。この親日派の問題を清算しないできた大韓民国の歴史に大きな問題があります。現在（二〇二一年十二月当時）の文在寅《ムンジェイン》大統領も根本から否定できないのは、それをやるとアメリカ軍政や親日派を足がかりに政権を掌握した李承晩《イスンマン》からはじまる国家の歴史を否定することになるからです。

　歴史問題になりますが、「解放空間」――それは日本の帝国主義から朝鮮が解放された後、非合法政権による南北分断が形成されるまでの歴史的現実です――には、韓国の歴史家も立ち入ることができない。だから文学によってこの解放空間を解放し、李承晩を否定して大韓民国の歴史の正統性をその成立から問い直し、歴史を書き直すのです。それができる契機が、〈四・三〉というテーマだったわけです。

岡本　〈四・三〉が起こったのが一九四八年四月三日、そして李承晩による大韓民国樹立宣言が同年の八月十五日。いわば解放空間を締め出すようなかたちで韓国は国家として成立しました。

金　なぜ〈四・三〉という虐殺事件が起こったのか。これは李承晩がみずからの権力確立のために反共イデオロギーを合理化する過程で、数万人もの済州島の人間が殺され、犠牲になった事件です。韓国では五十年以上にわたって歴史が抹殺され、人びとは沈黙を強いられてきました。

李承晩はいわゆる「左」対「右」というイデオロギー闘争に持っていったのですが、解放後のアメリカ軍政による弾圧と南朝鮮単独選挙の強行に反対して島で蜂起したのは何も共産党員（南労党）だけではないのです。一般の民衆、島民ですよ。かれらがやろうとしたのは民族独立の解放闘争の一環であり、南北の分断を防いで祖国を統一することです。

かれら犠牲者たちの記憶を元に戻さなければならない。私は〈四・三〉の当時、現地にいなかったのに非常に恐縮であるけれども、せめてもの気持ちで文学においてやってきたことはそういうことです。

岡本　「現地にいなかったのに恐縮であるけれども」という思いがあるのですね。

金　現地にいなかったから欠乏しているのです。私は空っぽです。しかし空っぽの自分の中に吸収しなければならない。こういう目標がなければ、小説を書き続けることはできません。そこに私の想像力の基本があります。

岡本　石範さんは小説「地の疼き」の中でこういうことを書いています。

「疼きは一種の身体的変化とも言える異常な感じ。性欲ではないが、性欲の原形のようなものの膨みが軀のなかで疼きを伴って揺れる。軀が底で燃えており、子供を孕んだように軀全体が熱をおびるその身体感覚から生まれるマンダラ模様のような揺れ動く空間のひろがりに、Kが対話する人た

ち、李芳根《イバングン》たちのなかに影のKが立つ」（本書三一三頁）

すごい文章です。歴史の底に埋もれる熱やエネルギー、欲望の原形のようなものが主人公の肉体を通過して噴き出していてマンダラのような世界を描いている。朝鮮語でいう「恨《ハン》」というのでしょうか。まさにこれが石範さんをずっと突き動かしてきて、小説というかたちで表現されてきたのだと感じます。

金　「恨」というのは個人のものではなくて、個を超えて歴史的・民衆的に蓄積された感情で、たしかに金石範文学の土台になっているものです。

精神の分裂を統合し、死者の声を語る

岡本　「地の疼き」の元になっているのは、石範さんが一九八八年十一月、四十二年ぶりに故郷・済州島を訪問したときの体験です。石範さんの紀行『故国行』が岩波書店から刊行されたのが一九九〇年。前年に雑誌『世界』で連載され、私が編集を担当した「眩暈《めまい》のなかの故国」をまとめ、改題して出された本です。

なぜ連載時のタイトルを「眩暈のなかの故国」としたかと言いますと、最初の原稿をどこかの駅で直接受け取ったときに、石範さんがフワーッとしていて夢を見ているかのような表情であらわれたからです。「地の疼き」を読むとわかりますが、このときは韓国から戻って十日間、眩暈のようなものを感じながら暮らしていたわけですよね。

金　「眩暈のなかの」というのは文学的な意味ではなしに、それが本当だったのです。

岡本　日本に戻ってからも、夢の中に朝鮮語が出てきたり韓国での記憶があらわれたり、すさまじい想像上の往復が続きます。これを読んで、原稿をいただいたときの記憶がよみがえって「なるほど」と思いました。

石範さんの精神の中には、さまざまなものが分

裂したかたちで存在するわけです。たとえば現在と過去、日本と朝鮮、日本語と朝鮮語、韓国本土(陸地)と済州島、事実性とフィクション、「南」と「北」、そして現地にいて直接体験することと現地にいないがゆえに書けたこと……。こうした分裂のはざまを行き来しながらなんとかバランスをとろうとするときにあらわれる思いが、眩暈や夢として表現されているのだろうか、と。

小説「満月の下の赤い海」に登場するヨンイという踊りをやっている在日朝鮮人の女性がこういうことを言っています。「踊りはわたしの日本語とウリ・マルの二つに割れた〝わたし〟を一つにすることばです」(本書七十五頁)。私は石範さんの文学もまた眩暈や夢の中で「二つに割れた」ものを融合している、と思いました。

金 小説家は頭を使う仕事ですが、物語のディテールが枝分かれして、考えがいろいろな方向に分裂していくと、頭の中がごちゃごちゃになって統合失調症のような状態になります。しかもいまの社会では生きている現実が複雑なものになっていますから、小説家でなくても誰もが分裂的にならないわけにいかない。

『火山島』のような原稿用紙で一万一千枚もの長編を書いて、その後も『過去からの行進』(上・下、岩波書店、二〇一二年)や『海の底から』(岩波書店、二〇二〇年)など長いものを書いてきましたが、このまま自分の精神が分裂してしまうのではないかという恐怖感がいまもあります。虚構の世界がまっ二つに割れるような小説もあるのですが、なんとかがんばって書き通せば想像力で分裂が統合されて、世界は元に戻るのです。それはけっして安楽的なものではないのですが。

私は最後の三百枚の長編「地の疼き」を書いたことで、分裂的なものがきれいに重層化されて人間の精神の統合性や全体性が完成されたと感じました。昔の人が言う「悟り」のような快感をいま抱いています。

岡本 「悟り」ですか。ところで石範さんは、書かないと若い頃に死んでしまったかもしれない……。

金　そう、書かないとダメなんです。私は書くことで生きたのです。不思議なことですが、小説を書かなければ、これだけ長く生きることはできませんでしたよ。

岡本　振り返って若いときのことをお聞きしますが、石範さんは戦争中の一九四五年の三月、生まれた大阪から「徴兵検査」のため済州島に戻り、その帰りにソウルに寄って、そのまま大韓民国臨時政府がある中国・重慶へ亡命しようとしましたね。しかし一度日本に戻られ、日本が敗戦した同年の八月十五日直後にふたたびソウルに行かれた。

金　解放直後にソウルにいたときにはまだ酒も飲めない、飲み方も知らない青年でした。翌年の夏に、すべての荷物を置いたまま一か月の予定で日本に戻り、のちに祖国に帰らなかったことで私は命拾いしたのです。当時、朝鮮独立をともに語り合い、ソウルで自分の帰りを待っていまに至るまで精神的に背中を押してくれる張龍錫《チャンヨンソク》という友だちがいました。彼からは手紙が月に一、二通ずつ届いて、それは銃殺されたと思われる頃まで続きました。

一九五二年、北朝鮮の関係の四、五人の地下活動のグループがあって、私はそこに加わるために仙台へ行きました。しかし三か月ほどしかいられずに、東京へ逃げ出します。組織を離れたこの時期が私にとっていちばん精神的に危険なときで、それを乗り越える力になったのは張龍錫からもらった手紙でした。

岡本　本書に収録した小説の中には、その張龍錫さんから届いた手紙のことも、そして仙台を立ち去る際に行き違いになった在日の青年がダイナマイトで自殺する話も出てきます。独立運動に合流できなかったことも、内戦状態の韓国にいなかったこと、済州島四・三事件に出会わなかったこともすべて偶然なのですが、そうした一九四〇年代後半から五〇年代にかけての体験が、いわば石範さんの文学の原点なのだと思います。

つまり、石範さんは作品の中で死者たちが語れないことを語っているのです。小説の中の「クッ（巫祭）」の場面などを読むと、〈四・三〉で殺された何万人もの犠牲者、土の底に埋められ、海の底に投げこまれた無数の死者たちの声が作家を通じて語っているように感じるのです。そういう思いが六十年以上におよぶ、石範さんの表現活動を支えているものになっているのでしょう。

人間の死とは何か
――長編『火山島』をめぐって

岡本　石範さんの最初の作品集『鴉の死』は、はじめ一九六七年に新興書房から刊行されました。

金　小説「虚夢譚」を雑誌『世界』に掲載した田村義也という岩波書店の編集者が講談社に持ち込むことで一九七一年に新版が刊行されて、それが私の出発になりました。「日本文学にこんな作品があるのか」と講談社の編集者から驚かれたそうです。

岡本　田村さんは装幀家として石範さんの本の装幀もしていますね。とても特徴のあるいい装幀ですが、彼は石範さんの文学を理解して作品を発表するために他社に持ち込んだりして力を尽くしたのですね。石範さんは日本の文壇と関係なく、書く小説は日本文学とはかなり異なる方向性を持つものですから。

金　私には日本文学の文壇がどういうものなのかわかりません。日本文藝家協会や日本ペンクラブにも入っていなかったし、私のことを見過ごさない何人かの編集者の世話になって本を出すことができました。田村さんが怒るわけですよ、「あなたはなぜこの『鴉の死』を埋もれたまま放っておくのか」と。そして「私に任せなさい」と彼がひとりで講談社へ持って行くことを決めたのです。

岡本　ちなみに田村さんはのちに『世界』の編集長を務めた人なのですが、雑誌の社会科学的な路線とは少し違うところで力を発揮する独特の才覚があって、記録文学作家である上野英信さんの『地の底の笑い話』（岩波新書、一九六七年）などを作りました。沖縄や朝鮮のことにも熱心に取り組んでいました。

『火山島』は済州島四・三事件というすさまじい虐殺事件が起きはじめる中での人間の生き様を描いた小説で、石範さんは事件当時に韓国の済州島にもソウルにもいなかったのですが、想像力によって死者の声を現実のものとして聞いたからこそ、あれだけの長編を書き切ることができたのだと思います。だから『火山島』はフィクションであって、フィクションではないとも言えるのではないでしょうか。

小説家・詩人の石牟礼道子さんの『苦海浄土――わが水俣病』（講談社、一九六九年〔講談社文庫、二〇〇四年〕）という水俣病患者をテーマにした作品があって、当初多くの人はルポルタージュとして読みましたが、彼女は取材して証言を書いたのではないのです。石牟礼さんは「だって私にはそう聞こえるんです」と言っておられます。『苦海浄土』はまさに水俣病の患者さんが語ろうとして語れないことを語っているのです。『火山島』もまた、語ることのできない死者の声が生きた者である作家の口を通じて語っている作品ではないでしょうか。

金　『火山島』はフィクションの小説です。歴史的な人物が登場する歴史小説ではないという意味でね。主人公の李芳根も架空の人物です。

〈四・三〉という歴史的な事件を背景としていますが、背景にある大きな杜は親日派問題と解放空間の状況で、それを「南」でも「北」でも誰も根本的に書けなかったようなかたちで描こうとした小説です。これは親日派による解放空間の否定が〈四・三〉の島民虐殺につながり、さらに李承晩が四・一九学生革命で失脚してハワイへ逃げたあと朴正熙《パクチョンヒ》、全斗煥《チョンドゥファン》の独裁政権下で多くの若い抵抗者が死んでいった韓国の歴史を予言するものでもあります。

ナショナリズムとは違う「民族正気」によって、汚れきった歴史を浄化しなければならない。しかし、韓国現代史において解放空間はいまなお存在しない「空白」です。これから韓国で歴史研究が進めば、いつか明らかになると思いますが。

岡本 日本語で書かれた『火山島』という、韓国済州島の悲劇、韓国現代史の実相を伝える長編小説が、民主化された韓国で韓国語になり、最近は完訳されて韓国の若い世代の読者にもよく読まれていると聞いています。考えてみると不思議な思いに打たれますが、石範さんが現地から遠く離れ、複雑な思いを抱かれておられるだろう日本で生きのびたことで、はじめて書くことのできた小説だと思います。こういう作品は日本にもほかにないでしょうし、韓国にも北朝鮮にもないでしょうし、世界的にもあまり類例がないと思います。

金 これは日本にいなければ書けなかった作品ですよ。怨みの土地で、よい作品を書けたということです。

岡本 『火山島』のことについて聞きたいのですが、主人公の李芳根はニヒリストで遊び人、済州島の富裕な有力者の息子でいわば安全な立場にありますよね。しかし最後には警察幹部で虐殺する側の政府軍につく親戚を「裏切り者」として殺し、ピストル自殺を遂げます。雑誌の連載時の最終章では李芳根はまだ生きていたのですが、単行本では自ら命を絶ちます。

この点についてはいろいろ議論があると思いますが、私はあそこで自殺しなかったら彼はニヒリストのままで終わってしまっていたと思います。しかし〈四・三〉の、死が日常であった中においても、また相手がいかに卑劣な悪人であっても、もし人間を殺したならば、自らも死ぬという選択をしなければ彼は他の虐殺者と同じになってしまう。李芳根は自死することで人間の人間性を守ったのではないか。ニヒリストではなく、ヒューマニストになったのではないか。私はそう感じました。石範さんの人間観があそこで表現されているのだと思いました。

金　最終章の場面はもちろん私が書いたのだけど、もはや自分が書いたことにはならないですよ。「地の疼き」の中で「作家K」の考えとして書いたことですが、死者は生者の中に生きる、李芳根にとって他人を殺しながらなお生きのびるという道はやはりなかったのでしょうか……。なぜ彼が漢拏山《ハルラ》のふもと、山泉壇《サンチョンダン》の岩山の洞窟のそばで自殺したのか、作者である私にもわからないのです。ただ、自殺した岩山の洞窟のまえからは、背後の崖の蔭になった漢拏山が見えないと書いてある。李芳根は自殺する自分を漢拏山に見られたくなかったかという思いもある……。

岡本　歴史的に見て、同じような極限的な状況は世界じゅうにありましたし、いまもあります。〈四・三〉のあとに起こった朝鮮戦争、ベトナム戦争、パレスチナ、湾岸戦争、アフガン戦争……。これからも起きるでしょう。こうした極限状況の中で人間はいかに生きるのか、という問いがあの最後の自殺の場面にあると思います。人間は人間を裏切ってもよいのか、人間を殺してもよいのか。みんなが殺しあっているから、自分もそうしてもよいのか。

金　いや、わからないな……。「人間は人を殺すまえに自分を殺さねばならんのだ。つまり自殺できる人間は殺人をしない。従ってもっとも自由な人間は人を殺すことはないだろう。殺すまえに自らを殺して、つまり自殺するってことだから」（金石範『火山島』第十二章六節）。これは李芳根が自殺について話していることなのですが、自分を殺す前に人を殺したのだから彼の論理はつぶれたわけです。人間の死とは何か。私にはいまだにわかりません。

一つ言えるのは、人間は生きる気力がなければ死ぬということです。そこに理屈はない。李芳根は理屈ではなくて生きる気力、生命のパッションを失ったということでしょうか。死ぬ直前は、彼の中にパッションがありました。それがなければピストルを握る気力を保つことはできないでしょう。自分を殺すのだから当然、非常な緊張もあったと思います。

そして李芳根が自殺した夜、日本に渡った妹の有媛《ユウオン》と南承之《ナムスンジ》が彼の姿を夢に見ます。不思議ですが、親しい人が遠いところで亡くなったときに夢にあらわれる体験を、私も実際にしたことがあります。

李芳根は岩山の洞窟のそばで最期にさまざまな思いを抱きながら高原の向こうの不動の海を眺めていて、けっしてぼんやりとはしていない。それこそダイアモンドのように透き通るその精神が、遠く離れて生きる二人の者たちに「割れた夢」として同時に伝わったのです。有媛と南承之は二回目に再会したときにこの夢の話をします。それは奇跡のような出来事です。

科学ではわからないような霊感、テレパシーと言うのでしょうか。霊感、インスピレーションではない、霊的交信。人類が経験してきた客観世界、自然世界の大宇宙は一人ひとりの個人の小宇宙の中に入っていますから、人間同士はどこかで通じあうし、死んだ者の精神は生きた者たちの中で生き続けるのです。

普遍化へのたたかい
——「日本語文学」を書く

岡本　石範さんは一九七〇年代に「日本語文学」という概念を論じていますよね。石範さんの文学の核心には、「日本文学ではない、日本語文学である」ということがありますが、この点についていまどのように考えていますか？

金　在日朝鮮人文学は日本文学の一部であるとされていますが、日本文学に上位文学、下位文学があって、その上位の文学ではなく下位の文学と見なされてきました。戦後においても長らく続いている日本の支配意識による在日朝鮮人の帰化政策、つまり戦前の植民地支配思想の反映です。

私は自分の文学を日本文学ではなく、あくまで日本語で書かれた文学だと考えています。日本語で書けば日本文学というのは言語属文主義、言語ナショナリズムです。しかも文学は言語という条件だけでできているわけではありません。思想や哲学、いろいろな文化的なものを含んでいる総合的な表現で、言語だけで文学の「国籍」を決めることはできません。

日本語の中にその日本文学を超える普遍的なものがあるのか、ということについて一九七二年に刊行した『ことばの呪縛――「在日朝鮮人文学」と日本語』（筑摩書房）で問いかけたのですが、反論はありませんでした。日本の文壇から変な目で見られただけです。

文学研究者の小森陽一さんの定義によれば、「日本文学」とは単一の国民・言語・文化を一体のものとして捉える図式の下に作られる概念です（小森陽一『〈ゆらぎ〉の日本文学』ＮＨＫブックス、一九九八年）。この「日本国民」に戦後の在日朝鮮人は入らない。それに『火山島』という、済州島四・三事件を歴史的背景にしている私の長編は「日本文学」と言えますか？　それが属する伝統の中に『火山島』の根があるのかといえば、やはりそこには根がないので、異質な文学だと言えます。ただ、ことばは日本語を使っているということです。

ことばには普遍的な側面と、民族的な側面の両方があります。国境を越えて国際化しながら、保守的・閉鎖的でもあるのが言語の本性です。自然科学的な概念などは民族的なものではないことばの普遍的な側面を持つものですし、それとは違う文学で言えば想像力、形象的なイマジネーションの力によって日本語を普遍化することもできると私は考えています。

岡本　石範さんは『ことばの呪縛』でおもしろいことを書いておられます。

「［自分は――引用者注］朝鮮人として日本語によって書こうとする。朝鮮人としてということは、「日本語」以前に私は「朝鮮」に係わって（日本人が日本に係わるようにという意味だが、この場合在日朝鮮人として日本に係わっていることも含めて）いるということを意味する。そしてそこから私はできるならば、私を食ってしまう日本語の「日本化」という胃袋を食い破る「ブルガサリ［鉄を溶かして飲みこんでしまうという奇怪な姿の想像上の動物］」になりたいと思う」（金石範「言語と自由――日本語で書くということ」『ことばの呪縛』。『金石範評論集Ⅰ 文学・言語論』［明石書店、二〇一九年］に再録）

　支配者から押し付けられ、朝鮮人を日本人化することばを逆に食い破るという……。

金　それしか方法がない、食い破るしか逃げ道がないのですよ。でもそれが言語の呪縛からの解放になります。『火山島』を完成してから、『鴉の死』にはじまる私の小説は日本文学史に入らないまったく異質な日本語文学であると確信しました。

岡本　むしろ世界文学に入るのかもしれない。

金　日本の文壇は私の文学を受け容れられないし、認められないでしょうね。

岡本　しかし石範さんは言語の呪縛から解放されて書き続けることでさまざまな分裂を統合し、日本の文壇を含めていっさい妥協しませんでした。

金　反権力をよく一生通してきたと思いますよ。祖国の「南」からも「北」からも日本の文壇にも距離があるし、いわば四面楚歌の中でね。解放直後、一か月でソウルに戻るという友人との約束を守らなかったけど、長く生きのびたことで文学において一生たたかってきた。絶対に妥協しなかった。権力に対してたたかわなければ、私の場合、生きる力が出ない。私はある意味では強い人間です。少々のセンチメンタルなことでは挫けない。小説を書き続けることで精神力が強くなったのです。

岡本厚（おかもと・あつし）／一九五四年生まれ。岩波書店前代表取締役社長、『世界』元編集長。編集者として金石範『故国行』『転向と親日派』『過去からの行進』（岩波書店）などを担当。著書に『北朝鮮とどう向きあうか――東北アジアの平和と安定のために』（かもがわ出版、二〇〇三年）など。

初出誌

消された孤独　「すばる」二〇一七年一〇月号
満月の下の赤い海　「すばる」二〇二〇年七月号
地の疼き　「すばる」二〇二二年五月号・六月号

著者　金石範

1925年、済州島出身の両親のもと大阪市で生まれる。長い間韓国現代史上のタブーとされてきた済州島四・三事件をテーマにした小説などを執筆。代表作に「鴉の死」、『火山島』全7巻（大佛次郎賞・毎日芸術賞受賞）、『死者は地上に』、『過去からの行進』、『海の底から』など。2022年に最新作「地の疼き」（本書所収）を文芸誌「すばる」5月号、6月号で発表した。

満月《まんげつ》の下《した》の赤《あか》い海《うみ》

2022年7月25日　初版第1刷発行

著者　金石範
編集　アサノタカオ
校正　嶋田有里
ブックデザイン　松岡里美（gocoro）
印刷　萩原印刷株式会社

発行人　永田金司　金承福
発行所　株式会社クオン
〒101-0051
東京都千代田区神田神保町1-7-3 三光堂ビル3階
電話　03-5244-5426
FAX　03-5244-5428
URL　http://www.cuon.jp/

ISBN 978-4-910214-37-5　C0093